세계문학 오디세이아

- 광인의 복화술과 텍스트의 오르가슴

목 차

고흐의 '적극적 멜랑콜리'와 세계문학 고전

서시(西施)는 중국에서 미녀의 표본으로 꼽히는 춘추시대 말기 인물이다. 오왕(吳王) 부차에게 패배하여 3년을 그의 시중을 들다가 귀국한 월왕(越王) 구천은 와신상담하며 복수를 도모했다. 이때 충신 범려 등의 미인계 방책에 따라 전국을 뒤져 찾아낸 여자가 서시이다. 춤과 노래 등을 가르친 후 부차에게 보내자 부차는 서시에 빠져 나랏일을 소홀히 하다가 결국 구천에게 망하고 만다.

서시가 살던 마을이 동서로 나뉘어 있었는데 서쪽에 살았기에 그를 서시라 했다. 어머니를 따라 빨래를 직업으로 삼았다. 서시의 미모는 어려서부터 유명해 심지어 배가 아파 찡그려도 아름다웠다고 한다. 동쪽 마을에 산 동시는 서시가 하는 것이면 무엇이든 따라했고 찡그리는 것 역시 따라했다. 이를 두고 '효빈(效顰 · 찡그림을 흉내 냄)'이란 단어가 만들어졌다. 또한 찡그린다는 뜻의 '빈축(嚬蹙)'이란 말도 생겼다. 다른 사람들의 눈살을 찌푸리게 하는 언행을 비유할 때 '빈축을 산다'라고 하는 것의 유래가 된 고사이다. 동시빈축(東施嚬

嚬)과 동시효빈(東施效嚬)이란 사자성어가 이 고사에서 비롯하였다.

빈센트 반 고흐(1853~1890년)는 세계인으로부터 가장 사랑받는 화가일 것이다. 37살에 자살로 생을 마감한 고흐가 사후 자신이 이처럼 대단한 명성을 누리게 될 것을 생전에 알았다면 짐작건대 자살하지 않았을 터이고 (아니면 그보다 늦게 자살했을까?) 인류에게 더 많은 작품을 남겼겠다. 가문 대대로 목사를 지낸 집안에서 태어난 고흐는 애초에 그림보다는 신앙에 몰두한 것으로 전해진다.

광적인 신앙 행태를 보여, 곤봉으로 자신의 등을 때리고 겨울에 셔츠만 입고 돌아다니는가 하면 침대를 마다하고 침대 옆 돌바닥에서 잠을 청하는 등 고행을 자처했다. 그러나 운명은(혹은 신은) 그를 바울과 같은 전도자가 아닌 화가의 길로 인도했다. 그것도 대단한 화가로.

그림은 고흐에게 일종의 소명이었다. 믿음의 연장이었는지는 모르겠으나, 믿음과 그 믿음의 대상인 신은 그에게 영감의 원천이 됐다. 그렇게 열렬한 신앙을 가진 그가 불안에 휩싸이고 정신적 혼란에 시달리다가 끝내 스스로 목숨을 끊은 것은 다소 모순적이다. 성서 대신 붓을 들어서였을까. 단정할 수 없지만 그렇진 않은 듯하다. 그의 개인적 광기엔 시대의 무게가 얹혀 있다.

고흐는 자본주의가 발흥하는 문턱에서 분열한 근대인의 전형이다. 신이 지배한 서구에서 프리드리히 빌헬름 니체(1844~1900년) 같은 사상가가 막 신의 죽음을 선언할 무렵에 고흐는 여전히 신의 옷자락을 붙들고 매달린다. 죽음을 선고받기 이전에 신이 이미 떠나버려 옷자락만 허공에 뜬 깃발처럼 펄럭이는 걸 아는지, 모르는지.

고흐는 동생 테오에게 쓴 편지에서 '적극적 멜랑콜리'를 말한다.

"지금, 고향집에서 멀리 떨어져 사는 나는 이따금 그런 그림들이 있는 고향이 그리워. (…) 향수병에 굴복하는 대신 나는 적극적인 멜랑콜리를 결심했다. 달리 말하면, 우울하게 아무것도 하지 않는 절망적인 멜랑콜리보다 바라고 추구하고 얻으려고 노력하는 멜랑콜리를 더 중시하겠다는 뜻이야."(『*빈센트 반 고흐*』, *라이너 메츠거 저, 하지은 · 장주미 역, 57p, 마로니에북스, 2018*)

이 적극적 멜랑콜리를 중시하는 삶의 전략은 그러나 성공적이지 않았다. 소설가이자 평론가인 수전 손택(1933~2004년)은 우울증을 "멜랑콜리에서 매력을 뺀 것"이라고 정의했다. 손택의 정의에 따르면 멜랑콜리엔 매력이 들어있다. 고흐가 말한 아무것도 하지 않는 절망적 멜랑콜리는 손택의 우울증과 유사하다. 그렇다면 적극적 멜랑콜리는 멜랑콜리에서 매력을 곶감 빼먹듯 뽑아내는 작업이 되는 셈이다. 매력이 소진하며 멜랑콜리는 우울증을 거쳐 광기로 휘발한다.

문학 또한 고흐의 창작처럼 산출된다. 텍스트에 매력을 부여하기 위해 작가는 멜랑콜리와 대면하고 대결한다. 문학에서 또한 예술에서 매력은, 재능 감각 등 여러 어휘로 설명하는 작가의 역량과 연결되어 작품 수준을 결정 짓는다. 분명한 것은 멜랑콜리를 제거한 '매력'만으로는 더는 예술을 지탱할 수 없다는 사실이다. 고흐의 삶에는 물론 그의 작품에도 도저한 멜랑콜리가 매력과 화학작용을 일으켜 고흐의 불멸성을 만들어낸다. 이 책에서 다룬 많은 작가도 마찬가지다. 멜랑콜리와 대치하면서 멜랑콜리에 패퇴하지 않고, 또 멜랑콜리를 박멸하지 않고, 멜랑콜리를 매력으로 버무려 요리해내는 신박한 재주를 부린다.

그러나 그 작업은 대체로 고공(高空) 줄타기에 가깝다. 그 일을 무던하게 해내는 작가는 드물다. 서시처럼 타고난 것을 활용하여 해낼 수 있는 일이 아니다. 광기의 고흐에게 적극적 멜랑콜리라는 줄타기는 더 가혹한 것이었으리라고 짐작할 수 있다. "파괴당할 수는 있겠지만 결코 패배하지 않는다(But man is not made for defeat. A man can be destroyed but not defeated)"는 어니스트 헤밍웨이 말을 고흐에게 적용하면 그 적수가 멜랑콜리가 아닐까. 헤밍웨이는 무엇으로부터 파괴당하고 패배하는지, 그 적수 혹은 상대를 특정하지 않았다. 삶을 버텨낸 기간은 두 사람이 다르지만, 같은 방식으로 삶을 끝낸 두 작가의 영혼을 갉아먹은 게 멜랑콜리였음을 굳이 부연할 필요가 없겠다.

멜랑콜리라곤 개입할 여지가 없는 서시와 관련한 단어 중에 '침어(沈魚)'라는 게 있다. 서시가 시내에 빨래하러 오면 시냇물에서 헤엄치던 물고기들이 그의 미모에 넋을 잃고 바닥으로 가라앉았다는 믿거나 말거나 한 이야기가 전한다. 침어는 '가라앉은 물고기'가 아닌 '물고기도 가라앉힌다'라는 뜻으로 효빈과 달리 서시의 미모를 직접 지목한 말이다.

고흐나 도스토옙스키 카프카 같은 작가 또한 침어이다. 그들은 독자를 텍스트의 바닥으로 가라앉혀 의미와 감성, 나아가 모종의 통찰에 침윤하게 만드는 타동사의 침어이다. 동시에 그들 중 많은 수가 자동사의 침어이다. 독자를 그곳에 가라앉히는, 정확하게 말해 그곳으로 안내하는 과정에서 스스로 가라앉곤 했다. 침잠과 부상을 반복하다가 일부는 그곳에서 다시 떠오르지 못했다.

이 책은 사랑 근대 구원 등 16개 주제로 누구나 동의하는 세계문학 고전을 종횡무진 휘저어 탐색한 결과물이다. 침어 중의 침어 고흐의 그림과 함께 하는 문학의 여정이 독자에게 흥미로운 경험이 되기를 기대한다. 소설 같은 글이 아니기에 책을 읽을 때 앞에서 뒤로 차례대로 읽지 않아도 된다. 목차를 보며 마음에 드는 게 보이면 그것부터 읽으면 된다. 눈길 가는 대로 읽어 큰 불편이 없다. 당연히 적힌 순서를 따라가는 독서도 가능하다. 본문에 배경으로 흐릿하게 사용한 고흐의 그림을 권말에 별도로 수록했으니 따로 눈 호강하시기를.

2023년 6월

안치용

1장
사랑, 그 공허한 충만과
아름다운 결핍에 대하여

소녀는 강을 건너는 배의 난간에 서서 배가 진행하는 방향과 직각으로 흐르는 강물을 바라본다. 강은 흘러서 강이며, 건너야 하도록 양쪽을 나누기에 강이다. 강은 경계례(境界例)이자 경계이다. 마르그리트 뒤라스의 소녀는 강을 건너는 배 위에서 '연인'을 만난다. 영화 〈연인〉(1992년)에서는 하이힐을 신은 소녀가 난간에 다리를 걸치고, 다리를 걸쳐 올림으로 인해 생긴 두 다리 사이의 공간을 관통해 카메라가 소녀의 연인을 포착한다. 소녀의 연인이 될 리무진 속 남자가 소녀를 바라본다. 잠시 후 두 사람은 그 난간이 있는 같은 자리에 서서 같은 강을 바라보며 함께 강을 건넌다. 그들은 사랑하는 사이가 된다.

> 욕망을 외부에서 끌어 오려고 해서는 안 된다.
> 욕망은 그것을 충동질한 여자의 몸 안에 있다.
> 그게 아니라면 욕망은 존재하지 않는 것이다.
>
> 첫눈에 벌써 욕망이 솟아나든지 아니면 결코 욕망이란 존재
> 하지 않든지 둘 중의 하나다. 그것은 성욕과 직결된 즉각적인
> 지성이거나 아니면 아무 것도 아니다. 그렇게, 나는 '경험'하
> 기 이전에 그 사실을 알고 있었다.
>
> −『연인』, 마르그리트 뒤라스

"성욕과 직결된 즉각적인 지성"이 어떤 사랑을 뜻하는지는 분명치 않다. 소설 『연인』(1984년)의 작가 마르그리트 뒤라스의 기술(記

述)에 개의하지 않고 사랑이 강과 닮은 점을 찾자면, 아마도 경계례(Borderline case)라는 데에 있을 것이다. 나눠짐을 잇는 방식이 사랑이다. 흔히 말하듯 사랑이 일종의 병이라고 할 때 경계례는 확실히 사랑의 유의어이다. "나는 너라는 병을 앓고 있어"라든지, "나는 너에게 병들었어"라는 표현이 어쩐지 성욕과 직결된 즉각적인 지성을 연상시킨다. 그래도 그것은 수식어들로 제한되지만, 다행스럽게 지성이다.

다르게 조금 발전적으로 표현하면, 사랑은 경계의 소멸을 지향하는 경계례이다. 분열과 혼란이 동시에 출현한다. 물론 기쁨도! 그러나 실제로 경계가 소멸하는 매우 드문 순간에 경계례는 더는 존속할 수 없게 된다. 나눠짐이 사라질 정도로 이어짐이 이어질 때의 사랑을 완벽한 사랑이라고 불러야 할까. 블랙홀 같은 관계의 최종심급, 아니면 지랄맞은 기적적 상승?

아무튼 이때 사랑은 잠시 사건의 지위를

> 사랑은 경계의 소멸을 지향하는 경계례이다.
> 분열과 혼란이 동시에 출현한다.
> 물론 기쁨도!
> 그러나 실제로 경계가 소멸하는 매우 드문 순간에 경계례는 더는 존속할 수 없게 된다.

획득하는 특별한 상승을 경험했다가 곧바로 또 불가피하게 원래의 사례로 강등된다. 사랑은, 혹은 사랑의 형이상학은 본래 결과가 아니라 과정인 까닭이다. 그렇다고 과정이 좋다면 결과가 아무래도 좋다는 초등학교 도덕 교과서 식의 논리는 적용되지 않는다. 사랑에서 혹은 사랑의 형이상학에서 과정은 결과에 철저하게 침윤한다. 사랑의 과정과 결과는 뫼비우스의 띠처럼 별개이자 동일한 것으로, 같은 듯 다르게 연결된다.

그리하여 "성욕과 직결된 즉각적인 지성"은 사랑의 세속적 성공을 전망한다. 또한 동시에 사랑의 세속적 실패까지 선취한다. 실존적 과정과 사회적(혹은 정치적) 결과 사이에서 사랑은 부유하고 두 주체는 신경쇠약을 겪다가 끝내 남루해짐을 모면하지 못한다.

사랑이 강과 닮은 또 다른 점을 찾자면, 그것들이 원래 경계이며 끝까지 경계라는 태생적 한계다. 비유의 차원에서 하중도(河中島)가 경계례라면, 현실에서 하중도는 경계의 중첩이다. 나눠짐이 없었다면 이어짐을 기도(企圖)하지 않았겠지만, 이어짐을 기도하지 않게 되는 순간 나눠짐은 강처럼 자명해진다. 이때 하중도는 이어짐의 기도에서 기인한 형이상학적 성취의 가능성을 상실한다(그렇다. 사랑은 가장 가시적인 형이상학적 성취다). 나눠짐의 확고함으로 강물은 하중도의 양편을 서늘하게 흐르고 이어짐의 부재는 새삼 각각의 실존을 쓸쓸하게 각성시킨다(혹은 좌절시킨다).

Vincent van Gogh – la chiesa di auvers-sur-oise

항상 놀라게 되는 건, 많은 이어짐과 나눠짐의 연쇄를 축적해 형이상학적 성취와 실존적 남루함으로 삶의 고단을 충분히 겪은 뒤에, 혹은 익사에서 간신히 빠져나온 뒤에, 인간은 또다시 이편 강기슭에 서서 누구인가 다른 인간을 탐색하며 반대편 강기슭을 바라보게 된다는 사실이다. 강가 언덕에 서서, 양안을 나누는 강 너머를 바라보며 문득 나는 네 이름을 부르고 예고 없던 호명을 너는 마치 내내 기다린 것처럼 내 호명에 답한다. 이러한 기적은 너무 평범하고 또 반복해서 일어나기에 더 기적적이다. 물론 어떤 이의 인생에서는 평생 일어나지 않는다. 그렇다손 치더라도 확실히 사랑은 평범한 기적이다.

사랑의 구조

완연한 중년에 접어든 프랑스 배우 쥘리에트 비노슈가 주연해 2018년 4월 개봉한 영화 〈렛 더 선샤인 인(Let the Sunshine In)〉은 사랑 영화다. 비노슈가 연기한 영화 속 매력적인 중년 여인 이자벨은 늘 사랑을 갈구하지만 언제나 사랑에 도달하지 못하는, 즉 평범한 기적을 체험하지 못한 채 자신의 강가 언덕을 홀로 지키는 쓸쓸한 여인이다. 이 영화는 누군가가 누군가를 사랑하는 영화가 아니라, 누군가가 사랑하는 영화다. 기어이 사랑하고야 말겠다며 사랑타령을 달고 사는 비노슈는, 사는 게 힘들어서 혹은 너무 외로워서 또는 다른 이유로, 헐값에라도 자신을 사랑에 팔아넘기고야 말겠다는 결의를 다지며 좌충우돌한다.

비노슈에게서 "사랑을 사랑했고, 사랑하기를 사랑한" 뒤라스를 떠올리게 된다. 영화 제목 "Let the Sunshine In" 또한 사랑을 사랑하는 것으로 귀결한다. (강가에 서기를 결심한) 주체에게로 Sunshine을 끌어들이려는 (주체의) 몸짓은, 어느 Sunshine이든 "개새끼"로 호명될 전락을 예비한다.

즉 "Let the Sunshine In"의 'Let'은 주어와 목적어를 특정한 방식으로 연결 짓는 이른바 사역동사로, 대상 혹은 목적어에게 주체 혹은 주어가 필사적으로 개입하는 유형의 관계 맺기를 상징하고 ('let' 자체에선 좋게 말해 대상이 괄호 처져 있고, 냉정하게 판단하면 대상이 배제돼 있다.), 이때 사랑 자체 또는 사랑의 기쁨, 나아가 사랑하는 사람까지 포괄하는 총체적 비유로서 'Sunshine'을 관계 안(In)으로 들여오는 행위가 '상호대상화'가 아닌 (결과적으로) "사랑을 사랑하는" 한 방향만의 대상화, 잘해야 마케팅에서 말하는 ('저관여'가 아니라고 주장하는) '고관여' 정도를 의미하기에, 열(熱)에 관한 경험 없이("You don't have much experience with heat.", 영화 〈겨울왕국〉) 해를 사랑한 눈사람 올라프처럼 현실에서 사랑의 결말은 디즈니 세계와 달리 사랑의 난파로 이어져 마침내 "사랑을 사랑하는 것"이 사랑을 파괴하는 것임을 입증한다. "우리는 우리 자신의 마귀"(롤랑 바르트)이거나, 강의 비유를 활용하면 이쪽 강기슭에 서서 (네가 있는) 맞은편 강기슭이 아닌 그 반대 방향으로 네 이름을 부르기 때문이다. 이때 네 이름이 내 앞으로 구슬프게 퍼져나가지만, 그 울림은 퍼져가는 방향이 반대여서 강을 넘지 못한다.

나는 나의 절절한 호명이란 행위를 통해 스스로에게 사랑을 확증한다. 반면 네 응답없음은 내 울림의 방향과 무관하게 사랑에 대한 네 태만을 증명한다. 설령 네가 맞은편 강기슭에 서서 호명을 기다렸다는 사실로 응답없음의 부재증명, 즉 알리바이를 구성한다고 하여 면책되지 않는다. 사랑에게는 호명에 대한 응답의 (이유와 동기가 무엇이든) 부재가 모면하지 못할 죄이므로 알리바이는 오히려 죄를 확증할 따름이다. 사랑의 공간에서는 호명에 응답하지 못할 어떠한 핑계도 용인되지 않는다.

그러므로 사랑한 누군가는, 사랑의 이름으로 사랑의 부재, 혹은 응답의 부재 앞에 선 "개새끼"를 마주하게 된다. 영화 속의 비노슈처럼 한때 사랑했다고 믿은 어느 인간 수컷에게 어느 여자가 "개새끼"라고 부르는 장면을 상상해보자.

사랑이란 기적이 놀랍게 평범하듯이 이 사랑의 후주(後註) 또한 일상의 풍경인 양 자연스럽다. 종종 우리가 사랑에서 본문보다 방대한 분량의 후주를 마주 대하기에, 그러한 상황이 낯설지는 않다. 삐걱거리지만 총체적으론 살뜰함인 사랑의 각주(脚註)와 달리, 사랑의 후주는 그 앞에 어떠한 수식어를 달았든 적대의 형식으로 귀결한다.

"개새끼"를 호명하는 것과 "개새끼"로 호명되는 것 사이에 본질적인 차이는 없다. 그럼에도, 사랑을 갈구하였지만, 사랑에서 좌초해 사랑(한 자신)에서 고통받은 사람이 내뱉을 수 있는 '전락의 호명'은 기본적으로 발화자의 권리에 속한다. 사랑한 사람만이 발화할 수 있고 발화에서 최고의 발화는 이름 부르기이다. 사랑에서 면탈한 사람은 발화하지 못한다. 사랑하다가 사랑으로부터 면탈할(혹은 면탈하고자 할) 때의 잔망한 발화가 말하자면 "개새끼"다. 축구 경기로 치면 종료 휘슬이다. 사랑에선 스스로가 심판이기에 종료 휘슬 또한 선수가 직접 분다. 사실 휘슬을 불지 않고 그냥 경기장을 나가버려도 그만이다. 사랑에는 휘슬을 불 수 있다는, 즉 전락할 고통의 특권이 부가적으로 주어진다.

영화로 돌아가서, 영화 〈렛 더 선샤인 인〉이 로맨틱 코미디인게, "개새끼"는 때때로 "강아지"로 구제된다. "개새끼"를 "강아지"로 구제하는 장치가 없었다면 이 영화를 로맨틱 코미디라고 부를 수 없었다.

다시 한번 현실의 사랑은 영화와 다르다고 말해야겠다. 현실에서 로맨틱 코미디 같은 사랑이 일어나지 않는 건 아니지만 드물게 일어난다. "개새끼"란 사랑의 후주는 곧 사랑이란 책의 마지막 쪽으로 이어지게 마련이다. 사랑에서 후주는 독서와 달리 본문의 가역적 현상이 아니다.

"(내) 강아지"는 상호대상화를 전제한 이름이며, 동일한 대상을 두고 "개의 새끼"라는 '객관적' 진술을 쓰게 되면 세상사에서 흔히 보듯 혐오가 작동한다. "(내) 강아지"가 아닌 "개의 새끼"에게는 꼴도 보기 싫어 입마개를 씌워버리고 싶어지게 된다.

사랑이란, 혹은 사랑의 구조란, 강(江)의 양안에 선 두 주체가, 반복된 호명과 응답을 통한 상호대상화로, 나눠짐이 사라질 정도로 이어짐을 잇는, 거미줄 치기를 방불케 하는 부단한 과정이다. 상호 대상화를 위해선 물론 대상화가 선행해야 한다. 그러나 양방향인 상호대상화의 한 방향을 구성하는 이 대상화는, 상대를 대상화하는 것이 아닌 자신을 상대의 대상으로 기꺼이 내어놓는 '역전된 대상화'를 의미한다. 이 역전된 대상화는 존재의 '내기'다. 내가 너를 대상으로 삼는 폭력적이고 지배적인 방식의 일반적 의미의 그 대상화가 아니다. 나를 너에게 바치는, 말하자면 모종의 공희(供犠)를 통해 나는 네 앞에서 한없이 낮아지지만, 네가 나의 낮아짐에 응답해 너 또한 너를 나에게 공희(供犠)

사랑은 신내림이다.	
신(神)의 약속 없이 스스로	
신병(神病)으로 뛰어 들어가는	
무모한 확신이다.	
다만 모든 상호대상화가	
상호공희의 신성한 사랑을	
의미한다고 할 수는 없다.	

로 바치게 되면 상호공희(相互供犧)가 달성돼, 양자는 전혀 새로운 경지의 꿈 꾼 상호대상화에 도달해 서로에게 사랑이 된다. 나아가 공희를 통해 서로가 서로에게 신이 된다. 최고의 사랑은 서로를 신으로 만든다.

사랑은 신내림이다. 신(神)의 약속 없이 스스로 신병(神病)으로 뛰어 들어가는 무모한 확신이다. 다만 모든 상호대상화가 상호공희의 신성한 사랑을 의미하지는 않는다. 전도된 대상화를 겹쳐 놓은 신성한 상호대상화보다 그저 대상화를 겹쳐 놓은 상호 약탈적 대상화가 현실에선 훨씬 더 일반적이기 때문이다. 과정에서만 차이가 확인되는 까닭에 이 두 대상화는 얼핏 결과에서 동일한 외양을 보인다. 이러한 외관상의 유사에도 불구하고 이 두 가지는 완전히 별개의 현상이라고 할 수 있다.

"사랑하는 것은 사랑을 받느니보다 행복하나니라"는 유치환의 시구는 따라서 생각보다 훨씬 더 심오한 이야기이거나 아니면 하나마나 한 이야기일 수 있다.

주체는 태평양의 방파제가 무너질 때처럼 단박에 소외에 침수된다

상호공희에 실패한 존재의 내기는 주체를 궁지로 몬다. 주체는

◀ Vincent van Gogh - Eglogue En Provence - Un Couple D'amoureux

소외에 직면한다. '후주'에도 포함되지 않은 그 소외라는 곤경은 세계성의 상실을 뜻한다. 뒤라스의 어머니가 인도차이나 바닷가 어딘가에서 태평양을 막기 위해 쌓은 방파제처럼 중국에 주체는 무너져 흔적 없이 침수된다. 주체는 무너진 채 물 밑에 누워 있다. 소외와 대면한 주체는 점점 더 깊은 소외에 빠져들어 물이 빠져나가기를 기다리며 무너진 방파제처럼 물 밑에 무력하게 누워 있거나, 혹은 무력(無力)을 벗어나려는 무력(懋力)의 몸짓에서 다른 내기의 결행을 결심하게 된다.

다시 내기에 나서도 실패의 '경험'은 주체를 주눅 들게 한다. 상호공희(相互供犧)의 신성한 내기는 딜레마 게임처럼 언제나 1인칭의 결단이기에 주체는 외롭고 두렵다. 딜레마 게임의 합리적인 '해(解)'를 이미 알고 있는 (자본주의 시대 혹은 신자유주의 사회의) 주체는 (사랑에서) 오로지 자신이 감당할 몫으로만 주어진 전도된 대상화를 뒤집어놓고 싶은 유혹에 빠진다. 이 유혹은 너무 강렬하다. 근대가 헤겔의 변증법보다 마르크스의 변증법에 더 열광한 것처럼 (그러나 더 용이하게 받아들일 수 있었던 것은 아니다), 오래전에 신성의 세계를 탈출한 근대의 주체에게 '전도된 대상화의 뒤집기'는 너무 익숙한 사랑의 형식이다.

편의상 대상화란 용어를 쓰고 있을 뿐 사실 전도된 대상화는 엄밀하게 말해 대상화가 아니다. 마주 선 다른 주체에게 대상화의 수행을 요청할 뿐이다. 실행이 아닌 요청이다. 내가 상대를 대상화하지 않고 상대가 나를 대상화하도록 그 행위를 요청한다. (네가) 그렇게 하라고 (나는) 요청한다. 자신의 이중나선 DNA를 풀어 한 개의 나선 DNA를 던져놓은 상태에서 상대 또한 이중나선을 풀어 그중 하나를 이미 던져놓은 자신의 나선 DNA에 결합할 것을 요청하는 인간 생식의 풍경과 흡사하다.

전도된 대상화는 그 자체로는 행위가 아닌 요청이지만, 요청이 응답받으면, 즉 각각의 나선 DNA를 하나로 친친 엮듯 전도된 대상화를 겹쳐 놓으면 상호대상화의 성취를 통해 그 순간 요청은 저절로 행위로 승격된다.

응답을 기다리는 요청은 양날의 칼이다. (더 높은 상승에 대한) 기대/설렘은 (더 깊은 나락에 대한) 불안/좌절과 맞선다. 영혼을 좀 먹는 불안이 인간사에선 대체로 승리한다. 더 높은 상승을 기대하며 상대의 행위를 기다리는 수동적 요청보다는, 더 깊은 나락에 떨어지는 좌절을 막기 위해, 상대의 행위와 무관하게 또는 행위에 앞서, 자신을 능동적으로 실행하는 방안이 주체에게는 불안을 덜 수 있는 합리적 '해(解)'다.

그리하여 이 합리화한 사랑에선, 자신이 선도적으로 (요청이 아닌 실행의) 대상화를 감행함으로써 (상대에게 추수적인 대상화를 촉발해) 외양상 상호공희의 상호대상화와 잘 구분되지 않는 '상호대상화'에 도달하거나, (상대에게서 추수적인 대상화가 촉발되지 않았다 해도) 상대를 대상으로 포획하는 일방의 대상화에 이를 수 있게 된다. 물론 이러한 상황은 상호공희에 비해 분명 타락이다. 하지만 적어도 불안을 회피할 수 있다. 딜레마 게임의 '해(解)'와 얼마나 유사한지 놀랄 정도다.

그러므로 어떤 '합리적인' 주체는, 상호공희의 사랑에 무모하게 내기를 걸었다가 불안에게서 불의의 일격을 당해 끝내 타락하는 길을 걷기보다는, 사랑을 사랑하는 제3의 사랑을 더 안전하다고 느낀다. 이때 주체의 합리화는 주체가 선택한 것이 아니다. 내버려 두면 주체는 자연스럽게 또 저절로 합리화한다. 드물게, 또한 부자연스럽게, 주체는 합리화한 자신을 거부하는 선택을 내린다. 그런 고귀한 선택은 힘들 뿐 아니라 드물다.

> 주체가 사랑하는 것은 사랑 그 자체이지 대상이 아니다. (…)
> 내 욕망을 욕망 그 자체로 옮기기 위해서는, 어느 섬광 같은
> 순간에 그 사람을 일종의 무기력한, 박제된 사물로 보기만 하
> 면 된다.
>
> 내가 원하는 것은 바로 내 욕망이며, 사랑의 대상은 단지 그
> 도구에 불과하다. 그것은 하나의 소중한 구조였으며, 나는 그
> 이/그녀를 잃어버려서 우는 것이 아니라 사랑을 잃어버렸기
> 때문에 우는 것이다.
>
> ─『사랑의 단상』, 롤랑 바르트

물론 상호공희의 사랑에서조차 "주체가 사랑하는 것은 사랑 그 자체이지 대상이 아니다"라는 언술로부터 완전히 자유롭지는 않다. 우리가 신이 아니고 우리가 사랑한 대상 또한 신이 아닌 까닭에?

사랑, 나를 사랑하는 형식

마르그리트 유르스나르의 소설 『알렉시 혹은 공허한 투쟁에 관하여』(1929년)는 여러 가지 설명이 가능하지만 사랑에 관한 소설이라고 말해 크게 잘못된 설명이 아닐 것이다. 유르스나르는 "저자의 해설이 설 자리를 주지 않고, 자신의 삶을 직시하고 어느 정도 정직하게 설명하려고 노력하는, 무엇보다 기억하려고 노력하는 인간에게 적합하다"고 말하는데, 이 문장은 소설의 1인칭 작법에 관한 그의 견해다. 『알렉시 혹은 공허한 투쟁에 관하여』는 서간문 형식을 취하며 1인칭으로 서술됐다.

동성애자인 알렉시(남성)가 아내 모니크(여성)에게 이별을 설명(변명이 아니다.)하는 편지 형식의 소설이다. 편지글이란 특성상 상대가 특정돼 타자가 개입 불가능한 1인칭을 구현한다. 이 2인칭 모니크는 소설 속에서 자신의 의견을 개진할 수도 없이 기나긴 후주를 참을성 있게 들을 뿐이다. 독자는 모니크가 어떻게 대꾸했는지를 끝내 알 수 없다. 작가는 철저하게 1인칭을 기술하고 독자는 1인칭을 읽는다.

근대 이후의 소설이 불가피하게
1인칭이 될 수밖에 없다는 데에
필자는 같은 생각이다.
특히 사랑 소설에 있어서,
사랑의 주체는
부재한 청자를 향해
혼잣말인 양 말을 거는
벌거벗은 1인칭이다.
화자만이 확고하다.

근대 이후의 소설이 불가피하게 1인칭이 될 수밖에 없다는 데에 필자는 같은 생각이다. 특히 사랑 소설에 있어서, 사랑의 주체는 부재한 청자를 향해 혼잣말인 양 말을 거는 벌거벗은 1인칭이다. 화자만이 확고하다.

소설 『롤리타』(1955년)의 저자 블라디미르 나보코프는 자신의 소설에서 "더러운 것들과 아름다운 것들이 만나는 지점"을 찾으려 하고, 불행하며 행복한 그리고 파렴치하고 불쌍한 『롤리타』의 주인공 험버트는, 불멸의 예술과 덧없는 사랑의 교차점을 찾는다. 예술과 사랑의 공통점은 아름다움이다. 더러운 것들과 아름다운 것들이 만나는 지점에, 예술과 사랑의 교차점에 서는 존재는 누구인가.

외형상으로는 소설이다. 내용상으로는 그 자리에 인간이 선다. 특별히 '사랑하는 인간'이 적합하다. 소설이 인간에 관한 이야기일 수밖에 없다면 근대 이후의 소설은 중첩된 1인칭(소설 속 화자+

Vincent van Gogh ~ Self-Portrait with a Straw Hat

작가)으로 구현되며, 영원한 1인칭인 독자는 중첩된 1인칭을 밖에서 들여다본다. 숨겨진 1인칭(작가)과 쓸쓸한 1인칭(소설 속 화자)을 독자라는 고립된 1인칭이 꿰뚫어 보는 구조. 소설은 중첩된 1인칭을 또 다른 1인칭이 응시하는 3개의 1인칭으로 구성된다.

구조를 다르게 파악할 수도 있다. 1인칭 시점을 선택한 작가에게는, 자신을 밖으로 빼돌린 채 소설 속 화자라는 1인칭과 독자라는 또 다른 1인칭의 중첩을 기도할 대안이 주어진다. 다른 시점을 택할 때 독자는 소설가와 자신의 시선을 일치하는 경향을 보이지만, 1인칭 시점에서는 소설 속 화자와 자신의 시선을 겹칠 수밖에 없게 된다. 따라서 중첩된 1인칭을 바라보는 또 다른 1인칭이란 구조는 외형상 작가를 의미화 동학의 바깥에 놓는 전혀 다른 방식으로도 구축될 수 있다.

마침내 소설은 강(江)이 된다. 작가와 독자 사이를 흐르는 경계례로서 강. 경계로서 강. 그 강에서는 더러운 것들과 아름다운 것들이 만나고, 영화 〈연인〉에서 연출된 메콩강의 빛나는 수면처럼 불멸이 번득인다.

삼단논법 비스름한 걸 적용하면 이제 사랑은 소설이 된다. 근대 이후의 소설 작법과 유사하게 사랑은 1인칭의 기술(技術)이다. 그 1인칭의 기술은 최상일 때 '비(非)1인칭'에 걸쳐지게 되는데, 그때 1인칭의 소멸까지 밀고 가지 않도록 주의해야 한다.

앞서 상호공희의 상호대상화를 이야기할 때 적시하였듯, 1인칭이 소멸하는 순간 사랑은 사건에서 사례로 좌천하는데, 사건이 아닌 사랑만큼 사랑하는 사람을 슬프게 하는 것은 없다. 그리하여 사랑은 너에게 강력하게/끊임없이 걸쳐지지만 동시에 단호하게 나를 지켜내는 작업이 된다. 사랑이 나를 사랑하는 형식일 수밖에 없는 이유다.

삶에서 우리는 매 순간 사랑이 나를 사랑하는 형식임을 깨닫지만, 더불어 매 순간 그것을 "사랑을 사랑하는" 형식으로 변용하는 타협을 받아들인다. 한없이 허약한 주체! 그럼에도 우리는 그 난파선 같은 주체에서 "자유의지와 맑은 정신으로"(슈테판 츠바이크) 뛰어내릴 수가 없다. 난파선 같은 그 주체는 그저 "새로운 모험을 찾아 먼바다로 나아갔다."[1]

---

1) 조르주 바타유의 『눈 이야기』 마지막 문장

2장

유전자의 흉계에
혼자만 행복하다는 것은 부끄러운 일

코로나19 세상을 겪으며 진부하지만 새삼 리처드 도킨스의 '확장된 표현형(extended prototype)'을 떠올리게 된다. 도킨스의 유명한 저서 『이기적 유전자』의 '유전자의 긴 팔' 논의에서 언급된 내용이 아예 『확장된 표현형』이란 하나의 책으로 확장되어 출간됐다. '확장된 표현형'의 세계에서 주체는 유일하게 유전자이다. 고등생물은 유전자에 의해 간택된 운반자로, '확장된 표현형'에 불과하다. '확장된 표현형'은 도킨스의 견해를 그대로 수용하자면 근대인이 되찾은 신(神)이다.

유전자는 '확장된 표현형'인 운반자를 때로 갈아탄다. 갈아타는 이유를 여러 가지로 상상할 수 있지만, 지금까지 이야기만으로도 우리는 바이러스와 숙주 사이의 관계와 유전자와 '확장된 표현형' 사이의 관계가 흡사하다는 인상을 받는다.

모성애, 유전자의 흉계?

코로나19 바이러스 감염병을 겪으며 의학상식이 높아져서 바이러스와 세균을 구분하는 일반인이 많아졌다. 바이러스와 세균은 통상 미생물로 분류돼 인간 같은 고등생물과 크게 차이나는 존재로 설명된다. 생물학자가 아닌 나의 직관적 분류법에 의거하면 바이러스와 세균 사이의 유사성보다 세균과 인간 사이의 유사성이 더 크다. 바이러스는 생명과 비생명 사이의 중간 성격에 해당하기에 독자적 생명체로 살아갈 수 없고 숙주를 필요로 한다. 반면 세균과 인간은 바이러스와 달리 독자적 생명체로 스스로 생존할 수 있다. 도킨스가 말한 '확장된 표현형'이다.

물론 바이러스도 '확장된 표현형'의 한 종류로 볼 수 있다. 간접적 생존 방식조차 유전자의 선택으로 본다면 그렇다. 그러나 그렇다고 해서 내가 택한 분류가 하나의 유비로서 성립이 불가능한 것은 아니다. 바이러스는 숙주를 착취하며 살아가기에 숙주와 공생해야 하며 어쩌다 숙주를 죽이면 자신도 소멸한다. 여건이 갖춰진다면 마음껏 생명력을 발산하고 싶은 여느 생명체와 달리 바이러스는 생명력의 발산을 자제해야 하는 운명을 부여받았다. 발산과 자제 사이에는 보기에 따라서 넘을 수 없는 강이 있다고 말할 수 있다.

알베르 카뮈의 『페스트』(1947년)는 소설이기에 읽기 전에 주인공이 대체로 인간일 것으로 상상되고 실제로 인간이지만 제목이 제목인지라 코로나19 시대에 '페스트' 또한 주목받았다. 흑사병으로 번역되는 페스트는 유럽 중세 역사에 지대한 영향을 미친 질병이다. 소설 『페스트』는 1940년대 프랑스령 알제리 북부 해안의 작은 도시 오랑(Oran)을 무대로 한다.

페스트는 코로나19와 달리 바이러스가 아니라 세균으로 전파되는 감염병이다. 감염병은 인간 중심의 명명이다. 인간의 입장에서 감염병이지, 페스트균에게 감염병은 생명력의 분출이자 확산이다.

포유류인 인간이 생명력을 분출하며 확산하는 방법은 바이러스나 세균과 다르다. 인간은 유성생식하는 생명종이다. 암과 수라는 성의 구분과 결합에 의지하는, 기본적으로 스스로 분열하는 방식인 무성생식과는 판이한 유성생식 방식을 발전시켰다. 생명종의 번식 전략 고도화이자, 도킨스 관점을 채택하면 유성생식을 통한 유전자 전달방법의 효율화와 지능화인 셈이다. 체세포 복제라는 반칙이 등장하긴 했지만, 인간은 다른 성(性)의 도움을 받지 않고는 자신을 후대로 전할 수 없다. 다른 성을 찾아내, 이른바 짝짓기를 통해 자신을 후대에 전하는 데 성공했다 해도 그 지분은 절대 50%를 넘지 않는다. 반대로 아버지를 증오하는 자식이 있다고 한다면 유성생식한 포유류로서 자신 몸의 50%나 아버지로 채워야 하는 태생적 저주를 수용해야 한다.

한마디로 사실상 '자체 복제'인 무성생식과 달리 유성생식에서는 자체의 일부를 쪼개서 다른 개체가 스스로를 쪼개어 내어놓은 부분과 합체하여 후손을 만들어낸다. 이 방식이 생식의 주체로서는 불만스러울 수 있는 게 시간이 흐를수록 최초 주체의 흔적이 희미해진다. 반면 도킨스의 '확장된 표현형'의 관점을 따르면 유성생식이 더 많은 표현형을 제공하게 되므로 유전자 입장에서 유성생식은 선택지가 늘어나는, 즉 편익이 늘어나는 만족스러운 방식이다.

유전자의 이익을 극대화하기 위해서는 암과 수 또는 여성과 남성이 서로에게 더 강력하게 끌리는, 종종 사랑으로 포장되는 유성생식 메커니즘이 긴요하다. 상호 끌림 프로그램은 기본설정에 해당한다. 여기에 거의 기본에 준하는 추가 사양으로 모성애가 주어진다. 모성애를 포유류인 인간의 유성생식 결과물이라고 한다면 극단적 설명법이긴 하지만 아주 틀린 얘기라고 하기는 힘들다. '결과물' 대신 인간의 유성생식 메커니즘의 핵심요소라는 표현도 타당하다.

그러나 만일 이 수준에서 이야기를 종결짓는다면 마르크스주의를 단지 경제결정론이라고 말하고 끝낸 것과 비슷한 상황이 될 터이다. 칼 마르크스는 하부구조의 중요성을 강조했지만, 상부구조의 역동성을 간과하지 않았다. 마찬가지로 모성애가 생물학적 범주와 무관하지 않지만, 적어도 인간의 모성애는 그 범주 너머에 위치한다.

모성애가 포유류 생존전략의 귀결이긴 하지만 생물학결정론을 초월하는, 말하자면 인간다움 혹은 숭고함과 관련한 특정한 가치가 모성애에 투영됐다는 얘기다. 인간은 생물학적 규정, 관점에 따라 생물학적 곤경을 극복한 뒤에 혹은 극복

> 모성애가 포유류 생존전략의
> 귀결이긴 하지만
> 생물학결정론을 초월하는,
> 말하자면 인간다움 혹은
> 숭고함과 관련한
> 특정한 가치가 모성애에
> 투영됐다.

하며 '메타 생물학'의 문명과 사회를 발전시킨 지구상의 유일한 생명 종이다. 모성애에도 같은 도식이 적용된다. 따라서 모성애가 유전자의 흉계에서 비롯한 것이 사실이지만 인간종의 모성애는 유전자에게 세게 한 방을 먹였다고 말해야겠다.

"혼자만 행복하다는 것은 부끄러운 일"

소설 『페스트』는 감염병이 창궐한 시기의 인간을 다룬다. 소재면에서는 생명종 간의 싸움이다. 페스트균 대 호모 사피엔스 사피엔스의 대격돌. 싸워서 이길 수 있으면 생명력을 가능한 한 많이 분출하여 정복하고, 만일 이길 수 없을 것 같으면 도망하는 원칙으로 생명종은 존립한다. 이길 수 없을 것 같은데 도망할 수도 없으면 그때는 운명을 논해야 한다.

인간이 지구 행성에서 최상위 포식자로 올라선 데는 개체의 경쟁력과 함께 인간종이 찾아낸 협업시스템이 주효했다. 다른 생명종보다 효율적인 번식이 가능했다. 그러한 과정에서 인식 · 가치 · 존엄 등과 같은 추가적인 의식을 인간은 발굴했다. 이런 추가적인 특성이 지적 생명체인 인간이 지구를 덮어버리는 데에 어떤 역할을 했는지가 확실하지는 않다. 지능과 같은 개체의 경쟁력과 인간종 협업시스템의 기여는 뚜렷하다고 말할 수 있지만, 존엄 등과 같은 추가

◀ Vincent van Gogh – Madame Roulin and Her Baby

적인 특성이 인간종의 번식 효율성을 높이는 데 기여했을 지는 아리송하다.

『페스트』의 주요 등장인물 중에 오랑에 취재하러 온 기자 랑베르가 있다. 취재하러 왔다가 느닷없이 도시가 봉쇄돼 그곳에 갇힌 랑베르는 당연하게 계속해서 탈출을 꿈꾼다. 그러다가 막상 탈출의 기회가 주어지자 페스트가 만연한 도시에 잔류하기로 한다. "행복을 택하는 게 뭐가 부끄러우냐"라는 의사 리유의 탈출 권유에, 랑베르는 "혼자만 행복하다는 것은 부끄러운 일"이라고 말한다. 이 대답이 그가 잔류한 이유다. 생존보다 부끄러움을 피하는 것을 더 우선했다.

의인법을 써서 만일 페스트균이 랑베르였다면 페스트 씨(氏)는 일각의 지체 없이 무엇보다 오랑을 탈출했을 것이기에 저런 문답을 주고받지 않았을 터이고, 행동과 별개로 더더군다나 "혼자만 행복하다는 것은 부끄러운 일"이라고 생각하지도 말하지도 않았을 것이다. 혼자만 행복하다는 것을, 부끄럽다는 이유로 포기한 랑베르의 행위에서, 인간을 전복된 의미의 '확장된 표현형'으로 받아들이게 된다. 인간은 언제나는 아니지만, 종종 유전자 대신 '확장된 표현형' 자체의 의미를 확장함으로써 유전자의 기세를 꺾어버린다. 유전자의 충실한 전달자가 되어 무가치한 생존을 이어가는 것을 단호하게 거절하고, 비록 자신이 '확장된 표현형'에 불과하여 유전자의 영원성에 비해 미미한 현존에 불과하지만 이 미미한 현존의 의미를 표현하고

자 존재를 건다. 개체가 '확장된 표현형' 자체의 의미를 천착하는 상황은 유전자에게 매우 우려할 만한 것이다. 개체가 단순 전달자 역할을 포기하려들 수 있기 때문이다.

페스트균과 달리 인간은 리비도와 타나토스를 동시에 감당하고 표출하는 존재다. 생명력과 자기파괴가 공존한다. '확장된 표현형'이란 규정이 대부분 유효하지만, 때로 확장을 거부하고 즉 전달을 포

〈낮과 밤〉, 2008 – 빅토르 스티벨베르크

기하고 스스로를 표현하는 데에 골몰하다 보면 리비도와 타나토스가 결합하는 역설적인 상황에 도달하게 된다.

소설『어머니』의 전형성과 '확장된 표현형'의 맥락

고리키의 『어머니』(1906년)는 러시아 사회주의 리얼리즘 대표작이다. 따라서 불가피하게 전형성이 강조된다. 전형성이란 게, 현실의 군더더기를 어느 정도 정리하여 인물 특성에서 세계의 침로가 명시적으로 드러나도록 한 것이어서 대체로 주인공에서 고귀함이 우러날 수밖에 없다. 사소한 문제는 『어머니』의 어머니가 너무 고귀해서 소설에서 약간의 불편한 감정을 느끼게 된다는 점이다. 과거 군사독재 정권하에서 대학생으로 이 책을 읽었을 때는 어머니의 그 고귀함으로 인해 감동한 기억이 어렴풋이 생각난다만, 무결이란 것이 현실에 존재하지 않으며 무결의 현상은 오히려 무결하지 않은 증좌라는 사실을 세월이 알려주어서인지 지금은 덜 전형적인 전형성에 더 기대를 품는다.

사회주의 리얼리즘의 전형성과 함께 소설 『어머니』는 모성을 전개의 중요한 수단으로 활용한다. 모성은 앞서 살펴본 대로 생물학적 본능이고, 동시에 본능을 극복한 인간의 고귀한 본성이자, 많은 페미니스트가 지적하듯 가부장제에 의해 강요된 신화다.

세 가지 설명 중에 어느 하나가 정답이라기보다는 아마 세 가지 모두가 모성을 설명한다고 보아야 할 것이다. 생물학적 본능은 우리가 포유류라는 데서, 고귀한 본성은 우리가 인간이라는 데서, 그리고 강요된 신화는 우리가 유사 이래 만들고 유지한 사회가 가부장제라는 데서 찾아진다.

가부장제 기원에 관한 많은 설명 중에서 사냥꾼과 양육자의 분업 모델이란 것이 있다. 인간 여성이 다른 포유류에 비해 유난히 생리혈을 많이 쏟는다는 사실에 착안한 설명이다. 인간 여성의 이러한 비효율적 생리는 외부로부터 지속해서 많은 철분 유입을 필요로 하는데 그 필요가 양육자 여성으로 하여금 사냥꾼 남성과 분업하도록 혹은 남성에 의존하도록 만들었다고 말한다. 철분 공급자로서 사냥꾼 남성과 양육자이자 가사 담당자로서 여성이란 이러한 분업 모델은 과학적 설명이라기보다는 신화 또는 이야기에 가깝다.

여성이 의존과 종속으로 이어지는 최초 분업 관계를 어떻게 맺었는지를 이야기함으로써 가부장제의 시발을 재미있게 풀어내고, 또한 그러한 가부장제하에서 남성에게 왜 부성이 별다른 의미를 갖지 못했는지를 그려내는 나름의 설명력이 발견된다는 게 흥미롭다. 게다가 인간은 포유류다. 인간의 아이는 항상 여성의 배를 통해서 태어나고 젖을 통해서 양육된다. 낳을 수 없고 젖을 물릴 수 없는 남성은 아이를 낳고 젖을 물리는 여성에게 대신 더 많은 철분을 공급한다는 설정이 '확장된 표현형' 관점에서 유효하게 받아들여진다.

인간 여성은 폐경을 통해 남성과 구분된 여성끼리의 협업체계를 구축한다. 인간 남성이 죽을 때까지 번식과 성(性)에서 혹은 '확장된 표현형'의 확장에서 경쟁한다면 인간 여성은 나이가 들어 폐경함으로써 경쟁에서 자연스럽게 물러난다. 현대에 들어 성(性)에서는 완전 퇴장이 아니지만 대체로 번식에서 전반적인 퇴장의 모양새를 취한다고 한다면 그다지 틀린 말이 아니다.

거의 인간종에서만 목격되는 폐경은 나이 든 여성에게 출산과 육아의 조력자 지위를 부여함으로써 인간종의 생존과 번성에 큰 이점이 되었다. 사회적 지위가 높은 나이 든 여성이 번식 경쟁에서 물러나 젊은 여성의 번식을 후견하는 데 따른 사회적 편익은 크다. 단순히 경쟁 압박을 줄이는 것에서 그치지 않고 경쟁과 출산 · 양육 경험을 전수하고, 나아가 직접 젊은 여성의 출산과 양육을 조력함으로써 인간종의 번식효율을 높였다.

이러한 남성과 여성의 분업과 여성 내에서 세대 간의 협업은 번식효율 제고와 함께 가부장제 고착과 확대로 연결되었다. 남성은 내부에서 경쟁하고 여성은 내부에서 협력하는 상이한 구도는 성을 기준으로 남성에 의한 여성 착취를 확고히 하는 한편 남성 내에서 '확장된 표현형'의 역할 수행을 두고 치열하게 다투는 일상적 적대를 낳았다. 인간종 번식에 유리한 환경은 '확장된 표현형'의 기능 수행에도 유리한 것이어서 유전자는 도킨스의 지적대로 인간종과 인간 개체, 그리고 인간 존재를 확실하게 압도한다.

여기서 가부장제는 억압을 강화함으로써 '확장된 표현형'의 기능을 더불어 강화한다. 여성혐오와 성적 착취는 부계 유전자의 전달이라는 강박과 깊숙이 연결되는데 문제는 아무리 강력한 압박과 강제가 작동한다고 하여도 유전자의 전달은 모계를 통해서만 확인된다는 데에서 발견된다. 부계 유전자 전달 강박증은 가부장제 강화와 상호 되먹임하며 구조적으로 고도화하였지만, 현상적으로 모계를 통해서만 유전자 전달이 입증되는 (인간) 포유류의 본원적 한계로 (인간) 남성은 언제나 어느 정도는 (인간) 여성의 속임수에 놀아날 수밖에 없었다. 가부장제는 부계 유전자 전달 강박증 아래 '100% 부계 전달'을 캐치프레이즈로 내걸었지만, 사실 가부장제가 성공적일수록 가부장제는 '확장된 표현형'의 기능 충실도를 높일 뿐이었고 캐치프레이즈는 '사실과 무관하게' 강박을 덜거나 속임수 성공 확률을 낮췄다고 믿게 하는 플라시보 효과 정도나 구현하였다.

20세기 후반 이후 유전자검사는 이런 '속임수'를 잡아낼 수 있게 했다. 이 속임수는, 가부장제 사회에서 살아가는 여성이 의도한 것일 수도, 여성 자신이 모르는 것일 수도 있다. 앞으로 유전자검사가 더 정교해지고 더 편리해지는 시대가 도래할 텐데, 그때는 속임수가 완전히 사라질까. 더불어 강박에서 풀려날 계기를 확보한 남성이 가부장제를 포기할 마음의 여유를 갖게 될까. 불행히도 그렇지는 않을 것 같다.

"혼자만 행복하다는 것은 부끄러운 일"이라는 『페스트』 속 랑베르의 발언에서 이 '혼자'는 인간종을 의미하지 남성이란 특정한 성을 의미하지는 않기 때문이다. 휴머니즘과 페미니즘은 같은 방향으로 전진해야 할 텐데 여전히 이 둘은 상충하거나 대립한다. 또는 이렇게 볼 수도 있다. 이 맥락에서 말한 휴머니즘은 진정한 휴머니즘이 아니라 사이비 휴머니즘에 불과하다고. 이 휴머니즘은 유전자가 '확장된 표현형'을 이용하듯, 남성지배 이데올로기에 보편성을 준다.

도킨스의 '확장된 표현형'과 관련하여 인간종의 (결국 유전자의?) 양육구조보다 더 강력한 적정성과 효율성을 구현한 시스템을 다른 종에서 찾기는 어렵지 않을까. '확장된 표현형'은 살펴봤듯 어이없이 가부장제와 연결된다. 인간이 단지 포유류란 이유만으로 '확장된 표현형'은 여성해방에 적대적이어야 하는 것일까.

> '확장된 표현형'은 살펴봤듯 어이없이 가부장제와 연결된다. 인간이 단지 포유류란 이유만으로 '확장된 표현형'은 여성해방에 적대적이어야 하는 것일까.

사냥꾼과 양육자 모델처럼 이것 또한 하나의 이야기이기에 아주 정색할 필요는 없다.

사소한 논점으로, 소설 『어머니』에서 발견되는 적잖은 가부장제

요소에도 불구하고 이념 때문에 자식을 포기하는, 러시아 혁명기의 다른 어머니 이야기는 이 소설의 큰 흐름인 가부장제와 상충한다. 이념은 모성애를 극복한다. 이 상충은 '확장된 표현형'에서 어떤 맥락을 찾아낼까. 마찬가지로 정색할 필요는 없지만 '확장된 표현형'의 맥락이 살짝 끊기는 듯한 느낌이 들기는 한다. 그러나 그 끊김은 '확장된 표현형'의 맥락에서 정말로 아주 사소한 장식에 불과할 것이다.

강간을 화간으로 만드는 각각의 상이한 관점

남아프리카공화국 소설가 존 맥스웰 쿠체가 쓴 『추락』(1999년)에서 플롯의 핵심인 강간 사건은 기이한 결말을 맺는다. 문명 이전 사회에서 강간이란 것이 실체적으로 성립했는지는 애매하며 지금에서는 그때 강간죄란 것이 성립했는지를 뒤늦게 따지는 행위에 별다른 의미를 부여하기 어렵다. 인간사회가 아니지만 사실상 당대 인간사회의 반영인 그리스 로마 신화에서 사랑의 수단으로 강간이 광범위하게 인정된 것만을 떠올려도 충분하다. 강간(죄)은 적어도 문명이후의 사건이며, 현재와 같은 의미로는 형법에 의한 처벌이 가능해진 근대국가 출범 이후에야 하나의 사건이 됐다.

문명 이전·이후와 무관하게 강간은 사적 행동의 범위를 넘어서 항상 일종의 사회적 행위였다. 범죄로 규정하느냐 아니냐는 달라졌

Vincent van Gogh - The Brothel (Le Lupanar)

다. 강간이 사회적 행위라는 말은, 근대 국민국가 출범 이후에도 피해자의 임신과 출산을 통해 강간범이 신생아 아버지 지위를 획득하게 되고 종종 면책되곤 한 데서 확인된다. 근대의 법체계를 무력화하면서 생물학적 번식과 가부장제의 폭력이 세속의 권위를 행사한 장면이다. 특별할 것이 없는 일상적 풍경이다. 가부장제 사회의 통제 기제가 작동하며 강간은 강제로 화간이 된다.

이 대목에서 가부장제는 '확장된 표현형'과 협력한다. 성폭력은 임신과 출산이 가능한 한 '확장된 표현형'의 확장구조에서 환영받는다. 동물 세계에서 번식이 폭력과 긴밀하게 연결되곤 하는 모습을 떠올려보면 된다. 인간을 '확장된 표현형'으로 격하하고 유전자를 만물의 주재자로 추앙함에 따라 모든 인간적인 가치는 상각된다. '확장된 표현형'이란 용어는 사실 누구나 이미 이해하고 있는 번식의 개념을 상업적 수사로 포장한 것에 지나지 않는다. 다른 영역에서라면 이런 표현이 크게 문제 되지 않겠지만 가부장제 질서와 성폭력 등을 자연스럽게 수긍하게 만드는 논리구조를 깔고 있다는 점에서 '확장된 표현형'이란 용어의 해악은 적지 않다.

소설 『추락』에서 강간당한 주인공은 임신 이후에 낙태를 선택하지 않는다. 여기서 강간과 임신, 낙태와 출산은 '확장된 표현형'과 가부장제의 폭력이란 문맥을 살짝 벗어난다. 문명화 시대 강간에 대한 생물학적 대응이라고 할 낙태(생명종이 탈번식 기제를 스스로 확보한 창세 이후 최초 사례인 인간의 낙태는 '확장된 표현형'에 치명적

일격이 된다.)를 자의에 의거해 주체적으로 거부하고 출산을 자발적으로 수용하는 주인공은 앞서 언급한 일반적 성폭력 희생자와 다른 인식과 태도를 보인다. 물론 소설의 사건은 사건이면서 동시에 비유로 받아들여져야 한다. 남아공 인종차별 역사를 성찰하고 새로운 시대의 도래를 소설적 비유로써 모색하려는 작가정신을 전제하지 않고서는 이 논의가 석명되지 않는다.

'추락'으로 번역된 소설의 원제는 'Disgrace'이다. 모호하지만 간단하게 소설 속 강간 사건의 핵심을 정리하자면 'disgrace'를 통한 'grace'의 회복이라고 말할 수 있다. 성서의 십자가 사건을 떠올린다면 과도한 상상이긴 하겠지만, 기독교에서 신의 육화가 인간에서 신의 '확장된 표현형'을 기계적으로 구현하려고 했다기보다는 신의 추락과 절망을 통해 옛 인간을 단절하고 새 인간에게 해방의 '확장된 표현형'을 선물하는 것이었다고 할진대, 아주 무관하지는 않겠다. 도킨스의 '확장된 표현형'을 비틀어 쓴 신인협력 기조의 이 '확장된 표현형'은 'disgrace'의 'dis'를 통한 'grace' 회복과 같은 문법을 취한다. 신이 아닌 인간의 입장에서는 '확장된 표현형'보다 '주체의 확고한 표명'이 더 중요하다고 단언할 수 있다.

이 표명이 중요한 것이 인간이 단지 바이러스의 숙주가 아니라는 사실을 코로나19 국면을 거치며 새롭게 자각하고 있으며 앞으로도 반드시 지각하고 있어야 하기 때문이다. 당연히 그 지각의 대상이 바이러스에 국한하여서는 안 된다.

3장
"미인이 아닌" 스칼렛이
타라가 아닌 러시아로 떠나다

버지니아 울프

2018년 7월 13일 오후 6시쯤 페미니스트 커뮤니티 '워마드'[1]에 낙태한 핏덩어리 태아 사진이 올라왔다. 사진에는 자신이 밴 남자아이를 (스스로?) 낙태했다는 설명이 붙었고, "어떻게 처리할지 고민

---

1) '워마드'는 여성(Woman)과 유목민(Nomad)을 합성한 용어. (극단적) 페미니즘 커뮤니티라는 주장부터 남성혐오 사이트란 주장까지 바라보는 입장에 따라 다르게 이해한다. 이 글에선 '그냥' 워마드로 표기했다.

이노 바깥에 놔두면 유기견들이 처먹을라나 모르겠노 깔깔"이라는 '감상'이 이어졌다. 이 게시물엔 게시자 행위와 '감상'에 찬동하는 댓글이 줄지어 달렸다.

이 사건은 노컷뉴스의 보도[2] 이후 '패륜' '충격' 등의 반응을 유발하며 한동안 공론의 장을 달궜다. 조작된 사진으로 밝혀졌지만, 워마드는 여론의 뭇매를 맞았다. 공개적으로 의견을 표명한 사람 가운데 '낙태 사진'을 옹호한 이를 찾기는 어려웠다. 작가 공지영은 SNS를 통해 "오늘 너무 많은 곳에서 워마드 태아 훼손을 봤다. 그만하고 그냥 바로 수사 들어갔으면 좋겠다. 강아지, 고양이 사체도 그러면 안 돼!! 안 돼!!"라며 수사를 촉구했다.

노컷뉴스 첫 보도에 제목으로 이미 '천인공노'가 포함된 것에서 단적으로 드러나듯 이 사건이 옹호받을 만한 것이 아니라는 데에 이견은 없어 보인다. 다만 이 사건 자체만 볼 게 아니라 사건 맥락을 함께 봐야 한다는 의견이 일부 개진됐다. 중앙일보는 "워마드 일부 게시물이 보는 이들에게 충격적이고 역겨움이나 불쾌감을 주는 지점이 있지만 워마드에서 논의되는 '비혼·비출산 여성으로 살아가는 법' 등 여성의 독립성을 담은 콘텐츠는 전혀 알려지지 않고 자극적인 소재만 대중에 과잉 대표되는 부분도 있는 것 같아 안타깝다"는 윤김지영 건국대학교 몸문화연구소 교수의 의견을 소개했다.[3]

2) '이번엔 태아에 가위질, 천인공노할 워마드 만행', 〈노컷뉴스〉, 2018년 7월 16일.

헤럴드경제는 공론화 과정과 언론의 부정적 역할에 초점을 맞춘 기사[4]를 내보냈는데, "'워마드 낙태' 오보가 포털메인에 떴다"라는 제목에서 의중이 한눈에 드러난다. 한 마디로 "언론이 워마드를 악마화하는 데 일조했다"고 요약할 수 있다. 이 사건을 정리한 나무위키 '워마드 남아 낙태인증 사건'에선 거꾸로 헤럴드경제 기사를 "워마드의 악행에 물타기를 했다"라고 반박했다.

'낙태 사진'을 둘러싼 논란을 지켜보는 가운데 원고를 쓰기 위해 기사를 검색하던 중 이 사건의 전반적 맥락을 짐작할 수 있는, 어쩌면 전반적 맥락과 무관하다고 해도 무방한, 혹은 논란 자체를 김빠지게 만드는 경험을 하게 된다. 이 사건을 다룬 어느 생소한 인터넷 매체에서 기사와 함께 기사 한복판에 떡 하고 동영상이 올라와 있었는데, 일군(一群)의 젊은 여성이 연달아 수영복 심사를 받는 모습이었다. 기사 오른쪽엔, 노출이 많은 다양한 국적 여성들 사진이 조금 더 선명한 화질로 제공돼 있었다. 기사 하단의 맨 위는 "발기부전 옛 말, '한 알'이면 밤새 3번 이상 '불끈!'"이란 제목의, 기사처럼 꾸며진 광고물이 자리했다.

일상적인 여성의 성 상품화, 혹은 일반의 기준으론 조금 과격한

---

3) '워마드, 이번엔 '낙태 인증' 논란…자극적 소재 부각하지 말아야', 〈중앙일보〉, 2018년 7월 17일.
4) '워마드 낙태' 오보가 포털 메인에 떴다', 〈헤럴드경제〉, 2018년 7월 17일.

일상적인 여성의 성 상품화, 혹은 일반의 기준으로는 조금 과격한 표현인 여성혐오가 만연한 가운데 워마드의 '악행'을 비판한 기사가 떠 있는 풍경은 카프카 소설 속 장면처럼 기이했다.

표현인 여성혐오가 만연한 가운데 워마드의 '악행'을 비판한 기사가 떠 있는 풍경은 카프카 소설 속 장면처럼 기이했다. 이렇게 기이한 풍경은 정도의 차이일 뿐, 대부분의 매체 사이트에서 목격된다. 기이하게도 이런 기이한 풍경은 일상적으로 전개돼 아무도 기이함을 기이하게 받아들이지 않는다.

한국 정치에서 '진보-보수'를 논할 때 오랫동안 기울어진 운동장을 이야기했다. 기이함의 카프카적 무력화에서 보듯 기울어진 정도로는, '여성-남성'이 비교를 불허한다. 개인적으로 '낙태 사진' 사건에 큰 관심이 없다. 그럼에도 일각에서 주장하듯 이 사건의 맥락을 찾아야 한다면 그것은 탈(脫)역사성-탈(脫)주체의 여성이 역사성을 자각한 주체로 자신을 스스로 인식하기 시작했다는 최근 들어 확연해진 어떤 흐름에서 발견되지 않을까. 인식방법론의 타당성 여부는 다른 곳에서 더 가열차게 논쟁을 벌이고 있으므로 여기서는 인식 자체에만 주목하기로 한다.

Vincent van Gogh – Wheatfield with crows

여성의 역사는
남성의 역사에 비해 한없이 짧다

1949년에 출간된 시몬 드 보부와르의 『제2의 성』은 서구 페미니즘의 성서로 불린다. '페미니즘의 자본론'이라 불러도 크게 과장은 아니다. 『제2의 성』의 유명한 진단, 즉 "여성은 태어나지 않고 만들어진다"라는 문장은 여성은 인간으로 태어났지만, 여성으로 만들어진다고 풀어 쓸 수 있다. '만들어진다'의 의미는 여성이 자신을 스스로 여성으로 만든다는 것이 아니라, 자신이 의식하든 못하든, 또는 자신이 의도하든 않든, 타의에 의해 여성으로 만들어진다는 것이다. 따라서 여성은 자연스럽게 타자로 귀결할 수밖에 없다. 여기서 타자라는 말은 간단히 주체가 아니라는 뜻이다. 그렇다면 누가 주체인가. "남자는 '주체'이고, '절대'이다."

실제로 그런지와 무관하게 근대의 인간은 평등한 인간으로, 즉 주체로서 설정된다. 생물학적 주체이기도 하고 정치적인 주체이기도 하다. 근대성이 디자인한 인간의 개념이다. 특정 개인이 개별적 삶에서 실제로 주체의 삶을 사는지는 불확실하고, 이 논의에서 중요하지도 않다. 굳이 언급하고 넘어가자면 아마 대체로 불가피하게 또한 노골적으로 거의 모든 근대의 인간에게 타자화한 삶이 주어질 것이다. 그러나 근대의 인간은, 전(前) 근대의 인간과 달리, 최소한 명목이라도 타자가 아닌 주체다. 단, 타자가 아닌 주체로 설정된 근대의 인간에서 여성은 제외된다. 시몬 드 보부와르가 『제2의 성』에서 지적한 대로다.

근대 이후의 여성이 타자라는 보부와르의 분석에 십분 동의하지만, 용어에 있어서는 '타자'보다는 '탈(脫)주체'가 더 적합하다고 생각한다. 근대 이후의 여성이 타자로 확고하게 정립됐다기보다는, 형식논리상 주체의 일원으로 간주했지만 실제로는 주체에서 배제된 채 그저 주체인 양 주체의 외양을 살았기 때문이다. 내가 보기에 근대성의 여성 설계는 근대 이후의 여성을 타자로 규정할 만큼 솔직하지 못했고, 오히려 탈주체로 묶어둘 만큼 교활했다. 여성은 끊임없이 타자화하는 존재이지만 '타자에 이르지 못하는' 탈주체로 성립한다는 판단이다.

마가렛 미첼의 소설 『바람과 함께 사라지다』(1936년)의 주인공 스칼렛 오하라는 타자화하는 탈주체의 전형이다. 『바람과 함께 사라지다』에 따라붙은 평을 종합하면, 미국 남북전쟁 시기(1861~1865년) 남부 조지아주를 배경으로 스칼렛이란 '주체적인' 여성의 삶과 사랑을 그린 소설 정도다. 소설은 "스칼렛 오하라는 미인이 아니었지만, 탈턴 쌍둥이 형제처럼 그녀의 매력에 사로잡힌 남자들은 그 사실을 제대로 깨닫지 못했다"로 시작해 그 유명한 "Tomorrow is

---

5) "Tomorrow is another day"는 "내일은 내일의 태양이 뜬다"로 의역돼 한국 번역사의 유명한 창의적 오역 문장으로 기억된다. 지금은 본래 영어 의미에 충실한 얌전한 번역으로 돌아가 있다.

another day"로 끝난다.[5)]

미국이 자랑하는 이 소설은 유장하면서도 박진감 넘치는 서사와 스칼렛에서 한눈에 드러나듯 빼어난 인물 창조 등 여러모로 뛰어난 작품이다. 동시에 그 유명세 때문에 많은 비판을 받는데, 크게 흑인혐오와 여성성 인식 문제 두 가지를 들 수 있다.

이 소설 속에선 늘 두 개 세계가 대립한다. 남과 여, 남과 북, 자유무역 대 보호무역, 흑과 백 등. 당대의 편견에 맞서 싸우면서 자신의 운명을 개척하는 스칼렛 오하라는 외형상 진취적이고 주체적인 인물로 그려진다. 그러나 활력 있게 그려진 온갖 생의 분투에도 불구하고 스칼렛은 한 번도 주체로 서지 못한다. 압축적으로 설명해 그는 크게 보면 (남자에 의해) 사랑받고 버림받는 피동적 존재이며, 동시에 계몽의 대상으로 표현된다. 주체적이고 진취적인 그를 계몽하는 이들은 레트 버틀러나 애슐리 윌크스 등 그가 사랑한, 그를 사랑한 남자들이다. 그는 한 마디로 타자화한 주체라고 할 수 있다.

스칼렛에 대칭적인 인물로 그려지는 멜라니 해밀튼 역시 결이 다를 뿐 타자화한 주체의 범주를 벗어나지 못한다. 스칼렛과 멜라니는 분명 주체적으로 곤경을 헤쳐나가지만, 그들에겐 강인한 삶의 의지와 여성적인 연대, 그리고 (남자를 향한 또한 남자로부터) 사랑만이 주어질 뿐 시대를 뚫어보는 역사성과 통찰력이 결여돼 있다. 결여된 능력을 보충하는 역할은 버틀러나 애슐리 같은 남자가 맡는다.

『바람과 함께 사라지다』의 주요 등장인물 4명을 사분면 상에 배치하면 스칼렛과 멜라니의 타자화한 탈주체의 성격이 분명하게 드러난다.

　세로축을 '역사 인식', 가로축을 '시대구분'으로 하면 어울리는 두 쌍이 자연스럽게 추출된다. 새 시대에 속한 버틀러와 스칼렛은 원래 어울리는 한 쌍이다. 스칼렛은 대각선에 위치해 잘 연결되지 않는 애슐리를 연모했으나 종국에서야 자신의 진정한 짝이 버틀러임을 깨닫게 된다. 흥미로운 점은 언급한 대로 소설의 등장인물 스칼렛과 멜라니가 사분면 아래쪽에 위치한다는 사실이다. 두 여인은 그들의 시대가 어떻게 흘러갈지 전혀 예측하지 못하고, 앞서 설명한 대로 두 남자의 도움을 받아 조금씩 짐작할 뿐이다.

　이런 소설 속 여성상은 작가 마가렛 미첼 여성관의 반영이라고

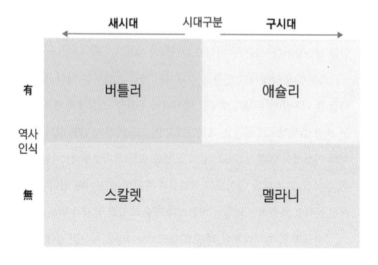

볼 수도 있고, 혹은 자신의 관점을 배제하고 되도록 과거의 역사를 있는 그대로 보여주려고 한 작가의 부작의(不作意) 리얼리즘 정신의 결과물일 수도 있다. 그밖에 다른 이유가 있을 수 있지만, 그것이 무엇이든 『바람과 함께 사라지다』의 스칼렛과 멜라니는 근대 이후 여성의 전형, 즉 타자화한 탈주체를 생생하게 구현한다.

자본주의가 도래한 이후에도 온존한 가부장제 사회에서 남성은 끊임없이 동시에 어쩔 수 없이 주체화를 모색한다. 남성의 대응물로서 자발적이고 순응적인 타자화를 걷는 여성의 모습은 앞서 인용한 이 소설의 첫 문장에 적나라하게 드러난다. 첫 문장의 사실들을 정리하면 ▲스칼렛 오하라는 미인이 아니다[6] ▲그럼에도 어떤 남자들은 그의 매력에 사로잡힌다 ▲그 남자들은 그 사실, 즉 스칼렛 오하라가 미인이 아니라는 것을 제대로 깨닫지 못한다.

당시 조지아주에서 잘 나가는 저널리스트였던 미첼 필생의 역작 『바람과 함께 사라지다』. 그 소설 첫 문장이 고작 주인공 여성 용모를 지적한 것이라니 허망하기도 하고 절묘하기도 하다. '미인'이란 규정은 남성에 대한 성적 매력을 공공연하게 암시하고 있으며, 그가

---

6) 영화 〈바람과 함께 사라지다〉의 스칼렛 오하라 역은 비비안 리가 맡았다. 영화만 본 사람은, 혹은 소설을 스쳐 읽은 사람은 스칼렛이 미인이 아니라는 첫 문장을 대체로 모른다. 영화 속 비비안 리의 인상이 워낙 강하게 남아 많은 이가 스칼렛 오하라를 비비안 리와 사실상 동일시하기에, "스칼렛 오하라는 미인이 아니었지만"을 건성으로 읽고 지나가기 쉽다.

미인이 아닌데도 남자들이 매료당한, (남성 입장에서) 다소 억울한 상황을 모종의 부당함으로 그려내기까지 한다. 요즘의 페미니스트였다면 좀처럼 쓰기 힘들 법한 첫 문장이다.

스칼렛이 미국 남북전쟁 시기 미국 최남단 주 플로리다와 면한 보수적인 남부 조지아주의 여성을 대표한다고 해서, 지금은 사라지고 존재하지 않는 소설 속 과거 여성이라고 치부하긴 힘들다. 근대 이후의 여성에서 나는 여전한 '스칼렛'을 목격한다. 주체적이었지만 한 번도 주체인 적이 없었던 '스칼렛'은 이런 탈(脫)주체의 처지로 인해 결코 자신의 역사를 쓸 수 없었다.

근대 이전과 구분해서 근대 이후 역사는 훨씬 더 뚜렷하게 기록되고 있으며, 그것은 근대 이전과 확고하게 차이 나는 '인간'의 역사라고 할 수 있다. 그 인간의 역사가 표명과 달리 남성의 역사였기에 그동안 여성의 역사는 백지로 남았다. 여성의 역사는, 좋게 보아 요즘에서야 서장이 열리는 참이다. 서장에서 "스칼렛 오하라는 미인이 아니었지만"과 같은 기술이 나타나지 않으리란 점이 분명해 보인다.

역사 앞에 서기

자신의 역사를 쓰려면 역사성을 인식해야 한다. 역사성을 인식하려면 주체로 정립돼야 한다. 물론 노예의 역사가 기술될 수도 있다. 그러나 성서의 모세 이야기처럼 노예라 해도 주체로서 자신의 역사를 인식할 때만 자신의 역사이지, 그렇지 않다면 그것은 남의 역사의 배경일 따름이다.

일본 소설 『방랑기』(1928~1930년)가 그렇다. 최하층 빈민 생활을 전전한 작가 하야시 후미코(林芙美子) 일기를 정리한 이 책에는 작가가 투영된 여성의 삶이 민초의 삶과 중첩돼 표현된다. 최하층 빈민 여성으로 살아가기에, 주인공 겸 작가에게는 빈민과 여성의 두 가지 고통이 포개진다. 주장하는 방식이 아닌 보여주는 방식으로 여성의 고통과 열악한 지위를 드러냈다는 점에서 『방랑기』는 본질적으로 문학이다. 섬세한 (여성의) 심리묘사 또한 읽을거리다.

이 소설의 성취는 사실 그것으로 충분하지만, 현재 논의와 관련해서 따지고 들자면 상당한 아쉬움을 남긴다. 『방랑기』 주인공은 『바람과 함께 사라지다』의 스칼렛과 동일하게 탈역사성의 탈주체로 그려진다. 『방랑기』 주인공이 보이는 가부장제 폭력에 순응하는 태도는 『바람과 함께 사라지다』 스칼렛의 주체적이고 진취적인 태도와 비교되지만, 이 차이는 비본질적이다.

스칼렛이 남북전쟁의 배경과 원인에 무지했듯이 후미코 또한 빈곤으로 고통받고 있음에도 계급과 이념 문제에 무관심하다. 스칼렛과 후미코는 동일하게 여성을 즉자적 존재로 받아들인다. 주장하지 못하고 인식하지 못하는 가운데 의도하지 않게 드러내는 '부작의의 리얼리즘'이 성취라면 성취겠다. 그러나 그 리얼리즘은 역사 앞에서 초라해진다.

반면 『전쟁은 여자의 얼굴을 하지 않았다』(1985년 · 2002년, '1985년' 초판의 검열돼 사라진 내용 복구해 2002년 재출간)는 부작의의 현실을 작의의 리얼리즘으로 끌어올려 여성의 역사를 작성한 선구적인 사례에 속한다. 작가 스베틀라나 알렉시예비치가 약 200명 참전 여성을 만나 인터뷰한 내용을 정리해 기술한 이 책은 다큐멘터리 문학이다. 제삼자 관점을 취하기에, 작가와 주인공이 동일시된 『방랑기』와 애초에 구상이 다르다.

『전쟁은 여자의 얼굴을 하지 않았다』 등장인물들은 『방랑기』와 마찬가지로 중첩된 고통으로 괴로워한다. 여성으로서 받는 고통은 두 책에서 공통적이고, 최하층 빈민의 고통이 국민국가에서 국민의 고통으로 바뀐다. 2차 세계대전 발발과 함께 "사회주의 소비에트 공화국 국민으로서 조국을 지키겠다"라는 성(性)을 초월한 애국심은 처음에는 영광의 중첩으로 보였다. 남녀를 불문한 국민으로서 애국심에다, 여성임에도 기꺼이 전장에 나서는 추가적인 애국심은 국민국가에서 찬양받을 만한 행위였다.

그러나 남자의 전장에서 여자의 영광은 곧 망각된다. 참전한 여자들은 남성에 최적화한 군대 시스템에 물리적으로 고통받고, 남자의 전쟁에 끼어들어 남성의 자존심에 상처를 입혔다는 명시적이지 않은 이유로 심리적인 고통을 당하며, 여성 그 자체로서 적군뿐 아니라 아군에게서도 성적(性的)으로 고통을 받는다.

참전 여성이 당한 이 모든 고통은 국민국가와 국민국가 군대의 명예를 훼손할 수 있기에 공개적으로 거론되지 말아야 하며 가능한 한 존재하지 않는 것으로 간주해야 한다. 여성 군인이 받은 고통은 국가에 더 큰 모욕이 되기에 그 고통은 없는 것이 돼야 하며, 그러다 보면 전장에서 그들의 존재 자체를 없었던 것으로 하는 편이 여러모로 편리하다. 실제로 알렉시예비치 취재에 따르면 참전한 많은 여성 군인이 참전 사실 자체를 숨기고 싶어 했다.

> 여성 군인이 받은 고통은 국가에 더 큰 모욕이 되기에 그 고통은 없는 것이 돼야 하며, 그러다 보면 전장에서 그들의 존재 자체를 없었던 것으로 하는 편이 여러모로 편리하다.

영광이 사라지자 국민국가 국민인 참전 여성은 국가로부터 총체적으로 핍박을 받았다. 전장에선 군대의 같은 내부자로서 고통의 동지이자 같은 국민인 남성 군인이 (참전 여성에게) 고통의 가해자가 되는 광경을 목격한다. 같은 국민인 참전하지 않은 여성은 참전 여성의 고통을 동감하거나 동정기는커녕, 외부자로서 참전 여성에게 추가적인 고통을 가한다. 남편을 전쟁에 보내놓고 자신들이 홀로 힘겹게 생존을 다투고 있을

Vincent van Gogh – The Italian Woman

때 전장의 참전 여성들이 자신들의 남편과 놀아났다는 비난이다. 과거 고려 역사에서 몽골에 공녀로 끌려갔다가 돌아온 고려의 여인을 "화냥년"이라고 욕한 사례와 다르지 않다. 고려든 러시아든, 환향(還鄕)은 화냥으로 둔갑한다. 환장할 노릇이다.

소비에트 공화국 참전 여성은 여성으로서 역사를 인식했고 주체로서 자신을 설정했지만, 이후 역사에서 보듯 그들은 역사에서 추방당하고 망각 당한다. 그저 그런 심드렁한 '인간의 역사'가 아닌, 아주 예민한 '남자의 역사'인 전쟁에 여자들이 끼어든 것은 불경한 일이었기 때문이었을까. 『전쟁은 여자의 얼굴을 하지 않았다』를 저술하기 위한 알렉시예비치의 작업 또한 당국으로부터 공화국 명예를 실추할 수 있다는 우려를 사곤 했다. 초판의 엄격한 검열은 그러한 이유에서였다.

『전쟁은 여자의 얼굴을 하지 않았다』에서 여성의 역사는 회복된다. 여성의 역사가 말살됐다는 추가적인 역사까지 포함한다. 여성이, 역사성을 인식한 주체로서 스스로를 설정한 명백한 과거가 존재했기에 가능한 일이었다.

당장은 자기만의 방이 필요하다

버지니아 울프는 1929년에 현대의 페미니즘 도서 목록 상단에 이름을 올리게 되는 『자기만의 방』을 발표했다. 이 책의 요지는 단순하다.

여성이 픽션을 쓰고자 한다면 돈과 자기만의 방이 필요하다.

"여성이 픽션을 쓰고자 한다면"을 '여성이 역사성을 인식하는 주체로서 스스로를 설정하고자 한다면'으로 바꿔도 크게 오독은 아닐 것이다. 울프는 영국의 대표적인 여류작가 제인 오스틴과 에밀리 브론테를 거론하며 그들이 거실 한구석에서 채 30분을 제 마음대로 보내지 못하며 글을 썼을 것이라고 전한다.

그렇게 열악한 환경에서도 오스틴과 브론테가 기념비적 작품을 남기긴 했지만, 더 많은 오스틴과 브론테 탄생을 위해선 자기만의 방과 경제적 안정이 필요하다고 주장한다. 즉 신분상의 독립과 경제력은 여성이 남성과 대등한 작가로 성공하기 위한 기본적인 조건이라고 역설한다. 그런 측면에서 『바람과 함께 사라지다』와 『방랑기』에서 빠진 내용을 『자기만의 방』이 제시한다고 볼 수 있다.

세 작품 발표 시기는 엇비슷하다. 『바람과 함께 사라지다』와 『방랑기』가 탈주체성의 탈주체를 (의도가 무엇이든, 혹은 의도와 무관한 결과가 무엇이든) 문학으로 형상화했다면, 『자기만의 방』은 에세이 형식을 빌려 직접 '탈(脫)'을 떼어버릴 것을 주문한다. 특별히 작가로서 울프는 여성이 글쓰기에서 '탈(脫)'을 떼어버리는 방법으로 모더니즘을 제안한다. 리얼리즘이 세계를 반영하는 보편적인 방식으로서 가부장적 글쓰기 형식을 대표한다면, 내면 프리즘을 통한 세계의 재구성이란 가능성 하에서 울프는 모더니즘을 여성적 글쓰기 형식으로 봤다.

그러나 울프는 약간은 혼란된 모습을 보이는데, 아마도 그가 페미니즘을 본격 천착하지 않았기 때문일 수 있다. 예컨대 울프는 "위대한 마음은 양성적"이란 새뮤얼 테일러 콜리지의 견해에 찬동하며 짐작건대 결국은 여성의 발견을 통해 양성 조화로 가야 한다고 믿은 듯하다.

물론 여성이든 남성이든 결국은 인간이어야 한다. 그러나 이 휘황찬란한 수사는 인간의 해방과 평등을 말한 근대성의 사기(詐欺)였기에 여성이 마침내 인간이 되려면 아직은, 또는 앞으로 꽤 오랫동안 자기만의 방이 필요하다는 절박한 현실을 은폐한다.

시몬 드 보부와르는 『제2의 성』에서 "우리가 누구든 간에 남자든 여자든 다 똑같은 인간이라고 생각해야 한다"는 어떤 페미니스트의 주장에 대해 "이 주장은 해방을 뜻하지 않고 도피를 뜻한다"고 반박했다.[7] 이 주장이 도피를 뜻하지 않고 해방을 뜻하려면 "여성이 나 자신을 규정하려면 우선 '나는 여자다'라고 선언해야 하는 반면 남자는 결코 어떤 성에 속하는 개인으로 자신을 규정하며 시작하지 않는" 남녀의 상반된 상황이 먼저 바뀌어야 한다. 여기서 '나는 여자

7) 시몬느 드 보부와르, 『제2의 성 1』, 16쪽, 동서문화사, 2017년

다'는 선언은 '나는 인간이 아니다'와 등가이며 '나의 존재는 탈역사성의 탈주체다'라는 말을 반복하고 있을 따름이다.

그러하기에 '모두의 방' 혹은 뭉뚱그린 '인간론'은 여전히 여성을 탈역사성의 탈주체에 묶어놓기 위한 음모에 불과하다. 양성적인 위대한 마음을 도모하려면 먼저 대등하고 확고한 양 주체가 성립돼야 한다. 지금으로선 '나는 여자다'라는 선언이 필요없는 세상을 고민하기에 앞서 무엇보다 자기만의 방 확보를 우선시해야 한다. 그런 다음에, 혹은 그렇게 하면서 필요하다면 '나는 여자다'라는 선언을 폐기할 구체적 전략과 전술을 검토할 수 있을 것이다. '나는 여자다'라는 선언 자체가 폐기된 상황이 당연히 최선이지만, 완전히 다른 의미로 '나는 여자다'를 과격하게 주장하는 과도적 단계를 거쳐야 할 수 있다. 여성이 자신의 역사를 쓸 수 있을 때에서야 인간이 제대로 된 인간 역사를 처음으로 마주 대하게 되리라고 확신한다.

4장
신 없는 신성을 탐색한
카프카의 고독과 구원

〈그리스도의 고독〉, 1897 - 알퐁스 오스베르

나는 키에르케고르(Kierkegaard, Sören)처럼 어떻든 매우
쇠퇴해 버린 기독교에 의해 이끌려 살아온 것도 아니거니와,
또 시오니스트들처럼 유대교의 법의(法衣)의 옷자락에 매달
려 온 것도 아니다. 나는 종말이거나 그렇지 않으면 시작인
것이다.

프란츠 카프카(1883~1924년)는 인용문에서 종말과 시작을 말
한다. 근대를 연 작가로 불러 전혀 부족함이 없는 카프카는 신(神)
없는 세상인 근대에서 근대인의 고독을 툭툭 내뱉듯이 허술하게, 그
러나 집요하게 파고든다. 카프카가 소설에서 보여주는 즉물적 냉담

은, 식상한 표현이지만 인간 소외를 날것으로 드러내는 역설을 창출한다. 카프카 소설의 다의성과 중층성은 최초 근대인으로 엄혹한 근대를 대면하면서 경악과 고통, 그리고 인간 전체의 위기를 체험한, 동시에 선취(先取)한 작가정신의 결과물이다. 한 작가에 관한 논문으로는 전 세계에서 카프카 논문이 가장 많다는 사실에서 카프카 이후의 근대인들은 근대인의 아담이라 할 카프카의 사유를 분석하고 전언을 해독하려는 열망에 휩싸여 있음을 알 수 있다.

나는 종말이거나 그렇지 않으면 시작이다

카프카 소설을 해석하는 스펙트럼은 넓게 형성돼 있다. 유대 전설과 신비주의 전통의 맥락에서 바라보는가 하면 미래사회로 이끌 변화의 전형성 창조에 실패했다는 비난까지, 다양한 견해가 있지만, 실존과 연관 지어 카프카를 해석하는 방식이 가장 널리 알려져 있고 이 방식에 대중의 호응이 가장 큰 듯하다.

실존의 위기든 그 무엇이든 카프카의 많은 작품이 기본적으로 근대성에 정면으로 맞서고 있음이 분명하지만, 사이코패스적 외피의 하드보일드에 근거한 작가정신의 광활한 지평을 보여주는 『소송』(Der Prozeß · 1925년)이야말로 그중에서 백미이다. 『소송』 시작과 끝은 다음과 같다.

누군가 요제프 K를 중상한 것이 틀림없다. 아무 잘못한 일도
없는데 어느 날 아침 그는 체포됐기 때문이다.

(…)

"개같이" K가 말했다. 그가 죽은 후에도 치욕은 남을 것 같았다.

『소송』 주인공 요제프 K는 "아무 잘못한 일도 없는데" 어느 날
아침 체포된다. 아무런 잘못이 없는데 체포돼 1년 만에 "개같이" 죽
음을 맞는 것으로 카프카는 요제프 K의 세계를 설정한다. 모두(冒
頭) 인용문에서 강조했듯 카프카는 기독교와 유대교 세계에서 벗어
나 있거나, 벗어나 있으려고 한다. 한 마디로 신이 없거나 없다고 믿
는 세계다. 『소송』 요제프 K의 세계도 같다.

기독교가 말하는 신이 없는 세계는 원죄가 없는 세계다. 근대가
신의 질서를 완전히 폐기했는지는 단언할 수 없지만, 서구에서 근대
는 신적 질서의 극복을 도모함으로써 성립했다. 근대가 신의 극복
혹은 신의 극복의 도모 없이 존립할 수 없었듯이 근대 이전 서구 세
계는 신 없이는 설명되지 않는다. 에덴동산에서 불멸의 존재로 창조
된 인간은 죄를 지어 에덴동산에서 쫓겨났을 뿐 아니라 불멸성을 상
실하고 죽어야만 하는 유한한 존재로 변경된다. 이런 전락은 그러나
신이 자신의 독생자를 인간 모습으로 인간 세상에 보내어 구원을 약
속함에 따라 인간이 믿음을 통해 의롭다함을 얻고 하나님 나라에 다

시 다가갈 수 있게 되는 극적인 반전으로 전환된다.

변증법적 지양을 통해 이향(離鄕)의 인간이 본향으로 돌아갈 수 있게 된다는 구상은, 이성을 앞세워 스스로를 신의 잠정적 대체물로 간주한 근대인이 나타나기 전까지의 인간에겐 크나큰 위안이자 삶의 주춧돌이었을 것이다. '그저' 죄를 자복하고 믿음으로써 이 힘겨운 이승의 삶을 끝내고 본향에서 복된 삶을 기약할 수 있다는 확신은 아무튼 삶을 살만한 것, 혹은 최소한 견딜만한 것으로 만들어주었으리라고 추측할 수 있다. 이 신파적 확신은 기독교의 정수처럼 보이지만 사실 기독교를 왜곡한 것이거나 아니면 무관한 것이며, 그렇지 않다고 해도 많은 오해 소지가 있다. 기독교를 세속화하면서 '종교 구매력'을 염두에 두고 일각에 무분별하게 뿌린 판촉물에 불과했지만, 어느 사이 상품 진열대 한 가운데를 차지하게 됐다.

근대의 도래와 함께 '귀향'은 저지된다. 이른바 이성을 지닌 (신을 잠정적으로 대체하는) 존재로 새롭게 계몽된 근대인은 귀향에 관한 신의 변

근대의 도래와 함께
'귀향'은 저지된다.
이른바 이성을 지닌
(신을 잠정적으로 대체하는)
존재로 새롭게 계몽된 근대인은
귀향에 관한 신의
변증법적 구상에 반기를 든다

증법적 구상에 반기를 든다. '귀향' 자체는 어쩌면 근대인에게도 매혹적인 설정일 수 있었다. 아마 근대인이 감내하기 힘들었던 건 죄의 자복이 아니었을까. 스스로를 죄인으로 단죄하는 상태에서 근대인은 앞으로 나아갈 수 없었다. 무죄보다 무지를 더 끔찍한 것으로 받아들였지만, 그렇다고 '죄인됨'을 삶의 기본조건으로 용인하는 방식은 불편하게 느껴졌다. 죄를 논하지 않는 자의적 이신칭의는 가능한 타협안에 속했다.

'죄인됨'이란 비이성적 존재한정은 세계정복을 앞둔 진취적인 근대인에게 불편하기 그지없는 걸리적거림이었다. 신이 만든 세계 안의 죄인이 아니라 신이 없는 세계의 정복자를 꿈꾸는 인간은 그리하여 죄를 사함 받는 존재론적 번거로움을 피하고 대신 죄를 탕감받는 혹은 죄 자체를 무효화하는 합리적인 개척을 선택한다. 여기서 문제는 신의 의지와 무관하게 죄를 탕감 혹은 무효화해버린 것이라고 할 수 있다. 채권자 의사를 묻지 않고 채무자가 부채 해소를 선언한 상황과 크게 다르지 않았다. 신에 대한 인간의 디폴트 선언. 사실 또 따지고 들면 기독교에서 신은 (관점에 따라 달라지겠지만) 인간에게 채권을 주장하지 않는다. 채권과 별개로 인간이 신에게 채무가 있느냐에 대해선 더 깊은 논의가 필요하다.

아무튼 근대인은 인류 역사에서 처음으로 주체가 된다. 근대 이전 유일한 주체가 신이었다고 할 때 근대 이후 인간이 그러므로 형

Vincent van Gogh – Wheat Fields with Reaper, Auvers

식논리상으로는 신적인 존재가 된 것이다. 신(神)이 신(神)임을 인증할 하등의 이유가 존재하지 않지만, 만일 인간 입장에서 신(神)이 신(神)임을 인증하고자 할 때(신(神)에게 신(神)임을 인증시키고자 할 때) 유일한 인증수단은 공인인증서도 아니고 오직 신(神) 자신밖에 없다. 반면 근대에 이르러 (형식논리상) 신적인 존재에 도달한 인간이 자신의 신성을 인증할 수단은 신과는 달리 자신의 바깥에서 찾을 수밖에 없었는데, 대표적인 것이 '이성'이었다. 그러나 이 이성의 권능이 인간을 신적인 존재로 확증해주었다기보다는 인간의 원초적 고독과 존재론적 한계, 인식론적 분열을 일깨웠을 뿐이라는 사실이 곧 자명해진다.

그렇다면 신성 대신 인성의 인증에 만족하는 근본적인 전향(轉向)은 불가능할까. 아마 그러할 것이다. 역성혁명에 성공한 뒤 왕좌를 비워두고, 잠시 눈치를 보는 가식이면 몰라도 신하 자리에 계속 앉는 반역자를 상상할 수 없는 것이나 마찬가지다. '죽은 신의 신학'이 결국 신학이지 않은가.

그렇다고 이성이 아닌 다른 권능에 의지할 수는 없었다. 신과 달리 인간은 마침내 자신에게서 자신을 인증할 수단을 찾아낼 수 없다는 숙명에 직면한다. 인간 밖의 인증수단으로 이성 말고는 딱히 다른 수단이 발견되지 않은 데다 앞서 말했듯 인간 안의 인증은 원천 거부됐기 때문이었다. (예수처럼!) 죄가 없(다고 선언하)는 근대인은 귀향이 좌절된 채 균열한 정체성을 지닌 주체로서, 알렉산드르 솔제니친의 『이반 데니소비치 수용소의 하루』(1962년)에 나오는 수용소의 인간군상처럼, 다른 희미한 주체들과 부대끼며 신을 떠나보낸 신적 존재라는 근대인으로서 공인인증을 헛되이 추구했다.

강조하거니와 여기서 쟁점은, 신은 자신을 스스로 인증할 수 있는 반면 인간은 타자에 의해 인증돼야 한다는 것이다. 그 타자는 신 아니면 인간일 수밖에 없는데, 인간의 인성(人性) 인증은 신과 인간 모두에게서 가능하지만, 인간의 신성(神性) 인증은 (근대인의 기대와 달리) 부재한 신에게서만 가능하다는 사실이 최종적으로 드러났다. 만일 '결과'만으로 현실을 구성하는 일이 가능하다 해도, 소거했거나 괄호를 쳐둔 '원인'을 현실 속 결과의 원인이 아니라고 주장하거나 나아가 사실은 결과가 원인인 것으로 판명됐다고 주장할 수는 없다. 근대성에는 신성을 포기한 인성만의 인간이란 극단적 대안이 가능하지만, 근대성의 짧은 역사에서 안타깝게도 인성만의 인간은 결코 감내할 만한 대안이 아닌 것으로 확인되는 중이다. 신성의 공백은 너무 컸고, 신을 살해하거나 추방한 근대의 인간은 신성과 인성 사이의 심연에서 추락할 심각한 위험에 처하고 말았다.

결국 신을 배제한 인간 자신에 의한 인간의 신성 인증은 가장 이상적인 상황이라고 해야 구제불능의 고독, 현실적으론 봉합 불가능한 분열로 귀결한다. 근대인은 자신을 막아선, 원한 적이 없는 고

독과 분열의 심연 앞에
서 망연자실한다. 죄
인됨을 거부함으로
써 부수적으로 또는
의도하지 않게 인증
의 최종심급을 결여
시킨 근대인은 홀연
직면한 거대한 심
연 앞에서 불가불

> 가장 이상적인 상황이라고 해야
> 구제불능의 고독, 현실적으론
> 봉합 불가능한 분열로 귀결한다.
> 근대인은 자신을 막아선,
> 원한 적이 없는 고독과
> 분열의 심연 앞에서
> 망연자실한다.

공황에 사로잡히게 된다. 카프카 소설의
전형적인 모습이다. 카프카는 여기에 그치지 않고 공황으로 내몰
린 삶이 다음 단계인 죽음에서 치욕으로 귀결하는 '비상구 없음'(No
Exit)을 『소송』에서 묘사한다. "그가 죽은 후에도 치욕은 남을 것 같
았다"는 『소송』 마지막 문장을 떠올려보자. 카프카 『소송』의 논지라
면, 근대인은 자신 앞에 도사린 심연을 극복하거나, 우회할 방법 또
는 심연에 투항하는 방법을 찾아내지 못한다. 에트나 화산 분화구
속으로 투신한 그리스 철학자 엠페도클레스(BC 490?~BC 430?
년)의 전범을 계승하지 못한 근대인은, 그저 편도체의 강력한 작동
아래 심연 앞에서 공포에 사로잡혀 옴짝달싹 못 하고 개처럼 죽어
갈 운명이었다. 심연으로 투신마저, 그것이 우아한 선택이란 이유
로 근대인에게 주어지지 않았다.

"이성으로 비관하고 의지로 낙관하라"는 금언은 암울한 현실을 타개하는 데에 요긴한 윤리적 강령으로 종종 인용된다. 이 말의 화자로 거론되는 안토니오 그람시(1891~1937년)는 카프카와 동시대를 살았지만, 카프카와 다른 유형의 근대인이었다. 이 금언에는 그람시와 같은 유형의 근대인이 인식한 근대성의 절망이 함축돼 있다. 지금 논의와 연결해 설명하면 '인성만의 인간'에 좌초한 근대인이, 신을 추방하고 난 뒤에 '부재한 신'을 호출해 '신성의 인간'을 세상에 덧씌우려는 간절한 몸부림이라 할 수 있다.

결국 의지만이 중요해진다. 익숙한 용어로 바꿔 쓰면 욕망이다. 앞에서 살펴봤듯 의지의 개입으로 에덴동산 선악과를 먹어 갑자기 눈이 밝아져 서로의 벌거벗음을 알게 된 인간 남녀에게 이른바 죄의 결과로 남겨진 건 욕망이다(에덴동산에 출현한 인간의 '의지'에 관해서는 너무 긴 이야기가 될 터이기에 상세한 논의는 생략하는 게 좋겠다).

이후 인간은 에덴동산 밖을 떠돌며 결코 충족되지 않을 욕망을 충족시키는 덧없는 삶을 영위해 지금에 이르렀다. 비유 차원에서 근대인은 막 에덴동산을 나온 아담과 하와와 같다고 볼 수도 있다. 다만 '출(出)에덴' 이후에 아담과 하와는 신을 기억하고 경외했지만, 근대인은 신을 잊었거나 박제하여 창고에 처박아 두었다고 마찬가지로 비유 차원에서 말할 수 있겠다.

◀ Vincent van Gogh – At Eternity's Gate

카프카 소설은 이런 관점과 흡사하게 신을 명백히 떠나 있지만, 결정적으로 신으로 회귀한다. 그러나 그 회귀는 인증서 없이 행하는 인터넷뱅킹이어서 지향은 뚜렷하되 도로에 그칠 따름이다. 결국 카프카의 말마따나 그는, 그의 소설은 종말이거나 그렇지 않으면 시작이지만, 동시에 종말이면서 시작이기도 하다.

『소송』안에 등장하는 액자소설『법 앞에서(Vor dem Gesetz)』는 종말이거나 시작인, 또는 종말이면서 시작인 근대인의 위상을 상징적으로 드러낸다. 1914년에 집필해 이듬해 유대인 주간지 〈자기 방어〉에 단독으로 게재된『법 앞에서』는 나중에『소송』9장에 삽입됐다.

시골에서 온 한 남자가 '법' 안으로 들어가려고 시도하지만, 문지기가 그를 가로막는다. '법' 안으로 들어가려는 전 생애에 걸친 노력이 무위로 돌아가고 난 뒤 죽음을 앞둔 그 사람에게 문지기가 이 입구는 단지 그만을 위한 것이었다고 말하고 문을 닫는다는 내용이다.

카프카는 이 소설『법 앞에서』를 각별히 좋아했으며 이 소설에 "만족감과 행복감"을 느낀 것으로 전해진다. 이 소설에서 '법'이 무엇을 상징하는지, 카프카가 왜 이 소설로 만족감과 행복감을 느꼈는지는 직관적 짐작으로 넘어가자. 개인적으로 가장 궁금한 사항은 법이나 카프카가 아니라 '법' 앞의 사람이다. 시골에서 올라오고, 법안으로 들어가기를 희망했고 노력했지만 죽음의 순간까지 뜻을 이루지 못한 이 남자가 이제 더 아무것도 기도(企圖)할 수 없는 상황이 됐을 때 "그 입구가 오직 너만을 위한 것이었다"라는 말을 문지기한테서 들었다면, 그의 심경이 어떠했을까. 그래도 내가 올바른 입구 앞에 있었구나 하는 안도였을까, 아니면 내가 마땅히 들어갔어야 할 문 앞에서 그 문에 들어가지 못하고 평생을 허비했구나 하는 회한이었을까. 혹은 안도도 회한도 아닌 전혀 다른 감정을 느꼈을까.

근대성의 욕망

국내에는 2018년에 개봉된 북유럽 영화 〈델마〉는 스릴러물이다. 요아킴 트리에 감독의 〈델마〉는 스릴러라는 영화 형식을 취했지만 인간 존재에 관한 철학적 탐구라는 전언을 담았다. 트리에 감독은 "자신의 운명을 거부하는 인물이 언젠가는 그 운명을 마주하게 되는 이야기"라고 이 영화를 설명했다. 한 마디로 마녀 이야기다.

영화는 (욕망 혹은 존재가) '금지된' 주인공 델마(에일리 하보분)가 금지를 금지함으로써 '금지되지 않은' 델마로 거듭나는 과정을 스릴러 형식을 통해 그려낸다. 영화는 이런 인간 존재론을 풀어내는 과정에서 사실적인 재료와 비사실적인 재료를 섞어서 쓴다.

델마가 6살 때 그가 '마녀'임이 밝혀지는데, 그것도 형제살해라는 충격적인 사건을 통해서다. 평소엔 평범한 인간이지만 특정의 강렬한 욕망을 계기로 델마는 마녀로 변신한다. 어린 마녀 델마의 욕망은, 욕망 주체가 선과 악을 구분하지 못하는 데다 구체적인 행위로 전환하려는 의지가 발현하지 않은 상태의 욕망이기에 순수한 욕망이라고 규정할 수 있다(에덴동산의 최초 남녀에겐 의지가 있었다!). 그러므로 개인 존재 차원에선 죄를 구성하지 못한다.

사회적인 결과는 죄가 된다. 욕망만으로는 사회적인 죄를 구성하지 못하고 그런 욕망을 행위로 옮겨 실제로 '금지된' 결과를 초래했을 때 죄가 성립한다. 영화 속 어린 마녀 델마에겐 물론 욕망 자체가 간절했지만 아무런 의지나 (물리적) 행위 개입 없이 그저 욕망하는 것이 자동으로 결과를 구현하는 사태가 빚어진다. 그러므로 현실에서 구체적 죄가 존재하지만, 죄에 합당한 책임을 질 죄인은 없는 역설이 생긴다. 성서 창세기에 카인이 아우 아벨을 돌로 쳐 죽이고, "네 아우 아벨이 어디 있느냐"는 야웨의 물음에 "내가 알지 못하나이다. 내가 내 아우를 지키는 자이니까"라고 대답한 유명한 사건과 비교하면 결과는 동일하되 맥락이 달라진다. 카인은 죄인이되 델마는 죄인이 아니다. 델마에 대한 이런 판단은 근대성의 잣대에 의거했기에 가능했다.

델마가 소속된 시대에서 델마는 (사회적으로 실현된 죄가 분명히 존재함에도 불구하고) 죄인이 아니지만, 속류(?) 기독교 관점에서는 죄인이다. 마녀라는 존재 자체가 일종의 원죄를 (아마 사후적으로) 구성한다.

근대에선 죄인됨의 기준이 행위이지만 근대 이전에는 존재 자체가 죄인됨을 결정한다. 그러므로 영화 속에서 마녀 델마의 욕망과 원죄 사이에 대응 관계가 성립한다. 마녀에겐 욕망 자체가 존재이기 때문이다.

따라서 델마가 '마녀'임이 판명된 이후 델마 부모는 델마의 욕망 자체를 금지하는 방법으로 델마의 삶을

근대에선 죄인됨의 기준이 행위이지만 근대 이전에는 존재 자체가 죄인됨을 결정한다. 그러므로 영화 속에서 마녀 델마의 욕망과 원죄 사이에 대응 관계가 성립한다. 마녀에겐 욕망 자체가 존재이기 때문이다.

통제한다. 금지 수단은 적절하게도 기독교 신앙이다. '원죄'에 대한 벌로 욕망이 금지된 삶을 사는 델마의 인간 존재는 타인에게 무해하지만 자신에겐 무익한, 한 마디로 금지된 존재로 형상화한다. 영화 대미를 준비하는 대목에 이르면, 델마는 금지된 존재라는 자신의 본질을 이해하고 '금지의 금지'를 통해 자신의 존재와 욕망을 주체적으로 되찾는다.

이 영화 기저에 놓인 키워드는 부친살해와 동성애다. 부친살해 코드는 동성애 코드와 함께 예수/사탄, 뱀 등 영화 속 흐름과 잘 호응한다. 마녀 델마가 동성애자이며 부친살해로 해방에 이른다는 스토리는 기독교와 가부장제의 오랜 역사에 비추어 재미있고 감각적

Vincent van Gogh – Nude Girl, Seated

인 설득력 있는 영화적 설정이다. 영화 결말이 해방이라는 점에서 분명 해피엔딩이다.

해피엔딩은 당초 근대인이 근대성을 기획할 때 염두에 둔 것이었다. 금지된 자아를 넘어서 욕망의 주체로 나가는 대담한 발걸음을 그렸다는 점에서 영화 〈델마〉의 델마는 근대인의 원형이다. 비사실적인 것을 사실적으로 묘사한 이 영화는 마녀 전설과 원죄의 스릴러 너머에 비치는 존재의 그림자를 포착해내는데, 그 그림자엔 근대성이 묻어있다.

델마의 담대한 근대성 지향과 기획은 그러나 영화 속에서만 가능했다. 현실에서는 요제프 K에 나타난 것과 같이 불길한 기획 아래 매우 조심스러운 발걸음이 목격될 뿐이다. 소설 『소송』은 덜 정교한 묘사와 우화 같은 스토리텔링을 통해 근대인의 본질적 불안이란 거대 담론을 역설적이게도 편안하게 제시한다. 만일 불편함이 편안하게 전달됐다면 그 힘은 거친 서사와 크로키를 연상시키는 생략/부각의 묘사에서 나왔다. 비현실적 리얼리즘 기법에서 가장 충실하게 리얼리즘이 구현된 셈이다. 카프카 소설 『소송』 리얼리즘의 핵심은 요제프 K가 마녀가 아니라는 데 있다. 근대성의 담대한 기획이 결실을 거두려면 근대인이 델마처럼 마녀가 되거나 신적 존재가 돼야 했다는 뜻이다. 근대성과 근대인 간에는 원초적 간극이 존재했고 근대인은 존재론적 결여를 내재화함에 따라 탄탈로스적인 욕망 또한 운명으로 수용하게 된다.

광장

영화 〈델마〉 처음과 끝에 광장이 등장한다. 인간 존재는 광장에서 입증된다. 밀실 안에 고립된 인간은 같고 다름을 모른다. 욕망과 금지 또한 광장 소관이다. 예컨대 "아무 잘못한 일도 없는데 어느 날 아침 체포됐다"면 누군가 요제프 K를 중상한 것이 돼야 한다. 실제로 누군가가 없다고 하여도 현실은 모종의 누군가가 존재하는 것으로 설정되고 인식되어야 한다. 예컨대 그리스 비극이라면 이피게네이아가 경험한 것과 같은 중상 없고 무결한 체포가 가능하겠지만 근대 이후 사회에서는 중상 없고 무결한 단죄가 불가능하다. 무결하다면 중상이 있어야 하고 중상이 없다면 죄가 있는 것이다.

자신의 잘못 때문이 아니라, (중상한 이가 누구인지 모르지만, 모른다는 사실도 확실하지 않은) 자신과 동일한 또 다른 인간이 자신을 중상함으로써 '체포'에 이르렀다는 카프카의 우화적 제안은 신성 부재에 따른 최종심급 부재 시대에, '인간은 인간에 대해 서로 늑대인 상태(homo homini lupus)'로 위태위태하게 불확정한 심급을 수립해나가고 있음을 시사한다. 만일 인간을 초월한 최종심급이 존재했다면 '인간은 인간에 대해 서로 우애로운 존재(homo homini amicus)'로 남을 수도 있었다.

늑대로 만나든 친구로 만나든, 인간은 만남을 통해서 서로의 존재를 확인해 나간다. 만남의 장소는 광장이다. 최초의 정치적 인간은 아리스토텔레스가 말한 '폴리스적 존재'에서 확인된다. 그리스 도시국가에서는 아고라를 넘어서 폴리스가 단일 광장으로 기능했다.

아리스토텔레스 시대에 인간이 폴리스 안에서 살아가야 하는 존재였다는 말의 의미는 무엇일까. 현재 우리가 통칭해서 도시국가로 이해하는 당시 폴리스는 언필칭 근대국가로 통칭하는 지금 국가와는 너무나 다르다. 우리가 근대국가 시스템 아래에서 서구 민주주의 체제를 받아들여 살아가는 반면, 과거 폴리스의 그리스인들은 지금과는 판이한 체제와 제도하에서 고대 그리스 문명을 발전시켰다.

아리스토텔레스 시대 사람들이 살아간 방식은 '폴리스적 동물'이라는 대전제 하에, 폴리스 안에서 살거나 폴리스 밖에 살거나 하는 두 가지밖에 없었다고 봐야 한다. 두 가지 가운데 기본값은 당연히 폴리스 안에서 살아가는 것이다. 고대 그리스에는 '도편추방제 (Ostrakismos)'라는 것이 존재했는데, 널리 알려진 대로 국가에 해를 끼칠 가능성이 있는 위험한 인물의 이름을 아고라에서 도편(陶片 : 오스트라콘)에 적어내, 정해진 기간 폴리스 밖으로 쫓아내는 제도였다. 도편추방제는 '폴리스적 존재'를 '비(非)폴리스적 존재'로 변경하는 정치 절차로 해석될 수 있다. 이 '비(非)폴리스적 존재'는 얼핏 근대국가에서 목격된 '비(非)국민'과 유사하다고 짐작할 수 있다. 그러나 근대의 '비(非)국민'과 비교해 (인간 개체가 처한 물리적) 상태의 '비참' 정도와 무관하게 '비(非)폴리스적 존재'는 고대 그리스인에게 훨씬 더 본질적인 예외상태로 간주됐다고 추측할 수 있다.

사실 '비(非)폴리스적 존재' 자체가 '폴리스적 존재'의 다른 표현이다. 국민국가의 자의적 공권력에 의한 종국에 무원칙한 추방과 달리 도편추방이 폴리스 구성원의 민주적 의사결집에 따른 말하자면 정통성에 의문이 제기되지 않는 결정이란 사실을 감안할 때 '비(非)폴리스적 존재'는 본질적으로 '폴리스적 존재'를 위해 성립한다. 또한 '비(非)폴리스적 존재'는 전적으로 '폴리스적 존재'에 의해 규정된다고 말할 수도 있다. 나아가 폴리스의 시민은 '폴리스적 존재'로 생활하지만 잠재적인 '비(非)폴리스적 존재'이기도 하다. 폴리스의 구축과 지속은 도편추방을 통해 언제든지 '비(非)폴리스적 존재'가 될 수 있는 '폴리스적 존재'에 의존한다. 아리스토텔레스 용어를 차용하면 '폴리스적 존재'와 '비(非)폴리스적 존재'는 폴리스 시민의 현실태와 가능태라고 할 수 있다. 아리스토텔레스에게서 현실태는 가능태에 우선한다.

반면 '비(非)국민'이 '국민'의 다른 표현이란 주장은 성립하지 않는다. 국민국가를 구성하는 국민이 폴리스 시민과는 다르기 때문이다. 국가의 공개적 표명과 달리 국민은 국민국가를 구성한다기보다는 국민국가에 의해 동원된다. 간단하게 말해 국민이 국가와 별개의 존재라고 말할 수 있지만, 시민은 폴리스와 별개가 될 수 없다. 고대 그리스인은 참으로 '폴리스적 존재'였다.

'폴리스적 동물'인 인간은 시민으로서 자신을 민주주의를 구성하는 정치적 주체로서 자각하고 그렇게 행동했다. 배제와 소외가 없는 정치적 주체의 원형이자 전설이 된다. 이 모든 일이 일어난 곳은 재삼 상기하자면, 광장이었다(고대 그리스 민주주의와 관련한 노예제와 여성 문제는 일단 논외로 하자).

폴리스, 즉 광장은 고대 그리스 사회의 최종심급이었다. 그러나 기독교 세계가 수립되고 신의 도성의 섭리가 서구를 지배하던 시기에 인간이 모인 광장의 최종심급은 저 위로 몰수된다. 죄인들로 구성된 최종심급은 논리적으로 불가능할 수밖에 없었다.

근대성은 광장을 복원한다. 국민국가는 최종심급으로 신의 도성을 폐하고 근대인의 새로운 신분인 국민을 최종심급으로 내세운다. 그러나 고대 도시국가 시민의 광장과 근대의 산물인 국민국가 국민의 광장은 내용상 판이했다. 폴리스는 신적 질서까지 아우르는 명실상부한 최종심급이었으나, 국민국가의 광장은 그나마 최선일 때 '부재한 신'을 그리워하는 근대인들의 분열된 주체성으로 채워진 유사 최종심급에 불과했다. 카프카는 이런 사실을 『소송』 등과 같은 소설을 통해 예리하게 관찰하고 문학으

국민국가의 광장은 그나마
최선일 때 '부재한 신'을
그리워하는 근대인들의
분열된 주체성으로 채워진
유사 최종심급에 불과했다.
카프카는 이런 사실을
『소송』 등과 같은 소설을 통해
예리하게 관찰하고
문학으로 표현했다.

로 표현했다.

근대인의 본원적 불안과 분열이 이렇게 해명됐다면 그 너머를 향한 근대인의 새로운 기획은 불가능할까. 체코의 저명한 소설가 보후밀 흐라발은 『너무 시끄러운 고독』 결말 부분에서 노발리스의 시구를 인용하며 "사랑받는 대상은 모두 지상의 천국 한복판에 있다"라고 말한다.

"영원과 무한을 추구하는 돈키호테"(『너무 시끄러운 고독』 중)로서 지상에서 천국의 고갱이를 실현하는 꿈을 꾸고 욕망하는 것. 그것이 분열과 불안이 숙명으로 주어진 근대인에게 주어진 사실상 유일한 해방의 길인 셈이다. 고도가 오지 않을 것이 확실하지만 오지 않을 고도를 기다리기를 포기하지 않아야 한다는 사무엘 베케트의 깨달음 또한 같은 맥락이다. 근대인은 신성을 파괴함으로써 어렵사리 자기 존재를 성립하였지만 이제 파괴된 신성을 복원함으로써 자기 존재를 완성할 (가능하지 않은) 기회를 앞두고 있다는 역설은 역설로 그치지 않는다. 고대인이든 근대인이든 존재는 인간이 끝내 포기할 수 없는 자기 존엄의 최종심급이다. 비록 그 존재가 실제 존재라기보다 현상적이고 잠정적인, 욕망에 관한 진술에 불과하다 하여도 말이다.

5장
어떻게 자기인식과
자기존엄에 도달할 것인가

저명한 신학자 라인홀드 니버(1892~1971년)가 남긴 '평온을 비는 기도(The Serenity Prayer)'는 다음과 같다.

GOD, grant me the serenity to accept the things I cannot change, courage to change the things I can, and the wisdom to know the difference.

번역하면 "주여, 내가 바꿀 수 없는 것을 받아들이는 평온과 내가 바꿀 수 있는 것을 바꾸는 용기, 그리고 이 두 가지를 분별할 수 있는 지혜를 나에게 허락하소서"가 되겠다. 널리 인용되고 실제 기도에 사용되며, 때로 변용돼 전해지는 이 기도문은 현대 미국 대표 작가의 한 사람인 커트 보니것의 소설 『제5도살장』 후반부에서도 볼 수 있다.

이 기도문이 평온(Serenity), 용기(Courage), 지혜(Wisdom)라는 세 개 핵심 단어로 이뤄졌음을 한눈에 알 수 있다. 기도문 제목에 '평온'이 들어있고, 니버에게서 대체로 현실주의를 떠올릴 수 있기에, 아마 사람들이 세 가지 중에서 평온이 제일 중요하다고 판단할 법하다. 합리적인 추론이긴 하지만, 논리의 심층 구조상으로는 세 가지 중에서 '지혜'가 가장 중요하다. '지혜' 없이는 나머지 두 가지를 작동시킬 수 없기 때문이다. 다만 '평온'과 '용기' 사이의 차이를 파악해내어야 할 지혜라는 것이 행태나 실천 영역을 넘어서 형이상

〈우리는 어디서 왔고, 무엇이며, 어디로 가는가?〉, 1897~1898 - 폴 고갱

학 차원에 머물 수밖에 없다는 점이 곤란이다.

　따라서 문학은, 특히 형이상학과 직접 대면하는 대신 형이상학을 우회해 그것을 빠른 속도로 스치는 창밖 풍경처럼 보여주기 마련인 소설은, 대체로 '평온'과 '용기'의 양대 진영에 속한다. 양대 진영에 속한다는 말은, 양자택일이라기보다는 두 가지 요소의 배합 비율 차이 및 비교 우위라는 말로 받아들여야 한다. 남성과 여성에게 각각 남성호르몬과 여성호르몬만이 배타적으로 분비되는 게 아니라, 두 가지 호르몬이 모두 섞여서 분비되지만, 성에 따라 상대적으로

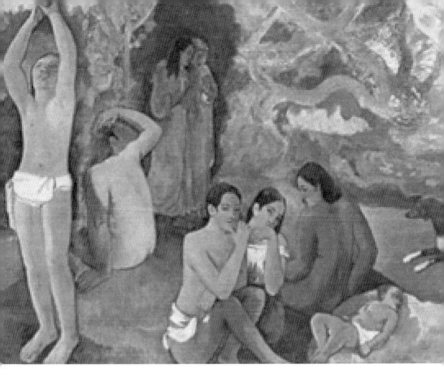

다른 호르몬보다 더 많이 분비되는 현상과 같다.

『제5도살장』(1969년)은 '평온'과 '용기'를 배합한 텍스트의 지평 위로 형이상학의 빨대를 꽂아놓은, 드물게 발견되는 특별한 작품이다.

평온과 용기

'평온문학' 핵심은 '받아들임(Acceptance)'이다. 프리모 레비의 『이것이 인간인가』(1947년), 에밀 졸라의 『목로주점』(1877년) 같은 작품에서 평온과 받아들임의 철학이 나타난다. 『이것이 인간인가』 같은 증언문학, 연구 혹은 과학의 문학을 표방한 졸라류의 자연주의 문학이 여기에 해당한다. 다큐 및 르포 형식을 취한 문학에서도 비슷한 철학이 나타난다고 할 수 있지만, 전술하였듯 '평온문학'과 '용기문학'은 양자택일이 아니라 배합비의 우위와 구성의 차이일 뿐이다.

그렇다면 전형성과 계급성, 이념을 강조하는 사회주의 리얼리즘 계열은 '용기문학'으로 분류하는 것이 타당하겠다. 존 스타인벡의 『분노의 포도』(1939년), 앙드레 말로의 『인간의 조건』(1933년), 베르코르의 『바다의 침묵』(1942년) 같은 작품이 여기에 속한다.

이 자리에서는 '평온문학'의 '받아들임'을 중심으로 '인간이란 무엇인가'라는 거창한 주제를 제한적으로 살펴보고자 한다. 사실 이런 형이상학적 질문은 작품에서 명시적으로 전개되지 않는 데다 현실적으로 허망하기 그지없는 것이어서, 굳이 물어야 할까를 되묻게 되지만, 질문 중에는 끝까지 묻지 않아도 좋은 것과 종국에는 회피할 수 없는 것이란 두 가지 질문이 있으니, 이 질문은 후자에 속하기에 부질없음을 감당하며 차제에 묻기로 하자.

'받아들임'을 나는 '버텨내기'로 바꿔 쓰고 싶다. '평온문학'에는 '받아들임'과 '버텨내기'가 공존하지만, 실존의 본질을 조금 더 명료하게 설명할 수 있다는 측면에서 '버텨내기'가 '평온문학'의 핵심이라고 판단한다. 평온은, 이후 살펴볼 자유와 비슷한 속성을 갖는데, 블랙홀에 빨려들어가듯 무감각하게 무반동으로 받아들이는 것이 아니라, 이미 일어난 충돌을 수습하며 충돌 전의 원래 형태에 근접한 방향으로 상황을 지켜내려는 버텨내기의 결과이다(물론 블랙홀 또한 흡수가 아니라 충돌이며, 물리학의 법칙이 동일하게 관철된다고 말할 수 있지만, 너무 압도적인 수준으로 진행되기에 인간이 보기엔 다른 별개 물리학에 지배받는 듯이 보인다).

'평온문학'에서 (주체가) 버텨내는 대상은 야만과 폭력, 착취와 억압 같은 '비(非)문명'이다. 비문명은 문학에서 통상 구조화한 형태로 묘사되며 견뎌내는 주체는, 만일 주체라는 것이 파악될 수 있다면, 그것은 일반적으로 개체로 설정된다. 도식화한다면, '평온문학'에서 (나아가 세상에서?) 구조화한 야만을 버텨내는 틀은 크게 두 가지이다. 먼저 구조 대 구조의 싸움을 상정할 수 있고, 다음으로 구조 대 비구조(혹은 개체)를 떠올릴 수 있다.

'구조 대 구조'의 싸움에서 개체의 버텨내기는, 야만의 구조를 견뎌냄으로써, 그것보다 더 오래 살아냄으로써, 야만의 구조를 넘어서겠다는 전략적 판단에 입각한다. 새로운 구조를 설계하고 희망하며 버텨내는 개체의 저변에는 '이미' 괄호 쳐진 구조가 존재한다. 즉 현재 작동하는 야만의 구조를, 시간의 단면에서 파악한 기껏해야 공시적 구조화에 불과한 것으로 받아들이면서 야만의 구조에 저항해, 야만의 구조보다 오래 살아남아 새로운 문명의 구조로 이행케 할 수 있다는 전략적 판단 이면에서, 시간의 종면에서 파악한 통시적 구조화를 함께 의식하고 있다. 이때 전략적으로 판단하고 구조화를 의식하는 이 개체는 개체를 넘어서서 종(種)의 관점을 취하며 종(縱)과 횡(橫)의 유대로 문명의 새날을 열고자 고대하고 실천한다. 그 실천의 핵심이 버텨내기이다.

이런 버텨내기는 익숙한 용어로 진보를 뜻한다. 이 진보는 당대의 부자유를 버텨냄으로써 종의 관점에서 이것을 분쇄해 인간 자유 혹은 자유의지의 확대를 꾀하거나, 더 많은 사람의 존엄을 모색한다. '종의 관점'이란 말에서 다윈주의 냄새가 난다면 '인류의 관점'으로 바꾸어도 무방하다. 역사는 진보하며, 그 진보는 진보할수록 더 많은 인간을 자유에 포괄하리라는 믿음에 근거한다. 진보는 휴머니즘이나 역사주의 같은 개념어보다는 믿음이라는 비(非)개념에 훨씬 더 의지한다.

다음으로 '평온문학'에서 나타나는 '구조 대 비구조(혹은 개체)'의 싸움을 살펴보자. 이 싸움에서 개체의 버텨내기 양상은 다양하다. 먼저 억압의 구조에 맞서는 '자유의 구조'(이 언명은 문학적인 것으로 받아들여야 한다)의 일원이 아닐 때, 인간이 개체로서 왜 견뎌내어야 하냐는 질문에서, 자살과 같은 '견뎌내지 않기'는 논의하지 않기로 하자. 자살이야말로 단연 철학의 문제이지만, 자살은 실존의 선택지에 포함되지 않는다고, 즉 존엄한 실존의 인간에게 자살할 이유가 주어지지 않는다고 주장한 알베르 카뮈의 의견을 제시하는 것으로 넘어가자.

그렇다면 '구조 대 비구조(혹은 개체)'의 싸움에서 버텨내기 유형으로 가장 먼저 '자살할 수 없어서'를 떠올릴 수 있다. '그냥 버텨내기'라고 할 이 유형은 단순하고 무식해 보이지만 생의 에너지에 가장 충만한 방식으로 생명 종의 자발적 파괴를 거부하는 노선을 걷는다. 어니스트 헤밍웨이가 남긴 다음과 같은 말이 이 노선을 웅변한다.

"A man is not made for defeat. A man can be destroyed but not defeated."

헤밍웨이는 1961년에 엽총으로 자살했다. 헤밍웨이에게 버텨내기가 말처럼 쉬운 일이 아니었던 셈이다. 반면 자본주의 형성기 파리 하층민의 삶을 해부학적으로 그린 『목로주점』에서, 주인공인 파리의 세탁부 제르베즈는 버텨내기의 진수를 보여준다. 어떤 몰락과 어떤 수치도 그를 자살케 할 수 없었다. 시대의 아픔, 총체로서 억압자인 사회, 또는 자기 존엄 모색의 실패나 감당할 수 없는 우울 등, 구조화한 폭력 아래서 인간을 정신적으로 몰락시키고 물리적인 죽음으로 몰아넣는 이유는 여러 가지다. 그러나 제르베즈 같은 유형의 인간은 결코 '자신을 죽이는(kill herself)' 이유에 자신을 포함할 수 없다. "□□□ kill myself."에서 결코 주어 자리에 "I"를 넣을 수 없는 제르베즈 같은 인간은, 헤밍웨이식으로 말해 파괴당할지언정 패배하지는 않는다.

제르베즈와 달리 헤밍웨이 같은 지식인 마초는 이런 불패의 신화에 동참할 수 없었을 것이라고 쉽게 추측할 수 있다. "파괴당할지언정 패배하지 않는" 삶은, 삶을 그렇게 정식화할 수 있는 헤밍웨이 같은 사람에게는 주어지지 않는다. 의식적인 삶이 아니라, 무의식적 삶을 살아가는 인류 다수에게, 식상한 용어로 민중에게 그런 불패가 주어진다. 그 불패는 승리를 기도(企圖)하지 않은, 순수 불패이기에 역사성을 갖는다.

'구조 대 구조'의 의식적 버텨내기와 달리, '구조 대 비구조'의 무의식적 버텨내기는, 역사적 전망 없는 역사성과, 자각되지 않는 진보를 구현한다. '평온문학'이 포착하여야 할 버텨내기는 '평온한 불패'이지, '비참한 파괴'는 아니다고 말할 수 있다. 그럼에도 '비참한 파괴'는 '평온문학'이 포기할 수 없는 요긴한 소재다. '비참한 파괴'를 배경으로 '평온한 불패'의 서사를 장엄하게

'비참한 파괴'를 배경으로 '평온한 불패'의 서사를 장엄하게 써 내려간 '평온문학' 작품은 '용기문학'의 음각화(陰刻畵)와 흡사하다.

써 내려간 '평온문학' 작품을 '용기문학'의 음각화(陰刻畵)와 흡사하다고 말할 수 있다. 의식적인 삶을 사는 작가가 무의식적 삶을 사는 다수 인류의 버텨내기를 그려내면서, 비참 너머에서 불패를 찾아내 마침내 승리의 조짐까지 짚어낸다면 '평온문학'의 최고봉이란 칭찬을 받아도 과하지 않다.

'구조 대 구조'의 의식적 버텨내기와
'구조 대 비구조'의 무의식적 버텨내기

'구조 대 비구조(혹은 개체)' 싸움에서 개체의 버텨내기 두 번째 유형은 '그냥 버텨내기'를 견딜 수가 없지만, 그것 말고는 그냥 버텨내기를 넘어설 수 없어서 그냥 버텨내는 것이라고 설명할 수 있다. 얼핏 '구조 대 구조' 싸움에서 개체의 버텨내기와 유사해 보인다. 그러나 '구조 대 구조' 싸움에서는 싸우는 개체가 두 개 구조 모두를 인식하며 버텨내기를 수행하는 반면, '구조 대 비구조(혹은 개체)' 싸움의 두 번째 유형에서 개체는 하나의 거대한 적대 구조에 맞선, 어느 구조에도 속하지 않은, 한없이 무력한 헐벗은 현존일 따름이다.

(적에게는) 패배하지 않을뿐더러 파괴당하지도 않아서, 물리적으로도 버텨내기에 성공했다는 증거를 잡고자 한다. 비인간화한 구조를 넘어서 인간화한 개체를 복원하려는, 이 몸부림은 언제나 안타

Vincent van Gogh – The Potato Eaters

깝다. "I kill □□□."에서 목적어 자리에 결코 "myself"를 넣지 않지만, 다른 무엇이든 목적어에 포함할 수 있다. '구조 대 비구조(혹은 개체)' 싸움에서 개체의 버텨내기 첫 번째 유형과 달리, 이 문장에서 'I'라는 주어는 언제나 확고하다.

그러나 주어의 확고함이 주체의 존엄으로 연결되지 않는다. 비인간화한 구조를 넘어서 재(再)인간화의 증거를 남기는 길이 수치로 점철될 수밖에 없기 때문이다. 비인간화한 구조를 넘어서 살아남은 자. 이후에 삶을 지속하기 위해 그에게는 더 비참한 재인간화 과정을 겪어내야 한다는 숙명이 주어진다. 프리모 레비의 『이것이 인간인가』에서 잘 드러나듯, 아우슈비츠에선 인간적인 사람이 늘 먼저 희생된다. 'I'라는 주어를 지탱한 버텨내기는 모종의 책무 혹은 의무감을 수반하지만, 성공했을 때, 즉 모든 비인간화를 감내하며 간신히 인간임을 결과론으로 입증했을 때의 모멸감은 훨씬 더 크다. 가해자가 아니라 피해자가 가해 사실을 입증해야 할뿐더러, 살아남기 위해 버텨낸 비인간화가 인간이기에 죽어간 다른 사람들의 버텨내지 못함 앞에서 부끄러운 일이 되는 난감함이 발생한다. 게다가 가해자는 인간이 아닌 구조이기에 인간적인 추궁이 원천적으로 차단된다. 추궁은 하릴없이 자신에게로 되돌아온다.

1987년 레비의 죽음을 두고 사고사냐 자살이냐는 논란이 일어난 까닭은, 아우슈비츠에서 생환한 후 당위로는 그에게 속하지 않았어야 할, 그런데도 현실에서 그에게 부과된 부당한 수치심으로 그가 고통을 겪었음을 사람들이 알고 있었기 때문이다. 구조화한 야만 앞에서 주어를 지니며 삶을 버텨내기란 지난한 일임을 레비는 말해준다. 그는 야만의 거대구조에 억울하게 희생당한 사람이었지만, 그 구조에서 구사일생으로 풀려난 후에 헛되이 자신을 추문(推問)할 수밖에 없었다. 최악의 비인간화를 버텨낸 다음에 천행으로 재인간화의 기회가 주어졌지만, 그 심연을 탈출하기엔 올라야 할 사면이 너무 가팔라 올려다보기만 해도 순식간에 기진하게 되었을 것이다. 의지없이도 추락은 가능하고 그 추락에서 때로 살아남을 수 있지만 의지없는 등반은 원초적으로 불가능하다.

'구조 대 비구조(혹은 개체)'의 싸움에서 버텨내기 세 번째 유형은 '은총'이다. 현세를 내세로, 역사를 초월적인 것으로 대체해버리면 버텨내기는 저절로 이뤄진다. 일종의 패러다임 쉬프트이다. 관점에 따라서는 '구조 대 비구조(혹은 개체)'의 싸움이라기보다는 '구조 대 구조'의 싸움으로 보인다. '구조' 관점을 취한다 해도 두 구조는 직접 충돌하지 않는다. 앞의 구조가 수평으로 존재하는 반면 뒤의 구조는 수직으로 구축돼 있기 때문이다.

여성 노예 블란디나는 로마 역사가 유세비우스가 전한 기독교 초대교회 순교자 중 한 사람이었다. 서기 177년 리옹에서 일어난 기독교 박해에서 그는 인간으로선 도저히 견뎌낼 수 없는 고문을 받으면서 끝내 고문에 굴복하지 않고 신앙을 지켰으며 죽음을 기꺼이 받아들였다. 이 죽음은 자살이 아니다. 나중에 가톨릭교회에 의해 시성(諡聖)된 그의 삶과 죽음이, 니버의 기도에서 말한, 바꿀 수 없는 것을 받아들임에 해당하는지는 관점에 따라 완전히 달라진다.

블란디나 이야기는 아직 소재에 불과한 날 것이지만, 만일 '평온문학' 관점에서 바라본다 해도, 문학적으로 형상화하기가 용이하지 않다. 물론 위대한 작가의 손길을 거친다면 많은 것이 달라질 수 있겠지만, 이야기 자체로는 수평적 구조와 수직적 구조가 살짝 서로 어긋나 접점을 찾기 어려운 느낌이어서 이른바 유기적 구성을 어렵게 만든다. '평온'과 '용기'를 배합한 텍스트의 지평 위로 형이상학의 빨대를 꽂아놓은 소설 『제5도살장』 주인공 빌리 필그램과 역사 속 실존인물 블란디나는 완전히 다른 캐릭터다.

지혜와 '알파고9단'

니버는 기도문에서 평온 영역과 용기 영역 사이의 차이를 구분할 수 있는 능력, 즉 지혜를 달라고 신에게 간구한다. 그 지혜는 신이 '나'에게 준다. '나'가 이미 존재하기에 신이 주는 분별하는 능력이란 선물은 '나'를 더욱 풍성하게 만든다. 니버의 관점에서 인간은 신의 피조물이기에 이미 주어진 '나'에 대해서 고민할 필요는 없었지만, 신의 창조라는 생각에서 벗어난 근대인에게 '나'는 궁극의 미궁이었다.

니버의 기도문은 사실 바둑에도 잘 어울린다. 바꿀 수 없는 곳에서 손을 빼서 바꿀 수 있는 곳에서 변화를 만드는 게 바둑의 기본이라고 할 수 있다. 바둑을 잘 두든 못 두든, 기사는 수읽기와 형세 판단으로 무장한다. 니버의 기도문에서 지혜라고 말한 것이 바둑으로 옮겨가면 수읽기와 형세 판단이 된다.

2016년 3월 9~15일, 서울 포시즌스 호텔에서 이세돌과 알파고(AlphaGo) 간의 총 5회 대국이 열렸다. 알파고는 인공지능(AI) 기사로, 당시 인류 대표인 이세돌과 대결을 벌여 4승 1패로 이세돌에게 압승했다. 대국이 열리기 전에는 승패를 두고 설왕설래가 있었지만, 이제 바둑에서 인간이 AI를 이기지 못한다는 사실을 누구나 선선히 받아들인다. 오히려 알파고가 기록한 1패를 두고, '알파고를 이긴 유일한 인간'이라며 이세돌을 칭송하는 분위기였다. 2023년에 아마추어 바둑 기사가 AI기사를 기발한 발상으로 승리해 이세돌에 부여된 '유일한 인간'이란 수식어는 '최초 인간'으로 바뀌게 된다. 알파고는 이세돌에 이긴 후 한국과 중국 기원으로부터 9단 단증을 받았다. 9단은 프로 기사 등급 중 최고 등급이다.

필자 역시 이세돌이 이른바 '신의 한 수'로 불리는 78수를 둔 4국을 지켜보았다. 이 4국에서 흑을 잡은 '알파고 9단'은 180수 만에 돌을 던져, 이세돌이 불계승을 거둔다. 그것이 왜 '신의 한 수'인지에 관심이 집중됐지만 필자의 주요 관심사는 "'알파고 9단'이 도대체 어떻게 불계패를 선언할까"였다. 인간 기사는 보통 말로 의사를 표시하거나, 바둑판의 모서리에 슬그머니 돌을 올려놓거나, 혹은 상대가 파악할 수 있는 다양한 방법으로 자신이 바둑에 패배했음을 전달한다. 알파고 9단은?

AlphaGo resigns

화면에는 불계패를 선언하는 의미로 "AlphaGo resigns"라는 말이 떠 있었다. 나는 "resign"에 붙은 s에 주목했다. 알파고가 자신을 3인칭으로 인식했다면, 화자가 누구일까 하는 의문이었다. 인간 어린아이가 자신을 종종 '나'가 아니라 3인칭의 고유명사로 부르듯 알파고란 프로그램이 자신을 객관적으로 인식한 결과일 수도 있고, 프로그램이 복잡하게 구성돼 말하자면 다중인격이어서 바둑 두는 기능을 맡은 부위와 "resign"과 같은 의사결정 및 표현을 맡은 부위가 다를 수도 있겠다고 생각했다. 아니면 기계어로 전달받은 결정을 알파고 운영팀이 "AlphaGo resigns"로 번역해 단순하게 모니터에 띄운 것일 수도 있었다. 아무튼 알파고는 1인칭이 아니었다.

'알파고 9단'은 바둑을 기준으로 세상 최고 지혜를 지녔지만 '나'가 아니었다. 지혜를 행사하는 주체와 '나'의 분리가 가능하다는 사실은, 자신을 찾느라 골몰한 근대인 여정의 최종 목적지, 혹은 인간이란 무엇인가를 묻는 근대인의 무익하고 강박적인 질문이 돌입한 막다른 골목을 떠올리게 했다.

Vincent van Gogh - Tree roots

내기와 은총 사이에서

르네 데카르트(1596~1650년)는 근대인을 탄생시켰다. "나는 생각한다. 고로 존재한다"라는 데카르트의 명제는 근대인의 존재론이었다. 인간을 신의 피조물에서 확고한 주체로 격상시킨 데카르트의 '코기토'의 철학은 근대적 사유에서 말하자면 지적 하부구조를 형성했다고 평가해도 과하지 않다. 그러나 그의 '코기토'는 선험적 비약이며 근거 없는 망상에 불과하다는 비판에 줄곧 노출됐다. '나'는 데카르트의 생각처럼 강건하지 않으며, 또한 '나'의 존재라는 게 그렇게 분명하게 또한 논리적으로 입증될 수 있지 않다는 견해가 시간이 흐를수록 더 타당한 것으로 받아들여졌다.

필자는 '알파고 9단'의 불계패에서, '코기토'에서 존재가 유실되는 풍경을, 그리고 그 무너져 내린 흙더미 속으로 데카르트가 파묻히는 광경을 보았다. 알파고는 데카르트의 돌이킬 수 없는 좌초를 보여주는 결정적 물

> '알파고 9단'의 불계패에서, '코기토'에서 존재가 유실되는 풍경을, 그리고 그 무너져 내린 흙더미 속으로 데카르트가 파묻히는 광경을 보았다.

증이었다. 알파고는 (인간의 방식으로) 사유하고 행동했지만 (인간의 방식으로) 존재하는 데 실패했다. 가정해 만일 정상의 바둑기사가 불의의 사고로 신체를 잃고 두뇌만 남아 컴퓨터 형태로 살아남게 됐다면, 그는 신체 부재에도 불구하고(물론 인간에게 몸은 사활적으로 중요하다.) 자신을 '나'로 인식했을 것으로 추측할 수 있다. 〈소스코드〉처럼 이런 소재를 다룬 영화들에서 그러하듯, 알파고에게는 부재한 '나'가 인간에겐 그렇게 뚜렷하다.

실존주의에서는 역설적으로 주체가 아닌 대상으로서 '나'를 말한다. 엄밀히 말해 '나'에게 대상화한 자아야말로 진정한 주체이며 주어진 주체는 '나'의 대상일 뿐이다. 즉자의 자아에서 대자의 자아로 발전함으로써 자유의 존재가 될 가능성을 확보한다는 것이 실존주의의 생각이다. 이때 대자의 자아란, 무엇인가에 구속된 존재라고 말할 수 있다.

비유로 설명하면, (주어진) 주체로서 '나'는 판옵티콘의 중심에서 원형으로 만들어진 외곽을 바라보지만, 진정으로 '나'를 보기 위해서는 유체이탈을 하든 어떤 방도를 쓰든 중심에 있는 '나'를 외곽에서 보아야만 한다. 중심에서 외곽으로 이동하는 것이 아니라, 중심에서 외곽을 보는 '나'를 마치 핵을 둘러싸고 운동하는 전자처럼 외곽의 '나'가 동시(同時)에 보는 구조이다. '나'는 '나'를 본다. 실존주의 주체 모델은 형식논리학을 넘어선다. 존재를 무너뜨리고 무화(無化)함으로써 다른 것에 구속되고 그리하여 자유롭게 될 수 있다는 논리가 판옵티콘의 비유를 통하면 쉽게 이해된다. 그러나 너무나 당연하게 여전히 문제가 남는다. '나'가 진정한 '나'가 되기 위해서는 중심과 외곽에 동시에 있어야 하기 때문이다. 이것은 단순히 논리의 문제가 아니라 존재의 문제이다.

자유로운 자유는 허상이며, 불행히도 우리에겐 구속된 자유만이 자유로 허용된다. 성서의 출애굽기에서 모세의 하나님은 모세에게 "나는 나다"라고 자신을 설명한다. 구속된 자유가 아니라 자유로운 자유는 오직 신에게만 가능하고 인간에겐 주어지지 않았다. 신만이 스스로 말미암는, 스스로 존재하는 자라는 사실은 근대에 들어 선언된 신의 죽음 이후에도 달라지지 않았다.

그나마 그런 '인간적인' 자유마저 쉽지는 않다는 데서 문제가 중첩된다. 오랫동안 많은 철학자를 괴롭힌 이 문제를 요약하면, 즉자적인 자아에서 대자적인 자아로 전개됨에 있어서 즉자성과 대자성을 구분해 판정하는 제3의 주체를 설정하지 않으면 전개 자체가 불가능하다는 난관을 피할 수 없다는 것이다. 이 난관에 봉착해 뚫고 나가지 못한다면, 그렇다면 인간은 자유에 도달할 수 없게 된다.

커트 보니것의 『제5도살장』에서는 전개라고 한다면 전개라고 할, 난관을 뚫어낸 그런 전개가 자연스럽게 목격된다. 소설의 실제 저자인 보니것에서 극 중 소설가 욘 욘슨과 소설의 주인공 빌리 필그램로 연결되는 '3자 구도'가 이런 전개를 가능케 한다. 소설의 실제 작가인 보니것은 이 구도에서 최종심급이다. 극 중 소설가 욘 욘슨과 그의 (동시에 보니 것의) 소설 주인공 사이의 전개를 결정하고 구분 짓고 변화를 판정하는 역할을 수행했다. 이 세 인물(커트 보니것, 욘 욘슨, 빌리 필그램)은 하나의 소설과 드레스덴 폭격이란 사건을 통해 본질을 공유한다.

『제5도살장』의 구도를 빌리면 우리 인간이란 욘 욘슨 같은 존재다. 자유롭고 존엄한 존재가 되기 위해 빌리 필그램이란 인물을 만들어내고 그의 스토리 속으로 뛰어 들어간다. 앞서 쓴 말을 다시 쓰면 한 마디로 욘 욘슨은 빌리 필그램에 구속된다. 또는 더 대중적인 용어를 활용하면 욘 욘슨은 빌리 필그램에 참여한다.

종국에 인간의 자기인식과 자기존엄은 욘 욘슨에서 빌리 필그램으로 이어지는 전개, 구속, 참여를 통해서 달성될 수밖에 없는데, 결국 호기를 부렸음에도 불구하고 우리는 데카르트의 논의에서 한 발자국도 더 나가지 못한 형국이다. 소설과 달리 인간에선 보니것이란 최종심급이 오리무중이기 때문이다.

『제5도살장』 독자로서 우리는 보니것을 한눈에 알 수 있지만, 소설 속 작가 욘 욘슨은 빌리 필그램을 통해

	'앙가주망'에 들어있는
	'gage'는 불어로 내기를 뜻한다.
	존재의 전방과 후방을
	모두 식별하고 양자에
	모두 앙가주망을 걸쳐놓으리란
	희망은 내기에 가깝다.

서 자신의 실존에만 혹은 자신의 존재와 존엄에만 신경 쓸 뿐 후방의 최종심급을 짐작조차 못 한다. 다시 확인해 우리는 소설 『제5도살장』 독자일 때와 달리 인생에서는 그저 욘 욘슨에 불과하다. 하나 마나 한 질문을 다시 던지면 욘 욘슨이 전방으로 빌리 필그램에게 존재의 앙가주망(Engagement)을 걸쳐놓았다면 존재의 후방으로 커트 보니것에도 걸쳐놓을 수 있을까. '앙가주망'에 들어있는 'gage'는 불어로 내기를 뜻한다. 존재의 전방과 후방을 모두 식별하고 양자에 모두 앙가주망을 걸쳐놓으리란 희망은 내기에 가깝다.

성공 가능성이 아주 희박한 내기. 그래도 우리는 인간이므로 희망을 포기하지 않는다. '알파고 9단'과 제4국에서 이세돌이 둔 78수를 '알파고 9단'이 볼 확률은 0.007%였다고 한다. 바둑계에선 이 한 수가 '신의 한 수'로 회자한다. 물론 '알파고 9단'이 훨씬 많은 '신의 한 수'를 뒀겠지만 우리는 인간이 둔 '신의 한 수'에 더 주목하고 열광한다. 그렇다면 순환논법에라도 귀의하지 않을 수가 없는데, 마침내 인간은 자신이 무엇인지 혹은 자신이 인간인지 알기 위해 내기를 걸 게 아니라 은총에 기대어야 하는 것은 아닐까. 내기 아니면 은총. 인간 존재의 숙명이다.

Vincent van Gogh – Sunflowers

6장

41번째 학생이 벨을 울리면
다시 원무가 시작한다

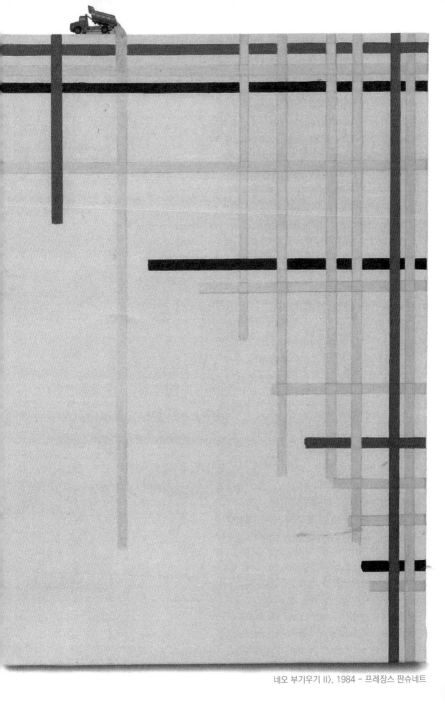

〈네오 부기우기 II〉, 1984 – 프레장스 판슈네트

부조리극 하면 반드시 거론되는 작품 중 하나인 외젠 이오네스크의 『수업』(1951년)에서는 '수업'이란 제목을 반영하듯 선생과 제자가 주요 등장인물로 나온다. 이 작품의 초반부, 제자의 실력을 점검하는 대목에서 선생이 "1+1이 얼마냐"고 묻는다. 제자가 "2"라고 대답하자 "대단한 학식"이라며 선생은 손뼉을 치며 칭찬한다.

'1+1=2'를 확인한 다음에 선생은 '4-3'이 얼마인지를 묻는다. 대단한 학식을 지닌 학생은 그러나 이 질문에 답하지 못한다.

반면 경 단위의 엄청나게 큰 단위의 숫자 계산에 대해서는 즉각 정답을 내놓는다. 누구나 이 풍경이 부조리하다고 직관적으로 느낄 법하다. '느낌'에서는 부조리란 말의 울림이 큰 만큼 직관이란 말이 공허하게 들린다.

수(數)는 그저 주어졌다고 본다 해도, 등호(等號)[=]는 결코 그저 주어질 수 없다. 등호치기는 주체의 행위다. 인식 주체인 '나'가 좌변과 우변이 동일하다고 판단할 때 등호를 칠 수 있다. 컴퓨터에든 사람에든 어떤 등호도 거저 주어지지 않는다. '나' 없는 등호는 성립하지 않는다. 등호치기를 구조화하고 체계화해 무한하게 이 작업을 실행할 수 있는 인공지능(AI)은, 알파고에서 보았듯 아직 자신을 3인칭으로 표현하긴 하지만 단백질로 이뤄지지 않은 특정 영역의 '나'라고 할 수 있다.

Vincent van Gogh - Head Of A Skeleton With A Burning Cigarette ▶

미세먼지는 부조리하다

이오네스크의 『수업』에서 학생은 더하기 결과를 묻는 말에서 등호를 칠 수 있다. 그때 그 학생은 '나'다. 반면 빼기 결과를 묻는 말에서는 등호를 치지 못한다. 그때 그는 '나'가 아니다. 등호치기는 등호를 의미하지 않는다. 좌변과 우변 각각의 값을 확인하여 그 사이에 '등호'를 넣을 수 없는 것으로 명단(明斷)한 상황에서도 등호치기가 가능하다. 그 상황의 등호치기는 틀린 것으로 판명나겠지만(판명나지 않을 수도 있다), 좌변과 우변의 연결짓기는 일단 실행된다. 등호치기의 결과는 형식논리학에서 등호이거나 부등호이지만, '치기'를 실행하는 단계에서는 등호치기가 등호와 동일한 것으로 일단 간주된다. 등호치기의 주체에게, 주어진 상황이 등호로 믿어지지 않는다면 '치기'는 영영 일어나지 않을 것이기 때문이다. 부등호는 '다르다'가 아니라 '같지

> 부등호는 '다르다'가 아니라
> '같지 않다' 이다.
> 무엇이 같은지를 알아야
> 같지 않은지를 알 수 있다.

않다'이다. 무엇이 같은지를 알아야 같지 않은지를 알 수 있다.

더하기와 빼기는 수학 논리에서 동일한 것으로 간주하기에 더하기를 할 줄 알면 빼기도 할 줄 알아야 하지만, 『수업』에서 예시된 학생은 그러하지 않다.

등호는 좌변과 우변이 같음을 선언하는 주체의 기능이므로, 주체가 확고하고 선언 또한 확실하면 좌변에 있던 더하기 기호[+]는 우변으로 넘어가 빼기 기호[−]로 변환할 수 있다. 등호는 좌와 우가 같다는 의미이므로 등호의 매개 아래 우변과 좌변이 서로 넘나들 수 있다. 그렇게 함으로써 전통적인 질문과 답변의 구조, 즉 먼저 묻고 이어 '등호를 통해' 대답하는 방식이 작동한다. 그러나 『수업』의 학생은 좌변 [+]를 등호(즉 자신의 인식주체인 '나') 우편으로 넘겨서 [−]로 변환하지 못한다. 학생의 등호는 너무나 허약하다(혹은 학생의 '나'가 허약하다). 그 등호는 플러스와 마이너스를 동시에 감당해낼 만큼 강건하지 못하다.

그렇다면 『수업』에서 학생이 경 단위 큰 숫자들로 이루어진 산수 문제를 암산으로 즉각 해를 찾아낸 것을 어떻게 받아들여야 할까. 『수업』에서 학생의 대답은 계산한 것이 아니라 기억한 것으로 받아들여야 한다. 즉 주체적으로 좌변과 우변을 비교해 등호를 넣은 것이 아니라 등호까지 포함된 하나의 수학적 외양의 진술을 암기한 것이기에 여기서 등호치기는 인식주체의 판단 행위가 아니다. 판단은 전혀 개입하지 않았다.

예를 들어 어느 엑셀 파일에서 애초에 '1+1=2'를 '수식'(함수)으로 저장해 놓았다면, 이후 각각의 셀에 다른 숫자를 넣어, 예를 들어 '5'와 '7'을 넣어 다음 셀에서 '12'를 '자동으로' 산출할 수 있지만, 애초에 '1+1=2' 대신 '5762592+23642012=29404604'를 수식을 빼고 저장했다면(즉, 산식 없이 단순 '값'으로만 넣었다면), 후자에서는 이후 기존 숫자들 대신에 간단하게 '1'과 '1'을 넣어도 '2'를 산출할 수 없다.

전자의 엑셀 파일에서는 좌변을 입력함으로써 우변이 자동으로 생성되지만, 후자의 엑셀 파일에서는 좌변을 입력한다고 수식을 추가로 입력하지 않는 한 우변이 자동으로 생성되지 않기에 우변 값이 필요하면 엑셀이 산출하는 대신 사람이 수동으로 입력해야 한다. 전자에서는 좌변을 보고 엑셀이 판단해 우변을 산출할 수 있지만, 후자에서는 좌변을 보고 인간이 우변을 산출한다. 후자 방식으로 기록된 엑셀 파일은 판단이 배제된 단순 기록지다. 후자 방식으로 기록할 것이라면 엑셀로 기록하나 '한글'같은 문서작성 프로그램으로 기록하나 아무런 차이가 없다.

『수업』의 단순 암기에서는 아무리 많은 양을 외워서 해를 술술 내어놓을 수 있다고 해도 그것은 등호치기와 무관하다. 반대로 '엑셀'은 산식이나 함수를 부여하면, 즉 등호치기 기능을 부여하면 모든 것을 계산(計算)할 수 있지만, 아무것도 '암기(暗記)'할 수 없다.

좌변을 '엑셀'로 묻고 우변을 '한글'로 대답한다고 상상해 이 상황을 인간사에 적용하면 전형적인 부조리가 된다. 부조리는 좌변과 우변에서 각각 또는 동시에 존재한다고 할 수 없고 등호치기 자체에 존재한다. (근대적) 인간 또는 (인식) 주체의 이성적인 호소에 대한 불합리한 세계의 침묵. 실존주의에서 이렇게 말하는 부조리는, 간단히 호소에 대한 침묵으로 요약된다. '엑셀'에 대한 '한글'? 호소 없는 침묵은 불가능하다. 호소에 응답하지 않는 형식의 침묵과 그저 침묵은 다르다. 후자의 침묵은 사실 침묵이 아니다. 그것은 침묵(沈默)이라기보다는 공허(空虛)라고 불러야 한다. 침묵은 공허가 아닌 것을 공허로 끌어내리는 '행위'이다. 또한 침묵이든 무엇이든 반응을 전제하지 않은 호소가 불가능하다고 할 때 부조리는 확실히 관계의 양상이며 현상이다.

비유로써 말하면 부조리는 타이어에서 발생한 미세먼지라고 할 수 있다. 자동차를 주행케 하면서 마모되는 석유화학제품 타이어는 부재로써 존재를 확인하는 역설적

	비유로써 말하면
	부조리는 타이어에서 발생한
	미세먼지라고 할 수 있다.
	자동차를 주행케 하면서 마모되는
	석유화학제품 타이어는
	부재로써 존재를 확인하는
	역설적인 존재론을 갖는다.

인 존재론을 갖는다. 완벽한 형태의 타이어는 존재가 결여된 상태에 처해 있으며, 부재를 축적해 타이어 기능을 무화함으로써 완벽한 형태 타이어에서 가장 멀어졌을 때서야 타이어는 비로소 존재를 실현한다.

이런 역설적인 존재실현은 타이어가, 마찬가지로 석유화학제품인 아스팔트와 맞대어 주로 타이어 자신이지만 서로를 마모함으로써 미세먼지로 변형되고 종국에 타이어가 아닌 것으로 되는, 정확하게는 타이어 자격을 잃어 다른 타이어로 교체돼 버려지는 그런 상황에서 발생한다. 호소와 침묵의 구조에서 부조리가 발생한다고 했는데, 이 비유에서는 미세먼지가 부조리다.

타이어와 아스팔트의 접면에서 탄소 화합물계 유해성 미세먼지가 생기는 까닭에, 미세먼지를 원천 차단하는 방법은 접면을 없애는 것일 수밖에 없다. 그러나 현재 기술로는 접면 없이 자동차가 주행하지 못한다고 할 때 마모와 이에 따른 미세먼지화는 타이어의 피할수 없는 운명이다. 자동차에 붙어 있지 않은 타이어는 새 제품이라면 비존재이고, 닳아서 떨어진 후에는 부재한 존재다.

『수업』 결말은 살인이다. 살인이 질문일 수 있을까. 선생이 학생을 죽임으로써 문답이 종료된다. 그것은 자신의 파괴이자 상호파괴다. 살인으로만 끝났다고 해도 이 작품은 모종의 부조리를 시전한셈이다. 살인은 부조리와 등가다. 『수업』은 살인 다음엔 타임 루프를

Vincent van Gogh – The Drinkers

등장시켜 부조리의 완성도를 높인다.

"딩동!"

아마도 살해될, 41번째 학생이 선생 집 벨을 누른다. 살해된 학생은 40번째 희생자였으며, 그는 40명 중 하나로 독자성과 개별성을 갖지 못한다. 타임 루프에 갇힌 같으면서 다른, 다르면서 같은 존재다. 해피엔딩으로 끝나는 타임 루프 영화 〈사랑의 블랙홀〉과 달리 『수업』의 끝이 아마도 해피엔딩이 아닐 것으로 추정되는 가운데, 〈사랑의 블랙홀〉이 루프를 돌파해 확정된 결말을 보여준 반면 『수업』은 원환의 새로운 시작만을 보여줌으로써 열린 결말을 취한다. 말이 열린 결말이지 정확하게는 등호치기의 결여다.

『수업』이 보여주는 '열린 결말'에는 일반적으로 '열린 결말'에 부여되는 긍정적인 느낌이 없다. 왜냐하면 『수업』이 '열린 결말'을 취한 이유는 다양한 가능성을 열어놓았기 때문이 아니라 디스토피아란 확정된 결말을 예비하고 있지만 등호치기를 결행할 능력이나 자신이 없기 때문이다.

'2+2=5'를 확신하는 세상

『수업』이 디스토피아를 암시하는 부조리극이라면, 조지 오웰의

『1984』(1949년)는 '조리(條理)'를 갖춰서 디스토피아를 최대한 사실적으로 상상한, 혹은 묘사한 정통 소설이다. 『1984』에도 중요한 산식이 나오는데, '2+2=5'다.

여기서 더하기 빼기 같은 산수의 논리는 중요하지 않다. 오직 등호만이 중요하다. 등호치기 주체는 '나'이지만 이 '나'는 말하자면 『1984』 주인공 윈스턴 스미스 같은 특정한 개인만의 '나'가 아니다. '나'는 시대와 공간을 공유하는 사회 안의 다른 무수한 '나'들과 인식틀을 공유함으로써 사회적 자아인 개별성의 '나'를 구축한다. 인간이 사회적 동물인 한, 그렇지 않다고 최대한 우긴다고 해도 '나'는 언제나 순수한 '나'일 수는 없다.

'2+2=5'를 보면서 우리는 '2+2=4', '2+2≠5', '2+2 < 5' 등 다른 해를 떠올릴 수 있다. '2+2=5'를 거부하는 까닭은 여기에 들어있는 등호가 사회적 자아인 개별성의 '나'가 친 것이어야 하기에, 사회적 자아와 개별성의 '나'를 동시에 만족시켜야 하는데 이것이 결코 쉽지 않기 때문이다. 등호치기를 세분하면 등호를 치는 것과 그 등호를 수용하는 두 가지 과정으로 나뉘며 이 두 과정이 모두 무리 없이 진행돼야 등호치기가 완성된다. 만일 두 가지 중 한 과정만을 충족해야 한다면, 여전히 문제는 문제이겠지만 이론상으로는 문제가 간단해진다.

사회적 자아와 개별성의 '나' 가운데서 개별성의 '나'만이 작동하고 그 개별성을 주장하는 인간을 흔히 광인이라고 부르기에 그에게 광인에게는 어떤 등호도 가능하다.

또는 어떤 등호도 불가능하다.

반면 사회적 자아와 개별성의 '나'가

원초적으로 긴장하며

분열된 상태의 인간이라면

그는 어떤 등호 앞에서도

동요하게 된다.

는 어떤 등호도 가능하다. 또는 어떤 등호도 불가능하다. 반면 사회적 자아와 개별성의 '나'가 원초적으로 긴장하며 분열된 상태의 인간이라면 그는 어떤 등호 앞에서도 동요하게 된다. 후자의 예를 상상해보면, 사람이 보편적으로 세 개 눈을 갖고 태어나는 세상에서 두 개 눈을 갖고 태어난 사람이 있다고 할 때 "방 안에 사람이 세 명 있습니다. 이때 눈알은 모두 몇 개일까요?"와 같은 질문 앞에서라고 할 수 있다. 지금은 쓰지 않는 '살색'이란 표현도 그러하다. 아버지나 어머니 한쪽이 흑인인 이른바 다문화가정 아이에게 '살색'은 분열된 색깔이다. 혹은 그 색깔 앞에서 분열된다.

'2+2=5'가 광인이 아닌 분열과 긴장의 인간에게 납득이 가능한 산식일까. 그렇지는 않다. 사회적 자아와 개별성의 '나'가 상충하고 분열할 때 광인의 길을 걷지 않는 한, 예외의 인간들은 자신 안의 예외적 '나'를 사회적 자아로 수렴해 문제를 일으키지 않고 온순한 개

Vincent van Gogh – The Church in Auvers-sur-Oise, View from the Chevet

별성의 '나'로 적응시킨다. 개별성과 예외성은 전혀 다른 차원의 문제다. 광인이 되지 않으려고 노력하는 한, 예외성은 개별성에 괄호쳐진 상태로 존재하게 된다. 즉, 사람이 보편적으로 세 개 눈을 갖고 태어나는 세상에서 두 개 눈을 갖고 태어난 사람이 "방 안에 사람이 세 명 있습니다. 이때 눈알은 모두 몇 개일까요?"라는 질문에 "9개"라고 대답하게 된다.

『1984』에서 제기된 '2+2=5'의 세계관은 분열과 통합을 말 그대로 유기적으로 결합함으로써 가능해진다. 이 산식에서 등호를 치는 주체는 사회적 자아로 통합된 혹은 승화한 '비아(非我)'이며 좌변의 2와 2의 합이 우변의 5라는 '결정'을 수용하는 주체는 개별성의 '나'다. 수용하는 개별성의 '나'가 반드시 사회적 자아이어야 함은 물론이다.

전체주의 대리인인 '비아'는 '나'와 대립하다가 '나'의 자발성에 근거해 '나'의 자리에 진주한다. '비아'와 '나'는 기의와 기표의 묶음처럼 공존하며 또한 끊임없이 적대한다. 이 적대가 '비아'와 '나'의 결속을 깰 만큼 강력하게 분출하기는 매우 힘들다. 한나 아렌트가 전체주의를 '나'의 제국이라고 말했을 때 의미가 이것이다. 전체주의는 이 진주와 결속을 체계로 구축해 일상화하고 영구화하려고 필사적으로 노력한다. 등호를 치는 주체와 등호를 수용하는 주체 사이에 불일치가 존재하지만, 이 노력 가운데서 결실로 증거되는 극적인 일치로 전환하는 감동의 드라마야말로 전체주의 사회의 일상이다. 이

때 '나'는 진정한 나인가?

그러려면 분열이 필요하고 통합이 필요하지만, 말 그대로 유기적인 결합이 필요한 대목이다. 전체주의 사회에서 개인은 나를 나로 확신하면 안 된다. 그렇지만 나아가 나를 내가 아니라고 판단을 내려서도 안 된다. 전체주의에서는 한나 아렌트식으로 말해 개인 누구나 전체주의 그 자체가 돼야 하는데, '비아'로 인해 '나'를 잃어버려 '비아'만이 남게 되면 그것은 로봇과 다름없게 돼 전체주의 사회 구성원이 될 자격을 잃는다. 열광과 자발성에 근거해 '나'를 '거아(巨我)'와 일치시킬 정도의 최소한의 '나'는 남아야 하기 때문이다. 그러므로 나는 나이어서는 안 되지만, 나는 내가 아니어서도 안 된다. 그렇게 됐을 때만이 '2+2=5'는 강제로 수용되지 않고 진리로 승인된다.

『1984』에서 '거아'의 대리인인 오브라이언이 한 황당하게 과격한 말 중에 "오르가슴마저 없애 버리겠다"라는 것이 있다. 이 말을 윈스턴의 애인 줄리아가 윈스턴에게 한 "당신은 허리 밑으로만 반역자"란 말과 연결 지어 생각하면 흥미롭다.

두 사람 말을 종합하면 오르가슴은 반역이 된다. 소설 속에서 오르가슴은 실제로 반역이다. 지금은 윈스턴과 교류하지 않는 윈스턴의 부인은, 사랑 없는 결혼이지만 섹스, 정확하게는 교접에 열심이었다. 『1984』의 모든 결혼에서, 모든 연애에서 사랑이 배제돼야 하기에 윈스턴의 부인이 오르가슴을 느낀 적이 없다는 사실은 매우 정상이다. 그럼에도 그가 오르가슴 없이 규칙적으로 섹스를 한 이유는 종족 번식이란 의무를 이행하기 위해서였다. 윈스턴 부인의 부부생활 방침에서 '2+2=5'의 가치관, 나아가 세계관은 전일하게 작동한다.

반면 성서의 돌아온 탕아처럼 '2+2=5'를 진리로 승인하기 전까지, 윈스턴은 '2+2=4'라는 믿음을 버리지 않았다. '2+2=4'는 주체로서 세상과 담대하게 맞선 근대인의 세계관이었다. 이성적인 호소에 대해, 때로 불합리하지만 신처럼 변덕스럽지 않고 대체로 합리적인 세계가 침묵하지 않고 대답하리라고 그는 기대를 품었다. 『1984』에서 그의 기대는 충족되지 않은 것으로 나타난다.

실제 역사 또한 그러했다고 볼 수 있다. 『1984』의 세계에서 이성적인 호소는 침묵이 아니라 즉각적이고 단호한 응답을 받았으며, 그것은 합리성이나 이성과는 무관했다. 당연하게 곧 호소는 사라지고, 인간은 비합리적이고 비이성적이지만 즉각적이고 전능한 응답만을 기다리는 기묘한 존재로 말하자면 재창조된다.

'2 × 2 = 4'를 꿈꾸는 세상

소설 『무엇을 할 것인가?』를 쓴 러시아 사상가 겸 작가 체르니솁스키(1828~1889년)는 1860년대에 젊은 러시아 지식인 사이에서 지성의 아이콘으로 추앙받은 인물이다. 러시아의 대문호 표도르 미하일로비치 도스토옙스키(1821~1881년)는 자신보다 연배가 어린 체르니솁스키를 한때 추종했다. 당대 두 사람의 명성 차이는 이후 세계문학계에서 완벽하게 역전된다. 그때는 체르니솁스키가 도스토옙스키였다.

더 재미있는 현상은 러시아인이 아니라면 대다수 사람이 도스토옙스키를 통해 체르니솁스키를 알게 된다는 사실이다. 물론 러시아 혁명사에서 체르니솁스키가 주요 인물로 등장하긴 하지만, 러시아혁명에 더는 매혹을 느끼지 못하는 요즘 시대 많은 사람에게 체르니솁스키는 도스토옙스키 소설 『지하생활자의 수기』를 통해서나 알 수 있는 인물이라고 할 수 있다. 도스토옙스키의 『지하생활자의 수기』는 체르니솁스키의 『무엇을 할 것인가?』에 대한 답변 성격을 지닌다.

체르니솁스키는 당대 많은 러시아 지식인처럼 소설가이자 철학자였으며 크게 보아 혁명가이기도 했다. 그의 사상은 『무엇을 할 것인가?』에 나오는 산식 '2×2=4'로 상징된다. 체르니솁스키는 인간 본성이 원래 선하다고 믿었다. 그런데도 인간이 사악해진 까닭은 사회가 그 구성원에게 그들의 욕구를 만족하게 할 기회를 주지 않았기 때문이며, 따라서 선하게 행동하는 것이 스스로 이익이 된다는 것을 이해하게 된다면 인간은 악에서 탈출하게 될 것이라고 확신했다.

체르니솁스키는 자신의 이런 이성적 이기주의 이론에 따라 인간을 교육하고 개화한다면, 인간이 악해지는 것 자체가 불가능해질 것이라고 전망했다. 이런 맥락에서 '2×2=4'가 등장한다. 이 산식이 상징하듯, 인간의 행동은 이성적 이기주의가 제시하는 이익 공식에 따라 해명될 것이기에 모든 (인간의) 문제에는 해답이 있다고 주장했다.

체르니솁스키의 '2×2=4'는 사회주의 유토피아인 수정궁으로 귀결한다. 이런 사회주의 지상낙원의 도래를 그는 믿었고 동시대 젊은 지식인들 또한 그의 신념을 공유했으며 앞서 언급한 대로 도스토옙스키는 한때 그를 추종하는 집단의 일원이었던 것으로 전해진다.

『지하생활자의 수기』는 체르니솁스키의 '유토피아론'에 대한 강력한 반론이다. 소설 속 인물의 입을 빌려 도스토옙스키는 수정궁의 허황함을 공박하고 '2×2=4'가 죽은 공식이라고 선언한다. 도스토옙스키에게 맞는 공식은 '2×2≠4'였으리라고 추측할 수 있지만, 우선 근대성의 대표 휘장이라고 할 '2×2=4'를 냉철하게 성찰한 다음에 논의를 이어가는 게 맞는 순서이지 싶다.

인간 주체의 발견과 구축은, 주체에 내재한 이성의 빛을 세계로 비추어 세계를 해명하고 정복할 수 있으리란 자신감을 가져왔으며 그렇게 근대는 계몽에 착수한다. 그러나 계몽이 곧바로 곱하기로 시작했으리라고 보는 것은 비약이다. 곱하기에 돌입하기 전에 근대성과 계몽주의가 더하기에서 출발하였으리라고 보는 것이 상식적이다. 이오네스크의 작품 『수업』에서 첫 부분에 '1+1'의 해를 묻듯이 계몽의 근대성은 '1+1'에서 '2+2'로 찬찬히 계단을 밟아갔을 터다.

'2×2=4'는커녕 '2+2=4' 단계에도 도달하지 못한 유럽의 후진국 러시아에서 체르니솁스키가 '2×2=4'를 떠벌린 것은 열등감이자 과대망상의 발로였으며 조울증의 징후로까지 읽힌다. 아직 더하기를 제대로 수행하지 못하는 조국 러시아에서 곱하기를 말하는 체르니솁스키에게, 그 이상(理想)의 원대함에 매료될 수 있었겠지만, 곧 그 허황함에 실망하였을 것이다. 대표적으로 도스토옙스키가 그랬다.

18세기 말에 출간된 토마스 로버트 맬서스의 『인구론』(1798년)에서 적용이 다른 비슷한 논리를 목격할 수 있는데, 더하기 세계와 곱하기 세계는 판이한 것으로 묘사된다. 간단하게 살펴보아도 '2+2'와 '2×2'의 해는 같지만, 다음 정수인 '3+3'과 '3×3'에서는 다른 차원으로 진입한다. 따라서 도스토옙스키가 『지하생활자의 수기』에서 표방한 세계관은 '2×2≠4'보다는 '2+2≠4'에 가깝다고 할 수 있다. 현실에 기반하지 않은 이상은 흔히 망상이 되고 만다. 도스토옙스키가 체르니솁스키에게 내린 판정이 아마 그러했을 것이다.

'2+2=4'의 무게

도스토옙스키가 '2+2=4'를 감당하지 못한 데는 서유럽과 비교할 때 미개 상태라고 불러 좋을 만한 당시 러시아의 후진성이 큰 영향을 미쳤을 것으로 추측할 수 있다.

'2+2=4'의 세계관은 요한 볼프강 폰 괴테 같은, 낭만주의를 포용할 수 있었던 고전주의자에게 오히려 적합한 것이었다. 괴테의 『젊은 베르테르의 슬픔』에는 '질풍노도'라는 형태로 근거 없는 자신감이 발현한다. 인간 의지의 자유와 권능을 확신한 베르테르는 죽음으로 자신의 결단을 상대에게 구겨 넣는다. 극단적이고, 관점에 따라 더 없이 주체적인 이 등호치기를 위해 자살마저 불사하는 베르테르의 결기는 낭만주의와 고전주의가 중첩된 근대성의 기획이었다.

> 극단적이고, 관점에 따라 더 없이 주체적인 이 등호치기를 위해 자살마저 불사하는 베르테르의 결기는 낭만주의와 고전주의가 중첩된 근대성의 기획이었다.

산업혁명과 프랑스혁명에 근거하고 자본주의에 정초한 근대국가는 '2+2=4'의 가치관과 세계관을 세속화의 방향으로 극단까지 밀어붙이게 된다. 베르테르 식의 무모한 자기 확신과 자신의 자유의지를 보편화하려는 근대성의 열정은, 상호파괴적이기는 했지만 지나고 나서 생각하면 적어도 자신의 목숨까지 걸었기에 '2+2=4' 세계관 중에서 가장 순수한 형태였다고 할 수 있다.

베르테르를 계승한 근대주의자들은 세계와 객체에 동화하려는

Vincent van Gogh - L'allée Aux Deux Promeneurs

그의 열정을 세계와 객체를 정복하려는 야심으로 변조하고, 동화 혹은 일치를 위해서는 기꺼이 자신을 내던질 수 있는 그의 순수의 투기를 철없는 행동으로 헐뜯는다. 이들이 베르테르의 근거 없는 자신감을 근거 있는 계산으로 바꾸어 놓기에, 결국 자기희생과 동화의 열정이 사라진 근대의 이성은 파괴의 플랫폼으로 전락한다. 근대성은 1차, 2차 세계대전에서 결정적으로 좌초하였다.

루이저 린제의 소설 『삶의 한가운데』는 근대성에서 상처받은, 실존의 위기에 직면한 니나라는 개인의 무망한 타개(打開)를 다룬다. 니나의 세계는 기본적으로 '2+2=4'에 속해 있다. 니나 같은 사람은 '2+2=4'를 너무나 자명한 진리로 받아들이기에 '2+2=4' 세계관을 벗어날 엄두를 내지 못한다. 반대로 '2+2=4' 세계를 고전주의적 전망에서 복원하고 싶어 한다. 나치의 광기나 니나를 사랑한 의사 슈타인에서 발견되는 온기 없는 증발의 삶보다는 차라리 베르테르의 무모함이 더 낫다고 생각한다. 그러나 니나는 베르테르의 실패를 목격한 베르테르의 후대이기에 '2+2=4' 세계는 다른 것이 아닌 엄정한 '2+2=4' 세계이어야 하고, 그 세계의 변질을 견디지 못한다면 차라리 '2+2=4'에서 등호[=]를 제거하며 버텨내는 길을 선택한다.

그러나 등호를 걷어내는 일은 근대성에 기반한 현대사회를 사는 이들에게 지난한 일이다. 따라서 니나 같은 인물은 드문 현상이 되고, 니나 옆에서 흔히 발견되는, 니나 같은 삶을 질시하는 그의 언니와 같은 삶을 모색할 수 있을 뿐이다. 니나의 삶을 읽은, 제법 나이가 든 여성 독자들이 "니나처럼 살고 싶었지만 니나의 언니로 살고 말았다"라고 술회하는 풍경은 개인에 속한 것이 아니라 시대에 속한 것으로 보아야 한다.

지금 우리에게 주어진 가능성은, 잘해야 더하기나 가능한 『수업』의 학생이거나 니나의 언니일 수밖에 없다고 한다면 지나친 비관일까. 그러나 '2+2=5'를 진리로 수용하거나, '4-3'을 계산하지 못하는 것보다는 훨씬 낙관적이다. 근대인으로 살아가야 하는 우리는 '나'라는 것이 근거 없는 자신감에 불과했으며, 세계의 어둠을 밝히느라 애썼지만 정작 그 어둠을 밝힌 이성 안에 더 크지는 않아도 더 치명적인 어둠이 존재했다는 뒤늦은 깨달음 앞에서 숙연해질 수밖에 없다.

그럼에도 인간은 좌변과 우변을 비교해 어떻게든 등호치기를 실행하려고 하고, 또는 등호에 맞는 좌변과 우변을 찾아내는 존재라고 할 때, 조금 더 세상과 자신을 낙관하려고 노력하는 것은 근대 이후 인간의 운명인 셈이다.

7장

테이블 맞은편에 앉아
외국어로 잠꼬대를 하는 미녀

사랑은 삶의 대표적 사건이다. 사랑에는 일상성과 경이가 함께 자리한다. 누구나 사랑하고, 누구나 사랑에 실패한다. 유행가에서 흔히 운위되듯 사랑이란 게 때로 지겹다. 실제 사랑에 뛰어 들어갔는지, 혹은 뛰어 들어갈 수 있는지와 무관하게 사랑은 인간 삶의 본질을 구성한다. 본질이라는 말이 과하다면, 이념이든 현실이든 사랑 없는 삶을 상상할 수 없다고 주장하자. 나치(Nazi)에 의해 처형된 독일의 저명한 신학자 디트리히 본회퍼의 "하나님 앞에서, 하나님과 함께, 하나님 없이"라는 말에 빗대어, 우리 인간은 사랑 앞에서, 사랑과 함께, 그러나 사랑 없이 살아가는 존재라고 말할 수 있다. 또한 신은 사랑일 수밖에 없다는 희망에 가까운 직관에 기대어 인간 존재의 어떤 부분은 사랑에 의해서, 혹은 사랑에 의해서만 해명할 수 있기에 사랑의 형이상학은 우리 삶을 비추는 데 필수 불가결하다. 문학에서 사랑을 다루는 이유이겠다.

아버지의 이름으로, 죽음의 이름으로

일반적으로 러시아의 3대 문호 하면 반드시 들어가는 작가인 이반 세르게이비치 투르게네프(1818~1883년)의 소설 『첫사랑』(1860년)은 '첫사랑' 하면 첫 손에 꼽히는 작품이다. 블라디미르 페트로비치라는 어린 소년이 연상의 옆집 소녀 지나이다를 (짝)사랑하며 사랑과 인생의 의미를 '조금은' 알게 된다는 성장소설이다. 이 소설에는 '자전적'이란 수식어가 붙는다. 소설 속 아버지와 어머니가 실제 투르게네프 부모와 유사하다. 특히 기병대에 근무한 투르게네프 아버지는 소설 『첫사랑』 속으로 말을 타고 걸어 들어가 블라디미르 페트로비치의 아버지가 되었다고 해도 좋을 정도다.

『첫사랑』의 첫사랑은 거의 모든 첫사랑이 그러하듯 '통념상' 실패한 사랑이다. 또한 첫사랑이 흔히 그러하듯 '넘사벽'의 강력한 연적에게 패퇴하는 구조를 취한다. 『첫사랑』을 평한 어느 글에서 "(영화에서만 있는 게 아니라) 소설에도 '스포'가 있기에 이 연적이 누구인지를 밝힐 수가 없다"고 한 것을 봤다. 그러나 필자가 논의를 전개하기 위해선 '스포'를 감행하지 않을 수 없음을 양해하기 바란다. 이미 널어놓은 이야기에서 짐작할 수 있듯이 그 연적은 블라디미르의 아버지다.

내용을 단순화하면 부자가 한 여자를 두고 경합한 것이지만, 그런 외형상의 곤란에도 불구하고 부자의 정애(情愛)는 훼손되지 않는다. 흥미롭게도 패배자라고 할 아들은 끝까지 아버지에 대한 사랑과 존경을 거두지 않는다. 이 소설을 분석하는 데에 정신분석학을 애호하는 비평가가 많은 이유이지 싶다.

소설 속 모종의 삼각관계는 '아버지의 이름으로' 해소되고 승화한다. 아들의 실패한 사랑은 아버지의 성공한 사랑을 통해 구제받는다. 여기서 실패와 성공이란 도식적인 표현이 전형적인 분열을 의미하지는 않는다. 그럴 수밖에 없는 게 (실패·성공이란 용어가 적절해 보이지 않지만) 실패하는 사람과 성공하는 사람이 한 사람이 아니라 각각 다른 사람이다. 그러나 또 한편으론 분열이 아니라고 하기 힘든 것이, 아들은 아버지를 동일시한다. 아버지는 아들에게서 잔존한다. 따라서 한 사람이 아니지만, 각각 다른 사람은 아니라고도 말할 수 있다.

분열이기도 하고 분열이 아니기도 한 이 상황은 화해 불가능하고 봉합 불가능한 분열이 아니라, 합일을 가능케 하는 분열이기에, 주체의 분열 등과 같은 표현에서 나타나는 본원적 불화가 아니다. 오히려 가능태와 현실태로 세계 안의 사랑에 동시에, 둘이지만 하나로 참여한다고 할 수 있다. 아버지는 아들 자아의 주형틀로, 아들이 아버지로 대체되기 전까지 아들에게 선험적 우위를 가지며 정체성의 전범이 된다.

아들의 사랑은 사랑이 아니지만, 아버지의 사랑을 통해 사랑이 된다. 아들이 불완전한 자신을 통해서 추구했을 사랑은, 미숙하고 남루하고 실망스러운 것이었을 테다. 그 사랑은 존재의 심연에서 공명하지 않아 존재의 결여 혹은 좌절에 봉착할 경로 위에 놓여 있었지만, 성숙하고 완성된 남자인 아버지를 통해 정립된 진정한 사랑으로 낭패가 예방된다.

투르게네프의 이 소설에서 첫사랑은 사랑 자체를 해명한다기보다는 존재의 정당성을 입증하기 위해 동원된다. 원형 신화인 오이디푸스 이야기에서 나타난 부친살해와 근친상간에 따른 '아버지 자리'

탈취는, 『첫사랑』에서 질료와 형상의 합일이란 방식으로 계승되면서 전복된다. 전복은 전면적 전복이라기보다는 관점의 전복이라고 할 수 있기에 고전주의 사랑의 이상은 유지된다.

> 원형의 신화인 오이디푸스 이야기에서 나타난 부친살해와 근친상간에 따른 '아버지 자리'의 탈취는, 『첫사랑』에서 질료와 형상의 합일이란 방식으로 계승되면서 전복된다.

　　고전주의 정조는 투르게네프와 함께 러시아를 대표하는 문호로 꼽히는 레프 톨스토이(1828~1910년) 소설 『안나 카레니나』(1877년)에서도 발견된다. 『첫사랑』이 사랑보다는 존재에 방점이 찍혔다면, 『안나 카레니나』는 그 반대다. 이 두 소설뿐 아니라 거의 모든 좋은 소설은 사랑과 존재를 다룬다. 시쳇말로 존재 없는 사랑은 맹목이고, 사랑 없는 존재는 공허하다. 여기 펼쳐지는 논의를 위해 두 소설에다 각기 다른 쪽에 방점을 찍었을 뿐이다.

　　소설 속 안나는 사랑의 주체로 그려진다. 누군가 "이 소설을 요약하면 불륜"이라고 말하기에 나는 "아니다. 이 소설을 요약하면 사랑"이라고 말한 기억이 난다. 내 반박 앞에 수식어를 붙이면 "전 존재를 건"이고, 더 붙이면 "인습과 사회통념에 저항하며"이다. 안나는

Vincent van Gogh – Adeline Ravoux

인습과 사회통념에 저항하며 전 존재를 건 사랑을 결행한 인물이다.

안나는 근대적 사랑의 주체다. 소설에서 그는 사랑 말고는 무고한 여인으로 그려진다. 안나의 존재에서 사랑만이 유일한 흠결이다. 톨스토이는 『안나 카레니나』의 죽음을 수미쌍관으로 표현함으로써, 예감을 사건으로 완성한다. 사건의 이러한 완성은 그리스 비극의 구조를 떠올리게 한다. 무고하고 고결한 인물이 신탁에 의해 자신의 의도나 의지가 개입되지 않은 잘못을 저지르거나 죄를 짓고 추락하는 것이 그리스 비극에서 목격되는 주인공의 전형이라면, 안나는 상대적인 정도 차이가 있을지언정, 마찬가지로 무고하고 고결한 인물로서 그리스 비극과는 반대로 자신의 의지에 따라 죄를 짓는다. 안나의 '주체적' 죄는 사랑이다. "죄의 삯은 사망"이지만, 안나에게 죽음은 주어지지 않고 획득된다. 죽음도 말하자면 '주체적'이다.

톨스토이의 『안나 카레니나』에서 고전주의 비극은 반복되지만, 근대적 정신으로 변주된다. 운명에 의해 좌초하는 것이 아니라 자발적 선택 혹은 자발적 의지, 즉 주체적 행위로 죽음을 맞는다. 사랑 말고는 무고한 여인인 안나는, 따라서 이런 자아의 결단에 따른 자아 포기로 마침내 한 점 흠 없이 무결한 인물이 된다. 버림으로써 완전해지는 이 구조에서 핵심은, 안나가 운명에 쫓겨 다니는 대신 운명적 사랑을 지키기 위해 죽음이라는 행위를 스스로 감행했다는 데 있다. 여기서 행위가 중요하지 죽음은 부차적이다. "사랑의 삯이 사망"이라 하여도 사망보다는 사랑이 중요하다.

소설에 잘 드러나듯 안나의 자살에는 필연성이 엿보이지 않는다. 예감과 확인이란, 필연성의 궤적에서 벗어나 타협을 거부한 사랑의 주체를 목격한다. 높은 사회적 지위와 적당한 공존의 쾌락을 지키는, 그런 타협 노선은 안나 같은 사랑의 주체에겐 애초에 선택지에 들어있지 않았다. 사랑에 눈먼 것 말고는 죄가 없었던 안나는 죽음으로 죗값을 넘치도록 지불하면서 동시에 타협 없이 완전한 사랑을 천명했다.

사랑의 운명은 믿지만, 삶의 운명은 거부한 안나는 그리하여 완벽한 고전주의자가 되고 최고 낭만주의자가 된다.

욕망을 욕망하다

미국 '로스트 제너레이션(Lost Generation)' 작가 프랜시스 스콧 피츠제럴드(1896~1940년)의 소설 『위대한 개츠비』(1925년)를 논할 때 많은 사람이 무엇보다 "개츠비의 위대함은 어디에 있는가?"를 묻곤 한다. '위대한 개츠비'의 '위대한'은 반어일 수도, 역설일 수도 있어 이런저런 많은 논평을 가능케 하리라. 이 자리에서는 '개츠비가 과연 위대했는가?'보다 먼저 그가 소설 속 주인공 데이지를 과연 사랑했는가를 따져보고자 한다.

개츠비가 밤중에 자신의 집에서 바다 건너편 데이지 집을 바라보는 장면은 이 소설을 대표하는 애잔한 장면의 하나로 꼽힐 텐데,

뉴욕 외곽 웨스트에그의 어둠 속에서 불빛만 명멸하는 맞은편 해변 이스트에그 쪽을 바라보는 그 시선에 담긴 것이 과연 사랑이었을까. 개츠비의 감정을 무엇으로든 설명할 수 있겠지만, 피츠제럴드가 개츠비에서 그려낸 것이 투르게네프(첫사랑)나 톨스토이(안나 카레니나)가 그려낸 것과는 분명 달랐다고 말할 수 있겠다.

가난해서 잃어버린 사랑을, 부유함을 활용해 되찾으려고 한 개츠비의 방식에는 당시의 시대정신이 반영됐다. 수단이 목적을 정당화하는 자본주의, 그것도 천민적 자본주의 방식이 깔려있다. 자본주의 본질은 탐욕이며 그것은 무한증식 욕구로 발현된다. 자본주의의 주체인 자본은 만족을 모르고 항상 굶주려 있으며, 항상 더 많은 것을 욕망한다. 자본이 욕망하는 대상은 자본 자신이다. 주체가 대상이고 대상이 주체다.

천민자본주의 정신을 체화한 졸부 개츠비에게 사랑은 욕망이다. 물론 사랑과 욕망은 혼용되고 혼용될 수밖에 없지만, 또는 사랑과 욕망은 상호 배태(胚胎)한다고 추측할 수 있지만, 개츠비에게 사랑은 그저 욕망의 형태를 취할 따름이다. 개츠비는 사랑으로 상대에 몰입하기보다는 자본이 그러하듯, 상대를 쟁취하겠다는 자신의 욕망에 몰입한다. 욕망을 욕망함으로써, 활활 타오르는 불 속으로 질주하는 부나비처럼 타죽는다. 상대를 향한 욕망을 자신의 욕망을 향한 욕망이 대체하면서 사랑은 폐허(廢墟)가 된다. 연쇄적으로, 사랑의 주체 또한 허무에 내몰리면서 사랑의 대상과 주체 모두 표류하게 된다. 그렇다고 해서 주체가 유실됐다고까지는 말할 수 없다.

자본이 자본을 욕망함으로써 자본주의가 성립한다고 할 때 개츠비같이 철두철미하게(어쩌면 불가피하게?) 자본주의적인 인간은 다름 아닌 사랑의 이름으로, 욕망하는 주체를 욕망의 되먹임 회로 속에 몰아넣고 점차 허무로 잦아드는 주체는, 어느 순간 주체임 자체를 잊어버려 원귀(冤鬼) 같은 욕망의 가상 주체로 남겨지게 된다.

'로스트 제너레이션'을 설명하는 방법론은 여러 가지가 있겠지만, 그들이 '잃어버린 것'과 관련해 여기서는 무구한 개인, 고전주의적인 혹은 이상적인 사랑, 그리고 결행하는 주체(의 전범)를 상실했다고 설명할 수 있겠다. '로스트(Lost)'를 달았음에도 '로스트 제너레이션'은 일반적으로 잃어버린 사람들이 갖게 되는 모종의 달관과는 무관하다. 반대로 그들에겐 불안이란 낙인이 주어진다.

> '로스트(Lost)'를 달았음에도
> '로스트 제너레이션'은 일반적으로
> 잃어버린 사람들이 갖게 되는
> 모종의 달관과는 무관하다.
> 반대로 그들에겐
> 불안이란 낙인이 주어진다.

『위대한 개츠비』가 다루는 시기는 1922년이고, 발표된 해는 1925년이다. 제1차 세계대전이 끝나고 평화와 번영을 누리고 있었지만, 그것이 표면적이고 일시적인 현상임을 당대인이 널리 짐작한 시기였다. 이런 국제정세와 함께 당시 자본주의가, (요구되는 만큼은 아니지만) 어느 정도 관리·통제되는 현재와 같은 자본주의 단계에 아직 진입하지 못해, 팽창과 폭발, 침체의 사이클을 반복하고 있었다는 사실을 주목할 필요가 있다. 정치와 경제 모두 언제 터질지 모르는 폭탄을 안고 있었다. 자본주의 양식에 흠뻑 젖어 살았지만, 사회주의라는 대안이 강력하게 체제를 위협했고, 전쟁과 공황의 폭탄이 언제라도 터질 태세였는데, 역사에서 보듯 두 가지 모두 '로스트 제너레이션'을 곧 엄습했다.

개츠비의 느닷없고 황망한 죽음은 당시 시대 상황과 너무 잘 조응한다. 그렇다고 그 조응만으로 개츠비를 시대 상황에 매몰된 역사의 패잔병으로 규정할 수 없다. 그는 자기 시대를 넘어선 인물이다. 그것은 죽음을 통해서 일부 드러나지만 대체로 그의 삶을 통해서 표명된다. 이 자리에서 언급하지 않는 개츠비의 위대함은 차고 넘칠 듯이 많다. 분명 개츠비가 위대했다고 단언할 수 있지만, 문제라고 해야 할까, 그의 사랑은 전혀 위대하지 않았다. 역설이지만 위대하지 않은 그의 사랑마저 개츠비를 위대하게 만드는 데 일조하는지도 모르겠다. "그것은 사랑이었다"란 착시를 불러일으키고도 남을 그의 행위를 무엇이라고 불러야 할지 모르겠지만 어쨌든 그는 사랑 언저리를 집요하게 맴돌았고, 그리하여 그것이 사랑이든 무엇이든 독자로 하여금 그의 슬픈 존재를 맴돌게 만든다.

이탈리아 작가 알베르토 모라비아(1907~1990년)의 소설 『경멸』(1954년)은 『위대한 개츠비』와 마찬가지로 남녀와 '사랑'을 다룬다. 한눈에 보이는 가장 큰 차이는 『위대한 개츠비』에서 남자 주인공이 죽은 반면 『경멸』에서는 여자 주인공이 죽었다는 점이다. 장 뤽 고다르가 이 소설을 같은 제목('경멸')으로 영화화한 것에서는 조금 결말이 달라진다.

『위대한 개츠비』와 『경멸』 모두에서 자본주의가 기본 배경으로 깔리지만 작동하는 방식은 다르다. 사실 20세기 문학과 예술은 사회주의권 일부 작품을 제외하고는 어떤 식으로든 자본주의를 포함한다. 『위대한 개츠비』의 자본주의는 소설의 본원적 배경이고 개츠비 삶을 총체적으로 지배한다. 『경멸』에서는 자본주의가 소품처럼 배치되는데, 배치가 그물처럼 촘촘하지만, 효율적인 배치 탓인지 혹은 촘촘함 때문인지 『위대한 개츠비』의 자본주의에서 우러나는 것과 같은 압박감을 주지는 않는다. 자본주의가 작품 전편을 음울하게 압도하는 『위대한 개츠비』와 달리 『경멸』에서는 자본주의적 장식이 전편을 효과적으로 장악한다. 자본주의가 DNA에까지 각인된 요즘 사람들은, 자본주의를 다루는 태도가 시끌벅적한 『위대한 개츠비』보다 전면적이지만 차분한 『경멸』을 더 익숙하게 받아들일 것이다. 예컨대 『경멸』에서 노정된 자본력에 따른 남성성의 위계가 자연스러워서, 독자가 별다른 이물감을 느끼지 않을 법하다.

중요한 사항은 아니지만 두 작품에 등장하는 주인공 남녀 간의 신분 층하(層下) 방향이 다르다. 『위대한 개츠비』에서는 여자 주인공 데이지의 신분이 더 높지만, 『경멸』에서는 남자 주인공 리카르도 몰티니가 상대적으로 더 높다고 할 수 있다. 앞서 살펴본 톨스토이와 투르게네프의 작품에서는 주인공 남녀 간에 층하가 발견되지 않는다. 러시아의 한계, 19세기의 한계, 고전주의의 한계, 무엇이라고 해도 무방하지만 분명한 사실은 20세기에 들어서는 그런 한계들이 종적을 감춘다는 점이다.

성장배경과 취향이 상이한 사람들이 만나서 사랑하게 되는 것은 현대의 일상적 풍경이다. 이제 사랑할 대상을 신분에 의거해 사전에 스크린하는 일은 사라진다. 안나 상대역 브론스키는 안나와 같은 계급에 속한다. 안나가 속물적으로 그런 인물을 찾았다기보다는 안나가 사랑할 사람으로 자연스럽게 브론스키를 만났다고 보아야 한다. 물론 이것 또한 스크리닝이지만 이런 스크리닝은 개인적인 노력이 아니라 사회적인 설정이다. 자본주의와 민주주의가 결합한 현대사회는, 그 속에서 살아가는 현대인(또는 근대인)에게 공식적으로 또한 대체로 사회적 스크리닝을 철폐했다. 따라서 톨스토이가 20세기 작가여서 나중에 『안나 카레니나』를 썼다면 상대역으로 브론스키가 아닌 다른 인물이 등장했을 가능성이 더 크다.

개인에게 태생적으로 주어지는 '사회적 · 계급적 스크리닝' 폐지 이후의 연인들은, 사랑에서 형식논리상 만인 대 만인의 투쟁(또는 도모) 상태로 돌입한다. 현대사회에서도 '사회적 스크리닝'과 유사한, 말하자면 '범위' 혹은 '영역'이라는 것이 온존하긴 하지만, 태생에 의거한 구분이 사라지면서 사랑에서 이제 연인들은 사랑으로만 사랑을 식별하게 된다. 사랑이 명실상부하게 사랑의 최종심급으로 자리한 시대가 처음으로 열린다. 사랑을 설명할 수 있는 더 이상의 개념이나 말은 존재하지 않게 된다. 사랑은 사랑이어서 사랑이다.

이제 운명적인 조우를 대체해 기적적인 호명이 사랑을 시작하게 한다. 호명이 상호승낙으로 이어지면 두 사람은 대화 테이블에 앉게 된다. 그러나 남과 여 사이에는 원활한 대화가 작동하지 않는다. 성애에 기초한 사랑의 욕망은 두 사람을 대화 테이블로 끌어들여 두 사람을 대화하게 만들지만, 그러나 호르몬 유통기한 때문이든 애초에 주어진 대화불능 때문이든, 테이블에 앉은 지 얼마 지나지 않아 불현듯 두 사람은 그동안 대화가 전혀 이뤄지지 않았고, 이뤄지지 않고 있으며, 앞으로도 이뤄지지 않을 것

테이블에 앉은 지 얼마 지나지 않아
불현듯 두 사람은 그동안
대화가 전혀 이뤄지지 않았고,
이뤄지지 않고 있으며, 앞으로도
이뤄지지 않을 것임을 지각한다.
이런 수순은 본래 예정돼 있었다.

임을 지각한다. 이런 수순은 본래 예정돼 있었다.

사랑의 욕망은 서로 대화가 불가능한 사람들을 대화 테이블에 앉게 만들고 서로 끊임없이 말걸기를 시도하게 만든다. 그 대화의 실상은 대화가 아니라 일방에서 다른 일방으로, 또 반대편 일방에서 다른 일방으로 말을 건 것에 불과했다.

들을 귀가 없어서 듣지 않고, 혹은 들리지 않아서 듣지 못하고, 내 말만 하는 즉 발화(發話)로만 말을 거는 상태를 대화(對話)라고 부르지 않는다. 문득 대화불능을 깨달은 한쪽이 일어나 테이블을 떠나면서 대화는, 더 정확히는 서로의 말걸기는 종료된다. 사랑이 끝난다. 『경멸』에서 일어난 사건이다.

"날 사랑한다던 그녀가, 이제는 경멸한다고 말했다"는 마음 아픈 대사는 새삼스럽지 않다. 사랑으로 마주 선 두 남녀에게 대화불능이 선재(先在)했기에 사실 진실을 직시했다면 '경멸'이 불가피했음을 알 수 있었을 것이다. 그러나 두 사람은 말걸기를 대화라고 우기면서, 즉 경멸을 애써 외면하며 테이블에 남아 있으려고 애를 쓴다. 간극을 메우고 어긋남을 봉합하며 튕겨나감을 유예한다. 그런 유예의 애씀이 부질없지만 무가치하지는 않다. 부질없는 무엇인가를 무가치하지 않게 끊임없이 시도하는 것이야말로 '진짜' 사랑일지도 모르기 때문이다.

'경멸한다'는 선언은 마치 상대방에게 하는 것처럼 보이지만 실

◀ Vincent van Gogh –
  Terrace and Observation Deck at the Moulin de Blute-Fin, Montmartre

제로는 대화불능을 인식했다고 자기에게 하는 것이다. 기적이라고 명명하길 좋아하는 억지스러운 우연에서, 우리가 호명하고 호명되고, 상호호명을 통해 대화 테이블에 앉지만, 그 테이블에 앉게 하는 힘은, 사랑을 시작하게 하는 힘은 최종 소급하면 호르몬 즉 해부학(또는 생물학)일 수밖에 없다. 대화가 불가능한 사람들이 해부학의 도움으로 대화 테이블에 앉아 끊임없이 말걸기를, 그것도 어긋나기만 하는 일방적 말걸기를 시도하는 까닭은 경멸한다는 말을 내뱉지 않기 위해서다. 해부학의 도움이 사라진 이후에 경멸을 선언하지 않으려고 한다면, 그때부터 말걸기는 독백으로 바뀐다. 테이블에 같이 앉아 있되 대화나 말걸기를 하는 대신 함께, 그리고 외면하며 독백을 읊조린다. 대화 테이블은 서로가 서로에게 철저하게 소외됐음을 확인하는 장소가 된다. 상대는 물화한다. 흔히 우리가 "벽보고 이야기한다"라고 말할 때, 이 단계에 도달했음을 암묵적으로 시인한다고 할 수 있다.

사물화 · 물화 · 소외

일본 노벨상 수상작가 가와바타 야스나리(川端康成, 1899~1972년)의 『잠자는 미녀』(1961년)는, 페미니즘과 관련해 예민한 요즘 한국 사회 분위기를 감안할 때 충분히 '여성혐오' 작품으로 읽힐 수 있다. 실제로 주변에서 비슷한 반응을 목격했다. 개인적으로도 여성혐오로 읽힐 법한 내용이 들어있다는 데에 동의한다.

그러나 『잠자는 미녀』가 여성혐오의 불편함 너머에서 보편적 인간존재의 해명을 담고 있다는 사실 또한 분명해 보인다. 이 소설을 한 문장으로 요약하면 늙은 남자의 욕망을 통한 인간 실존 탐색이다. 늙은 남자의 욕망을 왜곡의 프리즘으로 들여다보기에 독자가 불편해할 수 있다. 그러나 이것 또한 인간탐험의 유효한 한 방법임을 인정해야 한다. 인간탐험 경로는 무궁무진하고, 각자가 모두 유효하며 그것들을 모아서 활용할 때 보다 나은 인간해명에 다가설 수 있다. 보기에 따라 탐험은 인간혐오에 속하지 않을 수 있다.

『잠자는 미녀』 분석은 쉽지 않다. 『첫사랑』과 마찬가지로 정신분석학 진영에서 좋아할 텍스트다. 또한 『첫사랑』보다 해부학 용어가 더 많이 등장한다는 측면에서 무식한 소리로 들리겠지만 프로이트나 라캉의 제자들이 관심을 가질 만한 소설이다.

발표연대(1961년)를 보면, 앞서 언급한 대로 이 소설이 어떤 식으로든 자본주의를 '포함'해야 하지만 자본주의는 부유한 노인들을 위한 특별한 매매춘 세트장을 만드는 데만 동원되고 나머지는 초역사적이라고 해도 좋을 전개다.

잠깐 『경멸』 주인공 젊은 남자 리카르도와 『잠자는 미녀』에구치 노인을 비교해 보자. 『경멸』에는 해부학 용어가 등장하지 않지만, 아내에게 끊임없이 욕정을 느끼는, 그러나 욕정을 풀지 못하는 젊은 남자인 남편 리카르도 신체에서 욕정의 연상작용으로 발기를 상상한다고 하여 부자연스럽지는 않다. 발기한 음경은 남성성의 단적 표현이며, 관점에 따라서는 남녀가 관여하는 사랑의 중요한 원천이다. 리카르도라는 젊은 남자 음경이 발기를 강력하게 주장하지만 외면당하는 모습이 어쩐지 웹툰의 한 장면 같다.

작가 가와바타는 『잠자는 미녀』 주인공 에구치를 '노인'으로 못 박고 소설을 끌어간다. 소설이 설정한, 에구치처럼 늙고 부유한 노인을 상대로 한 특별한 매매춘 세트장에서는 잠이 깊이 들어 무슨 짓을 해도 절대 깨지 않는 젊은 여자와의 하룻밤을 구매자인 노인에게 제공한다. 여자는 내내 잠들어 있다. 그는 자신이 누구와 어떤 상황에 노출되며 어떤 하룻밤을 지냈는지, 물리적 흔적이 남지 않는 한 결코 알 수 없다.

이 특별한 장소에 입장이 허용되는 사람은 남자 노인이다. 이런 자격 제한은 '잠자는 미녀'와 동침할 남자가, 남성이되 발기불능이어야 한다는 기이한 조합을 의도한다. 『경멸』의 리카르도처럼 발기할 수 있는 것으로 간주되는 젊은 남자는 이곳에 입장할 수 없다. 임포 노인을 위한 매매춘이란 형용모순은, 이곳에 에구치가 입장하면서 심해진다. 에구치 노인은 외형상 나이 때문에 발기불능으로 간주돼 입장할 수 있었지만, 내용상으로는 남성성을 발휘할 수 있는 상태였기 때문이다.

남성성 영역에서 발기는 정상이고, 임포는 비정상으로 간주된다. 한데 에구치 노인의 발기는 비정상으로 취급받는다. 비(非)남성성과 매매춘을 결합한, 발기불능 남성의 기이한 섹스 구매는, 이곳에서는 아무튼 정상이다. 이곳에 정상적으로 입장할 수 있는 에구치는 호시탐탐 비정상적 행위인 삽입을 노린다. 그러나 문제없는 발기에도 불구하고 삽입은 계속 지연된다. 이때 문 앞에서 망설임은 자신의 남성성에 대한 판단혼란으로 해석될 수도 있고 나아가 판단하는 주체의 분열로도 받아들여질 수 있다.

매매를 통해 부여된 정체성을 극복하고, 자신의 신체적 정체성에 복종해 돌진하려는 순간 또 하나 어이없는 상황이 빚어진다. 자신의 음경이 삽입을 시도하는 대상인 '잠자는 미녀'가 처녀라는 확신이 느닷없이 또 근거 없이 들면서다. 음경은 결합이란 조화성과 관통이란 공격성을 동시에 갖는다. 후자 성향이 우선하게 되면 처녀성이 음경을 더욱 자극한다고 상상할 수 있는데, 에구치 노인과 관련해 이 소설에서 계속해서 표명된 정조를 감안할 때 처녀성 앞에서 의기소침해지는 노인의 발기한 남성은 생뚱맞은 곤혹스러움을 야기한다.

이 장면에서 처녀라는 판정이 어떻게 가능한지는 중요하지 않다. 실제 처녀이든 아니든 에구치 노인이 처녀라고 판정을 내렸다는 사실이 중요하다. 에구치 노인의 후퇴는 해부학적 발기가 정신적 임포에 굴복했음을 뜻한다. 발기하지만 임포라는, 병리학이나 생물학 용어로 설명할 수 없는 상태. 결국, 발기가능이란 에구치 노인의 자부심은 무용한 것이 돼 이 장소에 입장한 다른 노인들과 다름이 없어진다.

에구치 노인이 해부
학적 발기를 잠재우고
정신적 임포를 불러내
기 위해 '처녀 판정'
을 내렸을 수도 있
다. 인간을 사용
해 섹스로봇을
만들었다는 관
점이 가능할진
대 이 관점에서 이 소설이 구현한 물

인간을 사용해 섹스로봇을
만들었다는 관점이 가능할진대
이 관점에서 이 소설이 구현한
물화는 정점에 도달한다.
인간이 로봇보다
더 로봇스러울 수 있는
예외적 상황을 만들어내는 데
성공한 것이다.

화는 정점에 도달한다. 인간이 로봇보다 더 로봇스러울 수

있는 예외 상황을 만들어내는 데 성공한 것이다. 성욕을 매개로 인

간 본질을 꽈배기처럼 꼬아버린 이 소설이 그려내는 존재의 디스토

피아가 범상치 않다. 남근 집착과 남근 무용(無用)을 동일한 것으로

만들어버림으로써 늙은 남자는 남근화한다. 남근화한 늙은 남자는

바닥을 짐작할 수 없을 정도로 깊은 소외와 비교를 불허하는 물화에

빠져든다.

에구치가 대화불능 상대와 대화 테이블에 앉아서 시도하는 것

은 대화나 말걸기가 아니다. 대화 테이블에 앉은 에구치 맞은편에는

에구치와 다른 언어를 쓰는 미녀가 잠들어 있다. 에구치는 끊임없

이 혼잣말하고 대화 테이블 맞은편에 앉아 있는 잠자는 미녀는 에구치가 알아듣지 못하는 외국어로 가끔 잠꼬대를 한다. 그러다가 잠자는 미녀는 대화 테이블을 떠날 것이고, 누구와 그곳에 앉아 있었는지 기억조차 못 할 것이다. 에구치 입장에서는 그럼에도 그 테이블에 앉아 있는 것이 테이블 밖에 있는 것보다 좋을까.

사랑은 아마 존재를 풍성하게 만들 것이다. 어떤 상황에서도 그렇다고 말할 수 있다. 하지만 사랑에는 '소외(Entfremdung)'와 '사물화(Verdinglichung)'가 본원적 부수물로 생성되기에 각각 실존을 위협하는 황폐화와 (주체의) 행위 불능을 초래할 위험을 내포한다. 사랑을 포기하지 않으면서 사랑의 위험을 회피하는 길은, 결국 유대와 인간화라는 고전주의 이상에 귀의하는 것 말고는 없다.

높은 이상이 우리에게 사랑을 복원해 줄 수 있을까. 혹은 유대와 인간화라는 고전주의 이상이 우리에게 사랑을 복원해 줄 수 있다면, '소외'와 '사물화'를 넘어서고 실존을 위협하는 황폐화와 (주체의) 행위 불능을 완전히 탈각할 수 있을까. 답은 모른다. 그러나 어떤 상황이 빚어지든 사랑이 포기될 수 없다는 사실은 결코 부인되지 않는다. 사랑에 빠지는 일은 비정상적이고 예외적인 사건이지만, 그 비정상을 비정상으로 받아들이는 사람이 없지 않은가.

Vincent van Gogh – Factories at Clichy

8장

라스콜리니코프가
나사로에게 말을 걸면 누가 대답할까

신약성서 요한복음에서 예수가 나사로를 살린 이야기는 기독교인·비기독교인을 불문하고 가장 널리 회자하는 성서 사건 중 하나다. 요한복음 11장에서 12장에 걸쳐 제법 상세하게 기록된 이 사건은, 예수 생애에서 매우 중요한 전환점으로 기능한다. 죽은 나사로의 살아남이 예수 죽음의 직접적 계기가 되기 때문이다("이날부터는 그들이 예수를 죽이려고 모의하더라", 요한복음 11장 53절).

죽은 자를 살려낸 이 사건을 두고 크게 봐서, 애초에 나사로가 죽은 상태가 아니었다는 주장과 살려낸 것이 몸이 아니라 영이었다는 주장까지 성서 기록을 액면 그대로 해석하는 것에 반대하는 견해가 존재한다. 물론 이 기록 자체가 꾸며낸 것이란 근본적인 회의도 존재할 수 있다. 개인적으로는 A.D 90년 무렵에 기록된 이 텍스트를 비(非)텍스트적으로 분석하는 것은 무가치한 일이라고 본다. 신앙을 떠나서 이 텍스트는 인류 정신의 공통 원천(源泉)이자 인문적 영감이기 때문이다.

이 영감이 어떻게 인류의 인문자산으로 구체화했는지는 대표적으로 러시아의 대문호 표도르 도스토옙스키(1821~1881년)에서 확인할 수 있다. 도스토옙스키는 그의 작품『죄와 벌』에서 요한복음 나사로 사건을 문학적 내러티브로 성공적으로 또 감동적으로 재현했다.

죽은 나사로를 살린 예수,
(나사로를) 살린 예수를 죽인 나사로

"(나사로의) 이 병은 죽을병이 아니라 하나님의 영광을 위함이요 하나님의 아들이 이로 말미암아 영광을 받게 하려 함"이란 성서 구절을 자구(字句)대로 해석하는 것이 아마 가장 비성서적 해석이지 싶다. 자신의 권능을 과시하기 위해 죽은 사람을 살려내는 신은 너무나 인간적이다. 따라서 전혀 신적이지 않다. 여기서 말한 영광은, 결과적 영광이지만 현재로선 일종의 반어로 수난을 의미한다.

이 사건은 수다한 측면에서 이중의 의미를 드러낸다. 예수는 죽은 사람을 살려내는 신이지만, 동시에 자신이 사랑한 사람(나사로)을 위해 눈물을 흘리는 인간이다. 앞서 말한 대로 이 사건은 표면적으론 예수의 영광이지만 곧바로 십자가 수난으로 반전된다. 그러나 십자가 수난 또한, 부활이라는 기독교의 결정적 사건으로 번복된다. 기독교 교리상으로는 번복이 아니라 완성된다고 말하는 게 옳겠다. 나사로의 부활이 예수의 부활로 중첩되는 가운데 예수가 영원히 죽지 않는 몸으로 하늘로 들어 올려진 반면 살아난 나사로는 기록에는 없지만 죽어서 땅에 묻혔다(그렇지 않다면, 나사로는 아직도 땅을 헤매고 있어야 한다). 나사로의 부활은 영생으로 이어지는 부활이 아니라 죽음 유예에 불과했다. 그렇다고 해도 그 죽음의 유예는 적잖은 의미를 지닌다.

〈나사로의 부활〉, 1857 - 레옹 보나

이 사건은 (도스토옙스키에게 그러했듯) 여러모로 나의 상상력을 자극했는데, 살아난 나사로의 당장(當場) 심경, 이어 죽음에서 건져내어질 정도로 예수로부터 사랑을 받은 그가 예수의 죽음을, 그것도 자신의 살아남이 계기가 돼 예수가 십자가에 매달리는 광경을 목도해야 한 숙명의 무게를 궁금해하지 않을 수 없었다. 자신을 살려낸 신적 존재인 예수의 죽음 앞에서 나사로가 느낀 인간적인 비탄, 또한 신앙의 절망을 상상해 볼 수는 있겠지만 그 노력이 그다지 성공적일 것 같지는 않다. 인간은 일상적으로 죽음을 목격하지만, 한번 죽었다가 살아난 인간이 자신을 살려낸 이의 죽음을 지켜보는 일은 인류 역사에서 전무후무하다.

어쨌든 예수의 십자가 사건을 통해 나사로에게 밀어닥친 충격파가 어마어마한 것이었으리라고는 충분히 짐작할 수 있다. 자신 때문에 예수가 죽음에 이르렀다는 죄책감이 당연히 있었겠지만, 그것은 인간사의 현상으로 충격의 핵심이 아니다. 자신을 살려냄으로써 신(神)임을 증명한 예수가, 인간이 만든 십자가에 매달려 무력하게 죽어갔다는 황망함이 나사로를 충격에 빠뜨린 본질이라고 해야 한다. 그러므로 충격에서 헤어 나올 수만 있다면, 또는 충격에서 헤어 나오기 위해서라도, 그런 나사로에게 예수의 부활은 필연이 된다. 최종적으로 나사로는 성서에 그런 기록이 없지만 비유적으로 예수와 함께 십자가에 매달렸다가 예수의 부활을 통해 구원을 (이런 표현이 가능하다면) 획득한다.

이렇듯 나사로 이야기 곳곳에서 반어와 중의(重義)가 돌출한다. 예수의 삶과 특히 죽음을 다룬 영화들에서 빠지지 않고 등장하는 악역인 대제사장 가야바에게 동일한 현상이 나타났다. 가야바는 로마 총독 본디오 빌라도와 함께 예수를 십자가에 못 박은 두 주역으로 거론된다. 바야흐로 사태가 정점으로 치닫는 시점에서 나사로 사건을 보고받은 가야바는, 로마 복속 아래에 있는 이스라엘의 전 지배층이 "만일 그(예수)를 이대로 두면 모든 사람이 그를 믿을 것이요 그리고 로마인들이 와서 우리 땅과 민족을 빼앗아 가리라"고 고민하는 가운데 대제사장이란 자리에 걸맞게 단호하고 확실한 해결책을 제시한다. "한 사람이 백성을 위해 죽어서 온 민족이 망하지 않게 되는 것", 즉 예수 살해를 제안한다.

성서에서 곧바로 설명되듯, 한데 이것이야말로 예수가 태어난 이유이자 계획하고 의도한 바였으니, 예수 적대자가 예수의 길을 닦은 역설이 이루어진다. 가야바는 자기 일을 했으나 결과는 그의 의도와 반대였다. 예수 예언대로, 또 가야바 노력이 헛되이, A.D 70년 예루살렘은 로마군에 짓밟혀 초토화하고 이스라엘 민족은 뿔뿔이 흩어졌다. 바빌론 유수에서 돌아온 후 나라를 일으키고자 한 민족의 수백년 분투가 무위로 돌아가고 두번째 '유수'에 직면할 것이었지만, 역사의 흐름 혹은 신의 섭리 앞에서 가야바가 할 수 있는 일은 없었다.

가야바는 당시 이스라엘 지배층 가운데서 가장 세속적인 분파인 '사두개'파에 속했는데, 사두개인은 부활을 믿지 않았다. 부활 신앙을 거부하는 사두개인 가야바로 하여금 예수의 죽음을 주도하게 해서 부활의 디딤돌이 되도록 한 설정 또한 기묘하다.

도스토옙스키에게 나사로는?

나사로 사건과 『죄와 벌』은 '평행' 혹은 대응 관계다. 주로 자기 시대 암울한 사회현실에 관심을 기울인 작품활동 초기와 달리, 후기 도스토옙스키는 신성과 신비주의에 주목한다. 러시아 지식인들에게 자신의 토양(土壤)으로 돌아갈 것을 호소한 '토양주의' 혹은 '대지주의'는 후기 도스토옙스키 사상의 일단을 표현한다. 여기서 토양은 민중적이고 민족적인 원리를 말하며, 이런 '농민이상화' 경향은 19세기 후반 러시아의 민중주의 운동 '브나로드'(v narod, '민중 속으로'란 뜻의 러시아어. 이 운동을 전개한 이들을 인민주의자(나로드니키, narodniki)라고 부른다)와 궤를 같이한다.

논의의 본격적 전개에 앞서, '평행' 혹은 대응과 관련해 『죄와 벌』 라스콜리니코프가 신약성서 나사로를 직접적으로 (물론 소설 형식을 동원해) 어떻게 재현했는지를 확인해 보자. 그렇다면 성서 사건에서 나사로가 그의 이야기 첫 장면에 살아있었다는 사실 또한 기억해야 한다. 나사로는 죽지 않고 병이 들어있다. 곧 죽음에 이를 병. 나사로 누이 마리아는 (예수가) 사랑하는 나사로가 병들어 있다고 예수에게 전갈을 보낸다. 성서 본문에는 없지만, 병을 고쳐달라는 내용이 포함됐으리라고 짐작할 수 있다. 신약의 예수는 여러 가지 역할을 수행하는데 그 역할 중에 대표적으로 치유가 포함된다.

그러나 예수는 자신이 사랑하는 나사로가 병들었다는 이야기를 듣고도, 나사로와 그의 누이 마리아의 마을 베다니를 향해 길을 재촉하지 않았다. 예수가 베다니에 도착하자 나사로의 누이 마리아와 마르다는 "주께서 여기 계셨더라면 내 오라버니가 죽지 아니했겠나이다"라며 안타까워한다. 이 안타까움에는 분명 일말의 원망이 섞여 있다. 저변에 깔린 나사로 두 누이의 원망은 자연스럽다. 마리아와 마르다의 믿음이 큰 만큼 원망 또한 컸을 법하다. 성서에도 예수가 지체하는 동안, 나사로가 숨을 거둔 것으로 돼 있다. 여기서 사건 흐름이 신자와 불신자 사이에서 갈린다.

(예수) 불신자들에게 나사로 죽음과 예수의 지체 사이에는 아무런 연관이 없다. 그들에게는 죽을병에 걸린 자가 죽는 게 당연하다. 예수가 늦게 왔다고 원망할 까닭이 없다. 그러나 마르다와 마리아와 같은 예수시대 열성적 예수 신자들에게 예수의 지체와 나사로 죽음 사이의 관련은 확연하다. 불신자들의 사태파악과 달리 신자들은, 비록 나사로가 죽을병에 걸렸지만, 그가 숨지기 전에 예수가 도착한다면 예수로부터 기적의 치유를 받아 죽지 않을 것이라고 기대한다. 따라서 늦게 온 예수가 야속하다. 그것은 예수에 대한 마리아와 마르다 믿음의 확고한 증거다. 그러나 이 믿음은, 예수가 언급했듯 한층 고양돼야 한다. 치유 기적 너머로 향해야 한다.

『죄와 벌』에서 라스콜리니코프 또한 병들었다. 그 병은 나사로와 달리 육신의 병이라기보다는 마음의 병이다. 몸이 죽을병에 걸린 게 아니어서, 성서와 달리 소설에서는 주인공이 죽지 않는다. 흥미롭게도 병이 든 라스콜리니코프는 자신이 죽지 않고 대신 남을 죽인다. 성서시대 나사로 자신의 병사(病死)는 근대 러시아 라스콜리니코프에서 타인 살해로 바뀐다. 이 역전은 당연히 작가의 부주의로 일어나지 않았고, 작가 도스토옙스키의 역사 인식과 시대 통찰이 반영됐다.

성서시대 유대인에게 죄의 삯은 사망이었다. 질병 또한 그 병에 걸린 자의 죄와 관련 있는 것으로 간주됐다. 따라서 죄의 삯을 치르고 사망한 나사로를 예수가 살린 것은 종교적으로는 죄의 용서를 의미한다. 예수가 병자를 치유하며, "네 죄가 사함을 받았다"고 말한 기록이 존재하는 것은 이런 맥락에서다.

죄의 삯으로 죽은 나사로는 죄의 용서로 살아났지만, 다시 죽어야 하는 운명이다. 두 번째 죽음은 '편안한' 병사가 아닐 수도 있다. 예수 적대자들이 나사로를 살린 일로 예수를 죽이고자 하면서 동시에 나사로를 죽여 '증거인멸'을 꾀하고자 했기 때문이다. 두 번 죽어야 하는 사람이 됐고, 실제로 두 번 죽은 나사로에게, 그렇다면 두 번째 살아남이 가능할까. 나사로에게 두 번째 살아남, 즉 최종적인 구원이 실현되려면 그가 인간 예수의 십자가 고난, 죄지은 인간처럼 혹은 죄지은 인간을 대신해 예수가 죽어감, 그리고 신으로서 예수의 부활을 믿어야 한다는 것이 기독교 교리의 핵심이라고 할 수 있다.

근대, 특히 도스토옙스키가 산 차르 치하 러시아에서 기독교 가르침이 같았지만 도스토옙스키에게 죄의 삯은 사망이 아니었던 것 같다. 그곳에서 죄의 삯은 차라리 삶이었다고 할 수 있다. 희망 없이 의미

그곳에서 죄의 삯은
차라리 삶이었다고 할 수 있다.
희망 없이 의미 없는 삶을 이어가는
동시대인과, 신이 숨어버린
그 고통의 시대에 대한 동정으로
라스콜리니코프는 병들었다.

없는 삶을 이어가는 동시대인과, 신이 숨어버린 그 고통의 시대에 대한 동정으로 라스콜리니코프는 병들었다. 따라서 사망을 구원이라고까지 말하기 힘들었겠지만, 죄의 삶이라고 쉽사리 수긍할 수는 없었으리라. 라스콜리니코프 시대를 사는 사람들에게 삶은 죽음만큼이나 죄스러운 것이었을 테니 말이다. 호사불여악활(好死不如惡活)이란 격언이 공허하게 울렸을 것이다.

전통적인 문학비평에서 이 소설의 가장 중요한 사건으로 지목되는 라스콜리니코프의 전당포 노파 살해는 현재 우리 논의에서는 살짝 중심에서 비껴나 있다. 삶은 죽음만큼이나 죄스러운 것으로 간주되지만, 어떤 관점에서도 그가 한 행위를 죄 많은 세상으로부터 (노파를) 해방하기 위함이라고 미화할 수는 없다. 정의와 구원이 얽혀든 이 장면에서 근대 러시아의 나사로인 라스콜리니코프는 동기가 불분명한 살인을 저지르는데, 이 노파살해가 라스콜리니코프 자신의 살해와 등치돼야만 우리가 불러들이려고 하는 구원의 문법이 작동한다.

소설 속에서 라스콜리니코프는 인간이 나폴레옹 아니면 이[蝨]라는 이분법을 표명한다. 소설 속에서 드러나는 라스콜리니코프의 죄의식은 노파살해 자체에서가 아니라 자신이 나폴레옹이 되지 못한 것에서 기인한다. 나폴레옹이 되지 못해 결국 이로 살아가야 하는 라스콜리니코프는, 죄의 삶을 없애거나 줄이는 사람이 되고자 하

◀ Vincent van Gogh - The Prison Courtyard

는 소망을 품었으나 반대로 죄의 삶을 온존하거나 증대하는 사람일 수밖에 없음을 깨닫는다. 여기서 죄의 삶은 두말할 필요 없이 사망이 아니라 삶이다. 이[蝨]와 다를 것이 없는 인간군상의 삶.

나폴레옹처럼 세상을 구원하는 사람이 되고 싶었으나, 구원받아야만 하는 사람이 된 (그리하여 버림받는 사람이 된) 데서 비롯한 이 분열이 라스콜리니코프가 앓는 병의 원인이다.

사실 이 분열에 앞서 또 다른 분열이 존재하는데, 외면의 인식과 달리 내면에서는 '나폴레옹=구원자'라는 생각에 흔쾌히 동의하지 못하였을 수 있다. 라스콜리니코프 자신이 자각하지 못한 이같은 균열은 소설에서 전개된 이후 변화를 통해 사후에 확인된다. 라스콜리니코프가 노파살해에서 죄의식을 느끼지 못한 가장 근본적인 이유는, 나의 견해로는 그 행위가 자기살해의 성격을 가지기 때문이다. 자신과 대척점에 있는 것으로 믿었던 노파가 알고 보니 같은 땅 바로 옆에서 같이 살아가는 더구나 동류였다는 공포스러운 자각. 라스콜리니코프 내면 깊은 곳에서 자신과 노파는 등가가 된다. 자기살해는 종교적 의미에서 죄를 구성할 수는 있겠으나, 형법상으로나 사회적으로 죄가 아니다.

사회적이고 정치적인 지평에서 펼쳐진 라스콜리니코프의 이 심화하는 분열에다 도스토옙스키는 새로운 분열의 단초를 설정한다. 살해 현장에 예정에 없던 전당포 노파의 동생 리자베타를 투입함으로써 분열은 중첩돼 자연스럽게 십자가 형태가 된다. 라스콜리니코프에게 지각된 죽음의 무게는 전당포 노파보다 그의 동생 리자베타의 것이 훨씬 더 무겁다.

전당포 노파가 전기 도스토옙스키를 상징한다면, 리자베타는 후기 도스토옙스키를 상징하는 것이 아닐까. "소냐와 같은 눈빛의" 리자베타는 구원의 제단에 바쳐진 무구하고 힘없는, 전형적인 희생양이다. 자기살해 대체물 격인 전당포 노파의 죽음만으로는 부족하다. 자신이 제사를 지내면서 자기 몸을 제사에 바치는 일이 불가능하기 때문이다. 기독교에서 유일한 예외는 십자가의 예수뿐이다.

만일 그런 일이 가능하다고 억지로 가정한다고 해도, 전당포 노파 같은 죄 많은 인생은 희생물 자격을 충족하지 못한다. 구원의 제사에 바친 희생양은 흠 없는 존재여야 하지 않겠는가. 리자베타가 딱 그런 존재로 그려진다. 바람직한 순환논법으로 리자베타는 라스콜리니코프와 동류가 아니다. 마침내 라스콜리니코프는 제대로 제사를 지낼 수 있게 된다. 크게 보아 예수와 같은 성격의 희생양인 리자베타는 자기가 죽어서 남을 살린다.

이제 라스콜리니코프 인간관에 서서히 변화가 일어난다. 그것은 정치적인 횡단면에 종교적인 종단면이 교차하는 구조다. 수평적 인식에만 의존하면 세상이 나폴레옹과 이로 구분될 수밖에 없다. 수직적 인식이 부가되며 라스콜리니코프 시야가 트인다. 사람이 나폴레옹이 아니라고 해서 모두 이일 수는 없다는 사실을 깨달았기 때문이다.

소냐의 십자가를 목에 건 라스콜리니코프

『죄와 벌』 후반부에 "변증법 대신 삶"이란 구절이 나온다. 앞서 설명한 민중주의나 토양주의를 다르게 표현한 말이다. 어떤 번역본에는 "변증법적 활자의 나열 대신 현실적이고 직접적인 삶"이라고 돼 있다. 라스콜리니코프가 변증법에 속한 사람이라면 라스콜리니코프에게 구원을 가져다준 여인 소냐는 삶에 속한다. 둘 다 나폴레옹이 아니다. 그러나 둘이 같지는 않다. 단순화해, 라스콜리니코프의 과거 관점으로 라스콜리니코프와 노파가 이라고 한다면 소냐와 리자베타는 이가 아니다.

소냐는 창녀이지만, 성서에 종종 등장하는 그런 음녀는 아니다. 나락으로 떨어져 가는 가족을 자신의 몸을 팔아 부양한다. 소냐의 희생이, 소설 속에서 라스콜리니코프의 친구이자 소냐의 아버지인 마르멜라도프의 죽음에서 극적으로 드러나듯, 소냐 가족의 삶을 바꾸지는 못한다. 그러나 바꿀 수 없는 삶의 상황에 우직하게 자신을 던져 넣어 희생하는 것. 이것이야말로 민중적인 새로운 전환의 가능성이다. 라스콜리니코프를 당황케 만들며 종국에는 구원으로 이끄는 민중적 가능성.

보기에 따라 『죄와 벌』 소냐와 신약성서의 마리아가 등치된다. 비싼 향유를 예수의 발에 붓고 자기 머리털로 그의 발을 닦은, 마찬가지로 우직한 마리아. 도스토옙스키가 소냐를 창녀로 설정한 이유는 신약성서 마리아에 관한 오래된 오해를 수용했기 때문이었을까. 성서의 마리아에 대해 오해와 오독이 많으나 마리아가 소냐의 모델이라는 데에는 큰 이견이 없으리라. 라스콜리니코프는 소냐로 대표되는, 말하자면 '토양주의' 세계를 애초에 불신했다고 할 수 있다. 지옥도와 같은 현실의 삶 앞에서, 변증법 세계에 속한 라스콜리니코프류의 지식인들은 미치거나 분열할 수밖에 없다. 나폴레옹이 돼 세상을 전면 뒤바꿀 수도 있겠지만, 우선 나폴레옹 되기가 불가능한 일이고, 가정해 나폴레옹이 됐다고 해도 나폴레옹이 돼 만들 세계가 지금의 지옥도보다 나을 것이란 보장은 없다. 그렇다면 미친 세상에서 광인이야말로 가장 정상적인 인간이며 '자기살해' 또한 합당한 반응이라고 볼 수 있다.

그러나 라스콜리니코프는 소냐를 통해 토양주의 세례를 받으며 정치적이고 사회적인 출구 외에 종교적 구원이란 전혀 다른 차원의 출구를 발견하게 된다. 소냐는 안내자다. 소설에서는 라스콜리니코프가 죽인 리자베타, 소냐, 다시 라스콜리니코프 사이의 연결고리가 만들어진다. 리자베타가 매고 있던 철 십자가 목걸이가 소냐의 목으로 옮겨지고, 소냐 목에 있던 나무 십자가 목걸이는 라스콜리니코프 목으로 이전된다.

리자베타 죽음의 무게는 소냐에게로 가고, 소냐의 '대지의' 삶이 라스콜리니코프에게 이식된다. 라스콜리니코프에게서 죄의 고백을 들은 소냐는 제사장처럼 판결한다.

이 세상은 넓지만 지금의 당신처럼 불행한 사람은 없어요,

지금 당장 네거리로 가서 당신이 더럽힌 대지에 입 맞추세요.

그리고 큰 소리로 세상 사람 모두에게 들리도록

'나는 살인자올시다!'하고 외치세요.

그리하면 하나님께서는 당신의 생명을 구해 주실 거예요.

라스콜리니코프는 소냐가 시키는 대로 광장에서 땅에다 입을 맞추고 죄를 고백한다. 그러나 아직 라스콜리니코프의 구원은 완성되지 않았다. 여기까지는 말하자면 죽은 나사로가 살아난 것에 불과하다. 살아났지만 다시 죽을 운명인 나사로가 두 번 죽고도 구원과 영생에 도달하는 길은, 기독교 관점에 따르면 앞서 언급했듯 예수의 십자가 사건을 체화하는 것밖에는 없다.

종교적 각성을 설명하기는 어렵다. 깨달았다, 만났다, 부르셨다 등과 같이 주관적이고 보어 없는 술어일 때가 많다. '너머'를 '이 곳'의 용어로 표현하는 데서 오는 근본적인 한계다. 『죄와 벌』에서 마지막 구원 장면 또한 그러하다. 노파살해를 소설 초반부에 일찍 배치한 후, 나사로 죽음과 소생에 해당하는 장면을 길게 그려내고, 마지막에 아주 짧은 분량을 할애해 라스콜리니코프의 구원을 그린다. 그저 라스콜리니코프가 베개 밑 신약성서를 스스로 꺼내 읽는 것으로.

물론 그 직전 단계로 라스콜리니코프와 소냐 사이의 소통과 합

일을 보여준다. 그것은 상투적이지만 결정적이며, 최종적인 암시를
포함한다.

사랑이 두 사람을 소생시켰다.

사랑!

나사로는 문학적으로는 라스콜리니코프이지만 도스토옙스키
자신이기도 하다. 도스토옙스키의 파란만장한 삶은 널리 알려져 있
는데, 그는 실제로 죽음에서 살아난 사람이란 점에서 또 다른 나사
로라 할 만하다. 1849년 봄에 그는 반체제 사건에 연루돼 다른 혁명
가들과 함께 체포돼 사형선고를 받았다. 그가 총살 직전에 황제의
특사를 받아 징역형으로 감형된 일화는 유명하다. 간발의 차이로 죽
음을 모면한 뒤 시베리아로 유형을 떠났다. 도스토옙스키는 그때 사
실상 한 번 죽었다고 생각했을 법하다. 시베리아 옴스크 감옥에서 4
년을 지내고, 출옥 후 5년을 중앙아시아에서 군인으로 복무하다가
10년 만인 1859년 말 수도 페테르부르크로 귀환이 허락됐다.

20대 말에서 30대 말까지 인생 황금기를 시베리아에서 보내고
돌아온 '두 번 죽을 사람'인 도스토옙스키가 공상적 혁명가에서 슬라
브적 신비주의자로 변모한 것은 자연스럽다면 자연스럽다. 성서에
서 예수가 나사로를 살린 시점은 죽은 지 나흘째다. 유대교 전통에
서는 사자를 곧바로 장사지내는데, 사흘까지는 육신에서 영이 떠나

지 않는다고 본다. 나사로가 죽은 지 나흘째라는 말은 '완전히 죽었음'을 뜻한다. 예수가 나사로 무덤 앞으로 가 무덤을 막아놓은 돌을 치우라고 하자 마르다가 "주여, 죽은 지가 나흘이 됐으매 벌써 냄새가 나나이다"라고 한 것은 이런 맥락에서 이해될 수 있다.

도스토옙스키 또한 시베리아에서 완전히 죽어서 돌아왔다고 보아야 할 터이다. 누구라도 20대 끝자락에서 그런 경험을 하고 30대 태반을 시베리아에서 보내게 되면 전혀 다른 사람으로 바뀔 수밖에 없다. 40대 중반의 원숙한 도스토옙스키, 죽었다 살아난

> 40대 중반의 원숙한 도스토옙스키,
> 죽었다 살아난 그가 1866년에 쓴
> 『죄와 벌』 주인공
> 라스콜리니코프는
> 성서 나사로 이야기를
> 작가 자신의 경험과 버무려
> 형상화한 인물이다.

그가 1866년에 쓴 『죄와 벌』 주인공 라스콜리니코프는 성서 나사로 이야기를 작가 자신의 경험과 버무려 형상화한 인물이다. 라스콜리니코프의 죽음과 긴 소생과정, 그리고 두 번째 죽음을 대비하며 각성한 구원의 확신을 그려냈다는 측면에서 이 소설은 분명 기독교 소설이다.

그가 찔림은 우리의 허물 때문이요

그가 상함은 우리의 죄악 때문이라

그가 징계를 받으므로 우리는 평화를 누리고

그가 채찍에 맞으므로 우리는 나음을 받았도다.

– 구약성서 이사야 53장 5절

『죄와 벌』은 동시에 보편적인 인간 조건과 해방의 전망을 다루었다는 측면에서는 기독교 소설 경계를 확실하게 벗어난다. 구원이든 해방이든, '너머'에 대한 추구 없는 삶을 존엄한 삶이라고 부를 수 없다는 사실이 명료하기에 이 소설은 고전의 반열에 확고하게 올라간다.

Vincent van Gogh – The raising of Lazarus (after Rembrandt)

9장

똥칠로 매조지는 설사의 서사가
어떻게 헬레나를 변증법에 처박았나

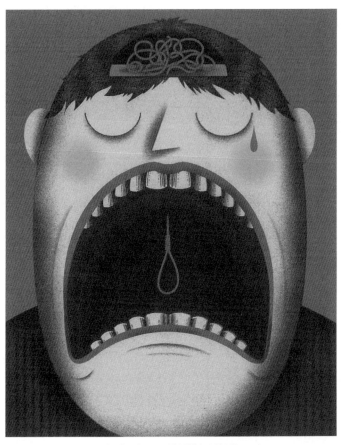

〈무제〉, 2015 – 크리스티앙 노스이스트

프란츠 카프카가 강한 애착을 보인 소설로 알려진 『법 앞에서 (Vor dem Gesetz)』는 짧지만 매우 흥미로운 작품이다. 1914년에 집필해 이듬해 유대인 주간지 〈자기방어〉에 단독으로 게재된 『법 앞에서」는 나중에 카프카의 소설 『소송』 9장에 삽입됐다.

시골에서 온 한 남자가 '법(Gesetz)' 안으로 들어가려고 시도하지만, 문지기가 그를 가로막는다. '법' 안으로 들어가려는 전 생애에 걸친 노력이 무위로 돌아가고 난 뒤 죽음을 앞둔 그 사람에게, 문지기는 이 입구가 단지 그만을 위한 것이었다고 말하고 문을 닫는다는 내용이다.

"그 입구가 오직 너만을 위한 것이었다"라는 말을 듣지만, 생의 막바지에 자신의 눈앞에서 문이 닫혀버리는 기가 막힌 상황을 이 남자는 어떻게 받아들여야 했을까. 그래도 내가 올바른 입구 앞에 있었다는 최종 확인에 따른 안도? 혹은 그럼에도 마땅히 들어갔어야 할 문 앞에서 평생을 허비했다는 자책이나 회한? 안도나 회한이 아닌 전혀 다른 감정을 느꼈을 수도 있다. 인터넷에서 쉽게 발견할 수 있는 해석은 다음과 같다.

> *시골에서 온 남자의 태도를 비판적으로 검증하고 반사회적 태도로 인식하게 되면, 이 비유의 핵심은 더욱 분명해진다. 그는 문지기의 주장을 단호한 행동을 통해 시험해보려고 시도하지 않은 것이다. 문지기의 위압적인 설명에도 불구하고 그는 자신의 자유의지를 활용해 반항이나 재시도를 통해 법 안으로 들어가려고 노력했어야 했다.*[1]

1) 『카프카 전집 사전』, 2005년 12월 27일, 프란츠 카프카, 이주동, 한석종, 오용록(네이버 지식백과 발췌).

이런 해석은 가능하지 않은 것은 아니나 너무 평면적이다. 법의 문은 에덴동산 유사품이 아니다. 『법 앞에서』에서 사용된 법에 해당하는 독일어는 'Recht'가 아니라 'Gesetz'다. 'Gesetz'는 일반적 의미의 법률이자 동시에 종교적 의미의 율법이기도 하다. 카프카가 유대인임을 감안하면 율법 앞에 선 시골 사람이 '율법' 안으로 들어가기 위해 평생을 바쳤다는 이야기는 있음 직한 풀이이다. 앞에서 살펴보았듯 이때 카프카가 어떤 존재 일반의 시작과 끝을 한꺼번에 말하고 있음을 기억해야 한다.

텍스트에 집중하면, 그 시골 사람은 외견상 실패했지만, 또한 실질적 응답을 받았다고도 할 수 있다. 통보받은 내용은 그 문이 열려 있으며 자신에게 허락된 문이었지만, 그 문 안으로 들어가지는 못하리라는 것이었다. 열려 있고 허락된 문은 응답을 뜻하고, 들어가지 못한 것은 실패로 보인다. 과연 그럴까? 이스라엘 출애굽 전승에서 모세는 가나안 복지를 약속받지만 정작 자신은 그곳에 들어가지 못할 운명임을 야웨로부터 통보받는다. 널리 알려진 대로 가나안 복지에 들어간 이는 그의 후계자 여호수아였다. 여기서 『법 앞에서』 관점을 원용해, 모세를 두고 선취된 근대인이었다고 말한다면 분명 논리의 비약이다. 그럼에도 출애굽의 모세와 카프카 『법 앞에서』의 시골 사람이 어느 정도 비슷한 처지에 놓여있음은 직관적으로 드러난다. 문득 바울이 그 사람과 같은 삶을 살았을지도 모르겠다는 불온한 생각이 스친다.

당연하게 모세는 율법과 신 앞에서 불확실성이란 것을 모른다. 근대인과 다른 점이다. 모세는 비록 가나안에 들어가지 못했지만 들어가지 못할 것이라는 사실을 미리 알았고, 또한 가나안이 너(희)의 땅이라는 확증을 미리 받았다. 그것을 모세에게 몸소 통보한 이는 신이다.

『법 앞에서』의 시골 사람은 '율법' 안으로 들어가지 못했을 뿐 아니라 그 문이 자신에게 허락된 문이었음을 생의 최후의 순간에 이르러서야 알게 된다. 죽음의 순간에 도달해서이긴 하지만 그 문이 자신의 문이라는 확언은 그에게 마땅히 은총으로 해석돼야 한다. 신과 대면하는 관계인 모세와 달리, 신을 등지고 살아가는 근대인에겐 아마도 확언이 신에게서 허용된 최대 은총일 터이다. 만일 근대인이 '문' 밖으로 추방된 존재라는 명제를 수용한다면, 이향(離鄕)해 율법 밖의 존재로 살아가는 그에게 귀향(歸鄕)은 허락되지 않는다. 나아가 본향은 잊힌다.

따라서 근대인에게 허락된 최선의 은총은 귀향의 성취가 아니라 본향의 확인이다. 그는 이향한 존재로 살아가며 신(神·세계)과 대립하는 존재다. '문' 밖의 존재인 그는 '문 밖'이란 존재의 근거에 입각해 응당 '문' 안으로 들어가는 존재론적 기투(企投)를 꿈꿔야 하지만, 현실에서 그는 '문' 자체를 확인하는 것으로 삶의 좌표를 설정한다. 과거 '문' 안에서 그는 신(세계)과 통일된 상태였지만 '문 밖'으

Vincent van Gogh – A Peasant Woman Digging in Front of Her Cottage

로 내쳐진 다음에 그는 신(세계)과 대치한다. 그리하여 그는 역설적으로 비로소 대치를 통해 주체로 정립된다.

안티테제는 테제와 동급일 수밖에 없다. '신의 형상(Imago Dei)'을 닮은 그는 '문' 밖에서만 주체이며, 그 '문'을 인식함으로써 최고 주체로 고양된다. 그러나 '문'으로 되돌아가는 것은 금지된다. 신이 아니라 근대성에 의해 금지된다. '문' 저편에서가 아니라 '문' 이편에서 금지된다. 저편으로 그 '문'을 통과하는 순간 그의 주체는 소멸하기 때문이다.

A′ 없는 A는?

근대인은 '문 밖'의 존재로서 스스로를 끊임없이 연장하고 확장한다. 출구는 전면적으로 잊히나 그는 출구가 망각된 세계에 당당히 맞선다. 세계로의 출구? 그렇다면 그곳은 동시에 신으로의 입구여야 한다. 만일 반대로 그곳이 세계로의 입구로

> 남자에게 여자 자궁으로의 모든 귀향은 정신분석학적 혹은 원형의 근친상간이듯, 내쫓김 이후에 스스로의 결단으로 신으로 되돌아갈 길을 뚫는 것은 신성모독이다.

먼저 표현된다면 동시에 그곳을 신으로의 출구라고 불러야 한다. 남자에게도 여자의 자궁은 출구이자 입구이고, 이향이자 귀향이다. 남자에게 여자 자궁으로의 모든 귀향은 정신분석학적 혹은 원형의 근친상간이듯, 내쫓김 이후에 스스로의 결단으로 신으로 되돌아갈 길을 뚫는 것은 신성모독이다. 그는 잠시 자신을 존엄한 주체라고 상상할 수 있다.

중국의 노벨문학상 수상작가 모옌의 『홍까오량 가족』[2](1986년)에는 주체가 다음과 같이 표현된다.

넌 영웅을 숭상하지만 개자식은 미워하지.
하지만 가장 영웅적인 사내이면서
또한 가장 개자식이 아닌 이가 어디 있겠느냐?

'영웅과 개자식'은 '주체와 세계'처럼 대립관계로 설정되지 않았다. 영웅은 개자식이며 개자식은 영웅이다. 영웅과 개자식은, 주체가 세계와 대립하는 각각의 양상일 뿐이다. 영웅과 개자식 사이의 간극이 클수록 세계에 대한 주체의 대응이 성공적이었다는 판단이 가능할 법하다. 이때 주체의 영역이 확장됐고 주체는 웅장하고 확고하다고 말할 수 있다.

---

2) 영화 〈붉은 수수밭〉의 원작소설. 원제는 『홍까오량 가족』(紅高粱家族)이다.

잭 런던의 소설 『강철군화(The iron heel)』(1908년)의 주체도 확고한 주체이다. 파시즘에 맞선 투사들은 『홍까오량 가족』의 '가족' 만큼은 아니지만 영웅적이다. 주인공 어니스트 에버하드는 충분히 영웅적이다. 하야마 요시키(葉山嘉樹)의 소설 『바다에서 사는 사람들』(1926년)의 사람들 또한 『홍까오량 가족』과 『강철군화』의 등장인물들만큼 당당하고 매혹적이지는 않지만, 그럼에도 '영웅'으로 분류될 수 있다.

『홍까오량 가족』, 『강철군화』, 『바다에서 사는 사람들』의 주인공들은 모두 확고한 주체다. 자신만큼이나 확고한 세계와 늠름하게 맞선다. 제국주의 파시즘 자본가 등 이들이 적대하는 상대는 분명한 악으로 그려진다. 악은 세계를 지배하고 이들은 악이 지배한 그 세계와 용감하게 대결한다. 세계와 대치해 세계에서 악을 몰아내고 세계를 선으로 채울 것이란 희망은 불가피하게 종말론과 성전에 결부된다. 신이 없는 세계에서도 이들은 성별(聖別)된 존재이어야 한다.

신으로부터 탈주한 또는 신으로부터 버림받은, 신의 형상을 닮은 주체는 스스로 신이 되는, 보통 '근대'라고 명명되는 세상을 기획한다. 『강철군화』에서 사용하는 기년법은 'B. O. M(Brotherhood of Man)'이다. B. O. M은 신의 아들 혹은 신 자신인 예수의 탄생을 기준으로 한 서력기원 B. C(Before Christ) · A. D(Anno Domini)를 대체했다. 그리스도(Christ)나 주(Dominus)의 자리를 인간(Man)

이 차지한다. 올더스 헉슬리의 『멋진 신세계』(1932년)에서 포드력을 쓰는 것을 떠올리게 된다. 포드력 또한 얼핏 B.C·A.D의 대척점에 서지만, 인간 헨리 포드(1863~1947년)가 아니라 신격화한 포드와 사회를 지배하는 포드 시스템을 상징하기에 주(Dominus)를 끌어들인 A.D와 다를 게 없다. 주(Dominus)가 예수냐, 포드냐 하는 차이만 있을 뿐이다.

B.O.M은 인간이 역사의 주체임을 선포하는 반면, 포드력과 B.C·A.D는 인간이 아닌 것을 역사의 주체로 선포한다. 인간이 아닌 것, 즉 비(非)인간적인 것의 정체는 인간에 봉사해야 하지만 인간을 밀어내버리고 지배하는 기계문명과 같은 시스템이거나, 역사에서 친숙한 신이다.

B.O.M의 세계관은 변증법에 의지한다. 변증법은 동일률에 입각한다. 테제(These)는 안티테제(Antithese)를 만나 신테제(Synthese)로 진화하거나 발전하는데, A가 B와 대치하다 A′로 상승한다고도 말할 수 있다. 여기서 'B와 대치'를 블랙박스로 표시하면 A가 블랙박스를 거쳐 A′로 업그레이드되는 구조다. 간단히 A가 A′로 가게 된다. 그러려면 확고한 A가 필수적이다. 주체 없는 변증법은 성립하지 않는다. 이때 변증법의 주체 A는 B.O.M이 표현한 그대로 인간이다. A→A′, A→A″, A→A‴로 변증법적 상승을 전개해야 한다면 A는 인간일 수밖에 없다. 신이 A→A′와 같은 방식으로 진화(혹은 전개)하는 것은 논리적으로 성립하지 않는다. A가 항상

A인 존재가 신이자, 그것이 기독교 주류가 선호하는 신의 정의이기 때문이다. 과정신학 등 일부 현대신학에서 진화하고 변동하는 신을 상정하는데, 그 신에서는 A→A′, A→A″, A→A‴가 가능하다. 그렇다면 그러한 신을 모색하는 신학은 B.O.M을 포용할 수 있을 것이라고 말할 수 있다.

숨은 신, 숨은 주체

밀란 쿤데라의 소설 『농담』(1965년)에서 변증법은 흔들린다. 『농담』 주인공 루드비크와 『강철군화』 주인공 어니스트의 채도(彩度)를 비교하면 누구라도 어니스트의 채도가 훨씬 높다고 대답할 것이다. 『강철군화』에서 뚜렷하게 나타난 선악의 대비는 『농담』에선 모호해진다. 결연하게 맞서다 장렬하게 죽어간 어니스트와 비교할 때 루드비크의 삶은 지질하다. 관계를 똥칠로 매조지는 끝부분 설사의 서사는, 소설 속 헬레나처럼 수치 속에서 주체를 나뒹굴게 한다.

A는 B와 대치해 A′로 단련돼야 했지만 그러기엔 A가 생각보다 종종 너무 미약했다. 세계 또한 주체만큼이나 미약하고 흔들린다. 세계가 원래 그렇다기보다 그런 주체의 파트너인 세계가 그렇다. 세계에게 '원래'라는 건 없다. 주체와 세계는 분명 구분되고 대립하지만, 변증법을 감당할 만큼 확고하고 강인하지 않다. ′의 무게를 견뎌낼 수 없는 주체는 A에서 a로 가든지, 아예 A에서 B로 전환한다. 변

증법이 작동을 멈추었지만 그래도 어떻게든 주체의 계열은 유지된다. A′로 가지 못하는 A는, A이어도 B이어도 무방하다. A의 자리였던 곳을 A이든 B이든 C이든 그저 채우기만 하면 그만이다.

주체의 이런 탈주체화[3]는 일상의 풍경이 된다. 동시에 숨은 신의 숨어있음은 새삼 부각된다. 숨은 신이 숨었는지 죽었는지 그동안 전혀 관심사가 아니었지만, 탈주체화와 함께 숨은 신의 '탈(脫)숨어있음'이 일어나 숨은 신은 비로소 숨어있는 존재가 되는 역설이 발생한다. 숨은 신과 탈주체화하는 주체는 공존한다. 때로 숨은 신과 탈주체화하는 주체는 카페에서 커피를 마신다. 마음 먹기에 따라 서로 친구가 될 법 하지만 양쪽 다 심약해서인지, 어느 쪽도 대화를 시

때로 숨은 신과
탈주체화하는 주체는
카페에서 커피를 마신다.
마음 먹기에 따라
서로 친구가 될 수 있지만,
어느 쪽도 대화를 시작하지 않는다.

---

3) 탈주체화는 정확한 용어라기 하기 힘들다. 잔여화하고 남루해지며 모호해지는 속성을 기성 어휘에서 찾자면 마땅한 게 없고, 편의를 고려하면 '탈(脫)'이 제일 만만하다. 3장에서도 (脫)주체라는 표현을 썼다

작하지 않는다.

탈주체화하는 주체라 해도 탈주체화하는 동안에는 주체임이 부인되지 않는다. 탈주체화하기 위한 주체라도 주체이기 때문이다. 보다 중요하게는 동일률의 율법이 A′의 지평이 닫힌 상태에서도 변함없이 A를 고수한 까닭에 몸 없는 가현(假現)의 A라도 존재해야 한다. 숨은 신에 이어 숨은 주체가 출현한 셈이다.

이처럼 곤혹스러운 사태에서 실존은 의심받고 대신 부조리가 주목받는다. 한데 이 의심받음과 주목받음의 주체가 비록 잔여화하는 주체라 해도 여전히 악착같이 주체임을 고집하고 있음을 잊지는 말아야 한다. 지질해지는 주체가 더 구질구질해진다고 신경 쓸 일은 아니겠지만 말이다.

실존주의에서 설명하는 부조리는 관계의 열망이자 고통이다. 부조리는 인간의 이성적 호소에 대해 침묵하는 세계를 논한다. 기본적으로 인간과 세계의 대립 구도다. 종교적으로는 출애굽의 좌초라고 할 수 있다. 기독교에서 야웨는 이집트에서 노예살이하는 이스라엘 민족의 고통의 부르짖음에 응답한다. 근대의 인간은 이성의 부르짖음을 내뱉고 세계는 침묵한다. 신은 이미 숨어버렸다. 마침내 인간도 마땅히 숨어야 하지 않겠는가. 숨은 주체와 숨은 신이 마찰을 빚은 곳에 부조리가 생긴다. 숨은 신과 숨은 주체가 대화 불능 상태로 커피를 마시는 카페에서 부조리는 웨이터가 되어 시중을 든다.

Vincent van Gogh - Starry Night Over the Rhone

중국의 또 다른 노벨문학상 수장작가 가오싱젠(高行健)의 부조리극 『버스정류장』(1983년)엔 앞선 작품들에서 살펴본 것과 같은 투철하고 분명한 주체가 없다. 그러나 부르짖음은 여전히 확고하다. 또한 잘못된 버스정류장에서 오지 않을 버스를 기다리는 등장인물들은 확고하게 근대적이다. 『버스정류장』 세계관이 『강철군화』 · 『홍까오량 가족』과 달라 보이지만, 연장선상에 위치한다. 이들은 모두 숨은 신이 숨었음을 제대로 인식한다. 신이 추방된 것이 아니라 다만 숨어 있을 뿐임을 알고 있다. 문제는 주체다. A는 A´로 상승하기는커녕 a로 a로 a로 잦아들거나 B나 C로 달아난다.

알베르 카뮈에 이르면 주체는 바위 뒤에 숨겨진, 죽음마저 배제된 가녀린 실존으로 명맥을 유지한다. 언덕 위로 끊임없이 바위를 밀고 올라가는 행위에서 찾아지는 의미는, 고통 감내의 형식을 블랙박스로 둥치하는 마조히즘과 그래도 위로 올라간다는 변증법의 잔영일 것이다. 마조히즘 변증법의 잔영은 코기토 철학의 끝자락을 부여잡은 실존주의의 그늘이다. 그나마 해가 지고 있다.

사무엘 베케트의 『고도를 기다리며』(1953년)의 실존은 그늘 없는 실존일까. 그럴 리가 없다. 그늘 없는 실존이 형용모순에 가깝다는 원론을 확인하지 않아도 기다림을 기다리는 『고도를 기다리며』는 기다림의 그림자를 길게 늘어뜨린다. 실존은 주체의 그림자에 숨은 코기토의 열망이자 고통이다. 물론 열망에 방점이 찍힐 수가 있는가 하면 고통에 방점이 찍힐 수도 있다.

다음은 『고도를 기다리며』의 마지막 장면이다.

블라디미르: 내일 같이 목이나 매자. 고도가 안 오면 말이야.
에스트라공: 만일 온다면?
블라디미르: 그럼 살게 되는 거지.

(…)

블라디미르: 그럼 갈까?
에스트라공: 가자.

둘은 그러나 움직이지 않는다.

『고도를 기다리며』는 부서져 내리는 주체의 고통을 여실히 보여준다. 반면 『버스정류장』은 짙게 드리운 실존주의의 그늘 속에 엿보이는 주체의 열망을 감추지 않는다. 『버스정류장』 마지막 장면을 보자.

사람들은 서로 끌어주고 부축하며 함께 떠나려고 한다.
마 주임: 어이, 어이… 기다려요, 기다려! 신발 끈 좀 묶고!

이 결말에서 배어 나오는 안타까움을 눈감을 수는 없겠지만, 그럼에도 함께 떠나려 하고 신발 끈을 묶는 행위에서 기어이 맞닥뜨리는 동감(同感)은 불가피하다. 숨은 신의 침묵이 부르짖음의 결과물이라면, 먼저 부르짖음이 있었음은 자명하다. A′로 전환이 완전히 차단되지 않았다면 A는 숨어서 또 다른 숨은 존재인 신에게 부르짖지 않았을 것이다. 고도처럼 오지 않을 존재임이 분명함에도 말이다. 부르짖지 않을 수 없어서 터져나온 부르짖음은 종국에 주체(A)를 향한 바위의 무게로 돌아온다. 바위를 밀거나 바위에 깔리거나, 둘 중 하나가 남는다. 사실 선택지가 두 개로 보이는 것은 눈속임이다. 종국에는 깔려야 하기 때문이다.

이런 상황에서도 주체를 부여잡고 버티는 행위에 의미를 부여할 수 있을까. 숨은 신의 도주와 숨은 주체의 분열과 해체는 동전의 앞뒷면과 같다. 이제 새로운 동전이 던져진다.

이런 상황에서도
주체를 부여잡고 버티는 행위에
의미를 부여할 수 있을까.
숨은 신의 도주와
숨은 주체의 분열과 해체는
동전의 앞뒷면과 같다.
이제 새로운 동전이 던져진다.

독일의 생태철학자 한스 요나스는 '아우슈비츠 이후의 신개념'에서 "도대체 어떤 신이 그런 일이 일어나도록 내버려 둘 수 있는가"를 물었다. 그는 유대교 신비주의 '침춤(Zimzum)'

사상에 기대어 태초의 영원자가 자기 자신 안으로 스스로 수축해 자기 바깥에 '무(das Nichts)'를 만들어냈다고 설명하는 방식으로 신의 행동을 이해했다. 아마도 신을 너무나도 사랑했을 요나스는 인간의 고난뿐만 아니라 '하나님의 고난(Passio Dei)'을 직시함으로써 세계를 파악하려고 했다.

아우슈비츠로 대표되는 '무고한 자의 고난'으로부터 '전능하지 않은 신'이 추론되며 피조물에 자신의 힘을 양도하는 모험을 감행한 이 전능하지 않은 신은 세상과 함께 변화하고, 인간에 의해 고난 겪고, 인간사를 염려하며, 선의 요구로 인간의 정신에 개입한다.

신의 무능 증명은 신의 알리바이(부재증명)였고, 따라서 어떤 이들이 신이 숨은 게 아니라 도망갔을 뿐이라고 주장할 근거가 된다. 신이 아주 다른 세계로(세계 밖으로?) 도망갔을 가능성을 배제할 수 없지만, 요나스 같은 이에게 신은 설령 도망갔다고 하여도 세상을 지켜볼 수 있는, 멀찍하지만 분명 세상 안의 어떤 지점에 머물러 있는 존재로 상정된다. 요나스에 따르면 신은 무능해 고통받으며 도망갔지만, 세상 안에 남아 있다. 도망가서 숨었을까, 하여튼 신은 인간의 고통에 동참한다.

인간 주체는 온전할 수 있을까. 부활을 전제로 신이 매 맞고 고통받은 것과, 매 맞아 고통받으며 신이 쫓겨난 것 사이에 큰 차이가 있지만 그래도 인간에 대입할 수 있는 이야기는 아니다. 인간에겐

Vincent van Gogh - Three pairs of shoes

인간의 이야기가 있다. 좌절해 숨는다고 주체가 세계의 살의(殺意)를 피해갈 수 있을까. 주체는 세계로부터 살해를 모면하기 위해 광인처럼 분열되거나 아예 스스로를 해소(해체라고 말해도 좋다)하는 선택 앞에 놓였고 그 선택은 점차 피할 수 없는 것으로 판명되고 있다.

윌리엄 스타이런의 소설 『소피의 선택』(1979년)에 등장하는 폴란드 여인 소피와 그의 연인 네이선은 각각 해소된 주체와 분열된 주체의 전형이다. 모더니즘과 근대의 이성에 대한 일말의 미련마저 잃어버리게 한 20세기 야만의 사건은 주체의 결정적 몰락과 궤를 같이한다. 소멸한 주체에게 실존을 요구한다면 폭력이 될 것이다. 카뮈는 『시지프의 신화』(1942년)를 통해 실존주의 관점에서 자살은 선택할 수 없는 것이라고 주장한다. 종교와 대치하는 것처럼 보이는 실존주의가 가톨릭 등과 마찬가지로 자살 금지를 말한 것이 공교롭다. 결정적으로 몰락해버린 주체에서 어떤 잔여도 확인되지 않은 상황에서 삶의 지속은 어떻게 하면 가능할까.

『법 앞에서』의 장면에다 소피를 데려다 놓으면, 소피는 이미 그 문이 자신의 문인 줄 알고 있지만 열려 있기를 기대하지 않고 열려 있다손 쳐도 문 안으로 들어가려고 시도하지 않는다. 자신의 문임을 이미 알고 있고 문안으로 들어갈 어떤 의지도 없기에 『법 앞에서』의 그 시골 남자처럼 평생을 걸 하등의 이유가 없다. 문턱에 선 소피에겐 주체의 미미한 잔여조차 남아 있지 않다. 소피에게 부조리란 호사일 따름이다. 주체는 해소된다. 아니 애초에 주체가 부재했는지도 모르겠다. 어쩌면 주체에 관해 꾼 슬픈 꿈이었을까.

실존주의가 말하는 부조리는 모더니즘 현상이다. 아닌 척하지만 여전한 데카르트식 주체에 집착하는 모더니즘의 망령이다. 철 지난 유행가 같은 실존주의지만, 만일 세계가 카페라면 신과 더불어 커피를 마시지는 않더라도 실존주의든 무엇이든 음악이 나와야 할 텐데, 그러려면 카페가 영업중이어야 하고 주체는 여전히 탐색되어야 한다. 어떤 형태의 주체이든 말이다. 너무 무책임하거나 혹은 너무 퇴폐적인 바람이란 지탄을 받을까.

모더니즘 이후 망실되고 잔여화하는 주체. 만일 주체라는 표지판을 떼어내지 말아야 할 아주 사소한 증거라도 발견된다면, 일단 도망간 신을 향해서라도 (부르짖어야 한다면!) 부르짖어야 할까. 아니면 소피처럼 신과 세계를 전면적으로 거부해야 할까. 거부할 힘이라도 남아 있을 때, 주체의 연료가 완전히 소진되기 전에 거부를 결행하는 행위가, 선택할 수 있는, 유일하게 지혜로운 행위일까.

신의 거대한 섭리라는 기대가 사라지고 (만일 신이 있다면) 신의 남루함이란 의혹이 사실로 증명돼 가는 시점에서, 신과 세계가 침묵하는 것이 아니라 대답할 수 없다는 사실을 파악한 다음에도 만일 그래도 부르짖음을 택한다면, 잔여화하는 주체의 부르짖음은 소리 없는 아우성이 돼 세계에 전파되지 못하고 주체 안에 계속해서 쌓이기만 한다. 주체는 폭파되거나 아우성 자체가 된다. 이것은 주체인가?

10장

아메리카에 처음 도착한
바이킹과 데카르트의 딸

『나를 보내지마』(가즈오 이시구로)를 영화화 한 〈네버 렛 미 고〉

문학, 혹은 인문학의 대표적인 주제를 꼽으라면, '인간이란 무엇인가'와 같은 게 떠오른다. 너무 포괄적인 주제이기는 하지만, 관점에 따라서는 그렇게 포괄적이지도 않다. 예를 들어 '무엇이 인간인가'라는 질문과 비교하면 그렇다.

인간존재를 탐구하는 (형이상학) 방식으로는 크게 두 가지를 들수 있다. 먼저 인간(다움)의 경계를 끝까지 밀어붙여 경계를 획정하는 방식이 있다. 다음으론 그런 경계를 무시하고 또는 그런 경계의 밖에서 시작해 마치 성곽 밖에서 성의 윤곽을 파악하듯 '경계 너머'에서 그 경계를 획정하는 방식이 있을 수 있다. 후자 방식은 비(非)인간을 통한 인간의 모색인 셈이다. 전자와 후자 방식 간에 큰 차이가 없어 보이지만 후자 방식은 인간의 의미를 새로운 시각으로 보게 만든다. 『안드로이드는 전기양을 꿈꾸는가』(1968년 · 필립 K 딕)와 『나를 보내지마』(2005년 · 가즈오 이시구로)와 같은 소설이 후자의 시선을 채택한 작품이다.

'인간이란 무엇인가' 대 '무엇이 인간인가'

일상의 삶에서라면 전혀 하지 않을 질문이 아마 '인간이란 무엇인가'일 것이다. 이것은 일상의 질문이 아니라 인문학의 질문이다. 그러나 이 질문은 연관된 사전(事前) 질문에 대한 답변을 받아놓지 않고서는 할 수 없는 질문이다. 가장 근원적인 질문처럼 보이지만 그렇지 않다는 뜻이다.

'인간이란 무엇인가'라는 질문은 질문이 아니라 확인이다. 인간에 관한 선험적 전제가 바탕에 깔려있다. 논리적으로는 A가 A임을 확인하는 동일률의 절차를 밟고 있을 따름이다. "나는 생각한다. 그러므로 존재한다"는 데카르트의 '코기토 철학'을 반복한다. 근대 서구 문명은 진지하게 또 제대로 인간이 무엇인지를 묻지 않았다. 중세 말기 유명론 등 큰 범주의 경험론 인식을 통해서도 동일률의 답습이 제거되지 않았다. 인식 주체를 설정하기 위해서 (사전에) 주어짐을 다양한 형태로 용인하였기 때문이다.

그리스 사람들은 인간에게서 발견되는 특성으로 파토스

(pathos), 에토스(ethos), 로고스(logos)와 같은 것을 들었다. 지금의 진전된 인간 이해에 근거하면 구분이 좀 모호한 특성이긴 하다. 감성적인 것(파토스)과 이성적인 것(로고스)은 종종 대립하며, 구분되는 독자적인 별개 영역이라고 받아들여지지만, 현실은 그렇지 않다. 이성적 판단으로 보이는 것의 대부분이 감성적 기반을 가진다. 이성적이고 논리적인 판단의 기제에 작용하는 인간의 핵심 특성은 감성이다. 탁월한 철학자 데이비드 흄은 "reason is, and ought only to be the slave of the passions"이라고 말했다. 이성이 감정의 노예라는 뜻이다.

에토스는 나머지 두 가지와 다른 준위에 위치하며 더 모호하다. 감정과 관련되는 것으로 설명하지만, 주로 윤리적 특성을 지시하며 때로 민족의 의식형태를 말하기도 한다. 파토스와 로고스는 인간과 인간들(사회)에 모두 적용할 수 있지만, 에토스는 흔히 개인의 특성 같은 것으로 받아들이지만 군이 따지고 들면 인간 개인에게 적용하는 데에 난점이 따른다. 에토스는 용어 자체에서 이미, 퍼져있고 공유된 특질을 말하며 '복수(複數)'의 인간 없이는 성립하지 않음을 말한다. 당연히 작동하는 모습은 인간 개인에 나타난다. 동양의 '윤리(倫理)'라는 말(윤리의 倫은 '人＋侖'이다. 侖은 생각하다, 조리를 세우다는 뜻이니 倫은 '인간을 생각하다'는 의미가 된다. 侖에 둥글다는 뜻도 있어 소리를 담당하면서 뜻을 일부 감당하여 바퀴[輪]에 연결된다)에서도 '탈(脫)개인'을 보게 되며, 개인 차원 에토스는 신 앞에서 단독자와 같은 종교영역의 특성으로도 치환될 수 있다. 엄격하게 얘기하면 파토스와 로고스 또한 복수 또는 추상의 인간을 전제한 개념이지만, 에토스와 비교해 상대적으로 더 개체성이 강하다고 받아들일 수 있다.

파토스, 에토스, 로고스는 특별히 아리스토텔레스가 『수사학』에서 설득 메커니즘의 핵심 구성요소로 제시한 바 있다. 『수사학』은 인간 특성으로 언급되는 에토스, 파토스, 로고스를 다른 방식으로 사용했지만, 큰 맥락에서 보면 동떨어진 이야기는 아니다.

아리스토텔레스 스승인 플라톤은 영육을 분리하여 사고하였으며 영혼(psyche)이 불멸한다고 보았다. 플라톤은 영혼이 세 요소로 구성된다고 설명하며, 누스(nous), 튜모스(thumos), 에피투미아(epithumia)를 말했다. 누스, 튜모스, 에피투미아는 신체에 비유되어 차례로 내려오는데, 누스는 머리, 튜모스는 가슴 혹은 심장, 에피투미아는 위장에 상응한다. 완전히 같지 않지만 누스는 로고스를 의미하며, 에피투미아는 욕망, 튜모스는 열정이나 분노를 뜻한다.

고대 그리스뿐 아니라 지금까지 종종 사용되는 이런 '인간다움' 특성은 여전히 선험적 전제를 깔고 있다. 너무 당연한 얘기로 파토스·에토스·로고스 같은 특성이 인간을 만든다기보다는 인간이 이런 특성을 가질 뿐이다. '무엇이 인간인지'에 관한 논의는 제자리걸음이다.

Vincent van Gogh - Wheat Field Behind Saint-Paul Hospital with a Reaper

인간을 물질로 보고 현대 과학기술에 기대 화학적으로 규명할 수는 있겠지만, 부질없는 짓이다. 주지하듯 인간을 화학적으로 분해해 물질로 환원했을 때, 나름대로 답을 얻기는 하지만 우리가 원하는 답이 아니다. 인간의 정신 혹은 (존재한다면) 영혼은 화학으로 분석되지 않는다. 인간에게서 몸 말고 무엇이 존재하는지는 알 수 없지만, 몸만으로 인간이 되지 않는다는 사실을 잘 알고 있지 않은가. 따라서 정신과 영혼의 비(非)물질성은 인간 주체의 선험성과 어떤 식으로든 연결된다. 근대 이전의 인간은 비(非)물질성이나 선험성의 근거를 신(神)에게서 찾으면 그만이었다. 근대인은 더는 그렇게 하지 않는 것으로 보이지만, 실상이 어떨지 알 수 없다.

인간을 설명하는 모델로 '빈 서판(타불라 라사·Tabula rasa, '백지상태'라고도 하는 존 로크의 견해)'이라는 것이 있다. 영미 철학 전통에 선 인간 모델로, 빈 서판에 무엇을 쓰느냐 혹은 빈 서판이 무엇을 감광하느냐에 따라 서판이 채워진다. 인간은 채워지고 구성된다. '빈 서판' 모델은 인간(존재)을 쉽게 설명한

> 영미 철학 전통에 선 인간 모델로,
> 빈 서판에 무엇을 쓰느냐
> 혹은 빈 서판이
> 무엇을 감광하느냐에 따라
> 서판이 채워진다.
> 인간은 채워지고 구성된다.

다는 장점을 지닌다. 비근한 예로 일란성 쌍둥이를 태어나자마자 한 사람을 늑대무리에 넣고, 나머지 한 사람은 인간사회에서 키운다고 할 때 두 사람이 나타낼 차이를 우리는 충분히 예상할 수 있으며, 그런 예상이 가능한 것은 인간을 '빈 서판'으로 봤기 때문이다.

'빈 서판'을 요즘 식으로 말하면 휴대폰의 공(空)기계이고, 하드웨어만 깔린 PC라고 할 수 있다. 현실에서는 기본적인 작동이 가능하도록 구매 시점에 이미 많은 것이 깔려있지만 '빈 서판' 모델을 이용해 아이폰 사용자가 되려면, 먼저 운영체계(OS)인 iOS를 깔고 애플이 지정한 곳에서 필요한 소프트웨어를 선택해 휴대폰에 내려받아야 한다. 삼성 휴대폰 사용자라면, 삼성 휴대폰 OS인 안드로이드를 설치하고 아이폰 사용자와 같은 절차를 밟으면 된다. '빈 서판' 모델을 '휴대폰 모델'로 바꾸면 간단히 '공기계+OS+구동소프트웨어'다.

외재성에 기반한 인간결정론이다. 요즘 농담인 듯 아닌 듯 통용되는 "부모가 최고 스펙"이라는 말 기저엔 단순한 형태의 '빈 서판' 모델이 깔려있는 셈이다. 그러나 여전히 최초에 던진 질문에 대한 답은 발견되지 않는다. 양식 있는 독자라면 용이하게 눈치챘겠지만 '빈 서판'이든 '휴대폰(공기계)'이든 '빈 서판'과 '휴대폰(공기계)' 자체의 차이를 감안하지 않으면 이 모델은 설명력을 잃는다.

휴대폰과 PC의 공통선조로 에니악(ENIAC)이란 것이 있다. 에니악은 "Electronic Numerical Integrator And Calculator"의

약자. 1946년에 개발된 에니악에는 1만8,000여 개 진공관이 사용됐다. 높이 5.5m, 길이 24.5m에, 무게가 무려 30t이나 되는 거대한 계산기다. 현재 미국 워싱턴 스미소니언 박물관에 보존돼있는 에니악은 이름에 드러나듯 컴퓨터라기보다는 계산기다. 사람이 7시간 걸려 풀어낸 탄도 계산을 에니악은 단 3초 만에 해결해 "총알보다 빠른 계산기"로 불렸지만, 이 30t짜리 계산기에서는 지금 우리가 휴대폰에서 작동시키는 다양한 편의 기능을 쓸 수 없다.

'공기계+OS+구동소프트웨어'모델에서 우리는 쉽사리 공기계보다는 'OS+구동소프트웨어'에 주목하게 되는데, 사실 핵심은 공기계다. '빈 서판' 자체와 공기계 자체의 차이가 더 결정적이다. 비근한 예로 안드로이드OS와 간단한 게임 소프트웨어를 30t짜리 에니악은 소화할 수 없다. 만약 인간이 '빈 서판'이거나 공기계라면, 그것의 기획과 성능에 맞춰 OS+구동소프트웨어를 선택할 수 있을 따름이다. 어떤 인간이 애초에 어떤 '빈 서판'인지, 어떤 공기계인지를 선택할 수 없고 만일 선택이 가능하다면 OS나 소프트웨어 정도라는 이야기다. 예컨대 핸드폰 초창기 모델에서는 기계적 한계로 원천적으로 동영상 구동이 불가능했다. 텍스트로 인식하는 핸드폰 모델과 텍스트는 물론 동영상으로까지 인식하는 모델 사이의 차이가 인간에게도 유효하다면 '빈 서판'은 무용한 논의가 된다. 어떤 '빈 서판'이 자신의 '빈 서판'이 될 것인가.

논의는 다시 제자리로 돌아온다. 근대의 인간상을 고민하며 칸트가 같은 고민을 하며, 결국 공기계와 'OS+구동소프트웨어'를 구분하는 이른바 종합을 제시했다. 칸트가 제시한 근대인은 아는 것은 알고 모르는 것은 모르는 존재다. 적어도 코기토의 철학에서 제시된 '생각하는 나'를 당연시하지는 않았다는 점에서 진일보한 사유다.

그러나 이 어정쩡한 봉합은 후대에 문제를 야기할 수 있고 실제로 그랬다. 봉합 앞부분은 "아는 것을 안다"라는 동일률의 인식체계를 확인한 것이기에 크게 문제 될 것이 없었지만, "모르는 것은 모르는 존재"는 논쟁의 소지를 안고 있었다.

즉 모르는 것을 모르려면, 모르는 것이 모르는 것임을 사전에 알아야 한다. 모르는 것이 모르는 것임을 우리는 어떻게 알 수 있을까. 동일률 밖에서 인간 인식을 한 뼘이라도 진전시킬 수 있을까. 결국 어떤 이들은 인간을 '모르는 것은 모른다는 사실을 알고 있는 존재'로 격상시킨다. 이런 봉합에 필요한 것은 본유관념, 선험성과 같은 신(神)적인 단어일 수밖에 없다.

사실 "아는 것을 안다"도 근본적인 질문을 안고 있는데, 아는 것을 알려면 먼저 알아야 한다는 점이다. 아는 것을 알기 전에 어떻게 먼저 알 수 있었을까. 우리가 빅뱅 이후 전개를 제법 추론하지만 최초의 점과 점 이전에 대해선 완벽하게 무지하다.

최초 질문은 동일률 밖에서는 어떤 해답의 단초를 발견하지 못한다. 우리는 '인간은 무엇인지'만을 묻고 답의 목록을 쌓아갈 수 있을 뿐, '무엇이 인간인지'에 관해서는 엄격한 의미에서 답할 수 없다. 그리하여 신과 마찬가지로 인간 또한 "나는 나"인 존재일 수밖에 없다는 역설이 발생한다. 신이 돼야만 하는, 혹은 신이 될 수밖에 없는 인간의 존재론을 전개하기 전에 이제 답이 없는 질문의 답을 정리하고 넘어가자.

'코기토'를 성립시키는 '생각하는 나'는 제대로 해명되지는 않지만 어쨌든 존재하는 듯하다. 그러나 그 주체는 빈약하고 임의적인 현상에 불과해 보인다. 주체(화)의 사건 같은 것은 떠들썩한 소문과 달리 애초에 일어나지 않았을 수 있다. '생각하는 나'는 분명 존재해야 하겠지만 나는 나일 수 없고, 끊임없이 자신을 타자화하며 그 과정에서 생긴 울림으로 나를 형성해가는 유동적인 현상이다. 타자화 과정에 있을 때만 나인 나는, 어떤 형태로든 끊임없이 자신을 재구조화함으로써 동일률의 족쇄에서 탈출을 기도할 수 있다.

그 기도는 곧 살펴보겠지만 실패한다. 나는 확고하지 않고 불안정하며, 결정적 사건이 아니라 잠정적 현상에 불과하지만, 무엇보다 나는 그럼에도 '나'일 것이라는 가능성에 안도한다.

근대의 새벽에 성사된 '나'의 발견과 포획은 천명(闡明)과 달리 '나'일 것이라는, 혹은 '나'일 수 있다는 일말의 가능성을 발견하고 안도(安堵)한 데 불과하다. 춥고 험한 북해를 건너 처음 셰틀랜드 제도나 영국, 그린란드, 아메리카에 도착한 바이킹의 이름이 애매하고 불확실하게 전해진 반면 이 안도를 판매함으로써 근대라는 대륙을 최초 발견 또는 그곳에 최초 상륙한 영예를 가져간 이는 데카르트였다.

데카르트에게는 성홍열에 걸려 5살에 죽은 프랑신이라는 딸이 있었다. 그는 친구에게 딸의 죽음이 자신 인생에서 가장 큰 슬픔이라고 말했다. 데카르트가 숨진 딸을 '살려내기' 위해 인형을 만든 일은 유명한 일화이다. 인간은 생각하기 때문에 존재한다고 역설한 데카르트가 시계태엽과 금속조각으로 죽은 딸 대용품을 만들었다는 사실을 어떻게 받아들여야 할까.

자동인형 제작 열풍은 근대 서구의 풍경에 들어있다. 지그문트 프로이트의 분석으로 더 유명해진 독일 낭만주의 소설가 E. T. A 호프만의 『모래 사나이』(Der Sandmann · 1817년) 주요 소재 또한 자동인형이다. '나' 밖의 '나'의 발견이 환상으로 판명날 때 그것은 자아의 분열이나 정신분석학의 논의거리가 되지만, 또 '나' 밖의 '나'의 발견이 사실로 확인될 때 그것은 악몽일 테지만, '나'의 가능성만으로는 나에게 안

> '나' 밖의 '나'의 발견이
> 환상으로 판명날 때 그것은
> 자아의 분열이나 정신분석학의
> 논의거리가 되지만,
> 또 '나' 밖의 '나'의 발견이 사실로
> 확인될 때 그것은 악몽일 테지만,
> '나'의 가능성만으로는
> 나에게 안도가 된다.

Vincent van Gogh – Selbstbildnis mit verbundenem_Ohr

도가 된다. 근대의 출발지점엔 애써 안도가 필요했다고 생각해도 좋
을까.

에덴동산의 전기양

성서 창세기에 나오는 태초 인간모형은 근대의 고민을 선취한
다. 에덴동산 등을 두고 펼쳐진 아우구스티누스와 펠라기우스의 유
명한 논쟁은 물론 신학사의 사건이지만 그 성격은 근대적이다.

에덴동산의 하와는 뱀의 꼬임에 넘어가 선악과를 따먹는다. 그
유명한 표현, "먹음직도 하고 보암직도 하고 지혜롭게 할 만큼 탐스
럽기도 한" 금단의 열매를 먹는다. 자기만 먹은 게 아니라 남편인 아
담에게 준다. 뱀의 배역, 하와에게 주어진 의지의 출처 등 신학적이
고 인문학적인 많은 상상과 논의가 그동안 있었다. 여기서는 번식에
초점을 맞춰보자.

아우구스티누스는 에덴동산 설화에서 황당하게 그렇지만 기독
교 세계에서 널리 인정된 원죄 교리를 끄집어내지만 어떤 이는 에
덴동산에서 인간 존재를 기획한 하나님 섭리의 우화를 본다. 하와
는 고민하고 판단하고 욕망한 '벌'로 인류 어머니가 되는 축복을 받
는다. 불순종이란 죄와 상응한 벌로 출산이 주어진 이야기의 논리
는 성서 속 창조주의 심모원려를 묵살했기 때문에 성립했다는 반격
을 받는다.

에덴동산에서 하와가 한 행동은 인류를 만들었다. 에덴동산에 머무는 한 그곳에서 하와와 아담은 영생을 누렸을 테지만, 그들이 누릴 영생은 로봇의 삶과 다름이 없었을 것이라고 상상할 수 있다. 생명체를 정의할 때 빼놓을 수 없는 것이 번식 혹은 재생산이다. 하와의 행동으로 인류에게는 지식과 번식이 함께 주어지게 된다. 아담과 하와는 사멸하는 존재로 '전락'했는지 모르지만 그들의 유전자는, 이성을 가진 포유류 인간이란 종을 생성하고 그들을 통해 전해지고 번성한다.

어떤 생물학자들은 생명의 진정한 주인이 특정한 시공간을 잠시 지배하는 생명체가 아니라 유전자라는 주장을 펼친다. 어떤 생명체도 반드시 사멸해야 하지만 어떤 유전자는 그 유전자가 잠시 머문 생명체의 사멸과 상관없이 사실상 영생한다.

에덴동산에서 잠시 산 인류의 원형은 '전기양'이나 다름없는 로봇 같은 존재였지만, 아우구스티누스 용어를 빌리자면 '원죄'에 힘입어 이성과 지식을 지닌 포유류 생명종으로 진화한다. 에덴동산의 동일률은, 동일률이 아니라 동일 그 자체여서 오히려 멈춤으로 표기돼야 마땅하며, 하와와 아담이 에덴동산에서 쫓겨남으로써 비로소 동일률이 작동한다. 하나의 용기로 천만년을 멈춰있기보다는 천만 개의 용기 속에 나눠 담긴 동일하되 발전하는 내용물(유전자)이라는 형식으로 인류에게 동일률이 적용된다.

이처럼 인간에게 동일률은 숙명일지도 모르겠다. 모세에게 "나는 나"라고 자신을 설명한 하나님이 에덴동산의 아담과 하와에게 준비한 일 또한 "나는 나"의 동일률 사건일 수 있다. 하나님이 인간을 만들 때 자신들의 형상대로 만들었다면, 그런 형상의 이어짐은 재생산이 불가능한 에덴동산 속 아담과 하와를 통해서가 아니라 번식하고 번영한 에덴동산 밖의 하와와 아담을 통해서일 수밖에 없기 때문이다.

신의 형상과 인간의 형상

소설 제목이기도 한, "안드로이드는 전기양을 꿈꾸는가?"가 정답이 있는 질문인지 모르겠지만, 우리가 이어온 동일률 관점에 의하면 안드로이드는 전기양을 꿈꾸지 않을 것이다. 안드로이드는 (생명체인) 진짜 양을 꿈꾸어야 한다. 안드로이드 꿈속에 등장한 것이 실제로 전기양이라 해도 그것은 안드로이드의 꿈속에서 피와 살로 구성된 진짜 양으로 인식된다.

근대의 인간은 동일률을 인간세계 내부로 한정하려 했지만, 이제 그 한정(限定)이 무너지고 있다. 한정의 붕괴 혹은 탈피에다가, 굳이 '탈근대적'이란 수식어를 붙일 필요는 없다. 붕괴 혹은 탈피는 애초에 근대의 기획에 포함된 것으로 인간만 몰랐을 뿐이다.

근대인은 '신의 형상(Imago Dei)'을 닮았다는 인간관을 거부하며 인간에게서 신의 형상을 지웠다. 문제는 신의 형상을 지운 다음

에 독자적인 인간의 형상이라는 것이 제대로 만들어지지 않았다는 데에서 발견된다. 지금까지 논의에서 살펴봤듯 근대인은 적당한 봉합을 통해 인간의 형상을 세계에 정초했다. 불분명하지만 아무튼 인간의 형상은 세계의 새로운 표준이 된다.

그리하여 기존 생명체 중 일부를 'Anthropoid(유인원)', 즉 인간의 형상으로 계열화하는 한편, 아예 에덴 프로젝트를 흉내 내 Android(안드로이드)를 창조하기에 이른다. 실제 안드로이드가 현실화하지는 않았지만, 우리 인식체계 속에서는 이미 안드로이드가 존재한다. 그리하여 『안드로이드는 전기양을 꿈꾸는가』와 『나를 보내지마』와 같은 소설에서 '인간 형상'의 의미를 탐색한다. 탐색의 지반은 동일률일 수밖에 없다. 재미있는 것은 곧 다가올 안드로이드 세계의 상을 '인간(andro)의 형상'을 통해 점검하면서 인간은 불가피하게 '신의 형상'을 소환하게 되리라는 점이다.

탈(脫)에덴 후 인간은 유전자를 기준으론 아직 영생을 이어가고 있다. 이 대목에서 근대인다운 궁금증이 생긴다. 신이 자기 형상의 닮은꼴로 인간을 만들고자 했을 때, 그 기준은 인간이라는 구체적인 생명체일까 아니면 유전자일까. 인간 유전자에서 신의 형상을 찾아내는 일은 다소 어려운 논의가 될 것이기에, 더 이어가지는 않겠지만 에덴을 나온 후 아담과 하와의 유전자가 전승되고 있는 상황을 감안할 때 신의 형상을 꼭 특정한 형태로 제한할 필요는 없지 않

◀ Vincent van Gogh – The Sheep-Shearer

을까 하는 생각도 든다.

번식은 중요하다. 에덴 전과 에덴 후를 나눌 수 있는 매우 중요한 기준이다. 선악과를 먹으면서 인간은 성에 눈을 떴고, 에덴을 나온 후 인간은 성과 종족 번식의 과정에서 사랑을 창출해냈다. 성적 끌림에 근거한 감정적 소통과 소유(혹은 합일) 욕망이라고, 사랑을 편하게 규정한다 하여 큰 이견은 없으리라. 여기서 성적 끌림이 적어도 현대인에게는 유전자 전승을 위한 번식을 뜻하지 않는다. 물론 성적 끌림에는 번식의 흔적이 남아 있다.

『안드로이드는 전기양을 꿈꾸는가』에서 안드로이드 수명은 4년이다. 왜 4년으로 수명을 한정했는지는 작가만이 알겠지만, 흥미로운 설정이다. 안드로이드는 성적 관계를 맺을 수 있고 아마 사랑할 수 있겠지만 번식이 불가능할뿐더러 그들의 사랑에는 수만 년 이어진 인류 번식의 흔적이 부재하다. 하루살이에게 입이 필요 없듯 그들에게 번식의 흔적은 무용하다. 그럼에도 그들은 그 흔적을 가진 것처럼 사랑한다. 수명이 4년이다 보니 애초에 성체로 만들어져야 했고, 당연히 인간에게 주어진 성장기가 그들에겐 없다.

『나를 보내지마』의 안드로이드에게는 성장기가 있다. 태어나고 자라지만 그들은 누군가의 인체 부속품을 공급하기 위해 생존한다. 그들도 사랑을 한다. 사춘기를 경험하고 다양한 감정의 혼란을 체험한다. 그러나 그들은 자신들의 사랑을 사랑이라고 확신하지 못한다. 그 이유가, 『나를 보내지마』의 안드로이드가 번식하지 못하는 종으로 설계됐기에, 그들에게 수만 년 번식의 흔적이 없기 때문일까.

현대인은, 특히 여성은 원하지 않는 임신과 출산에서 벗어나며 에덴을 떠난 이후 처음으로 인간다운 삶을 살게 됐다. 자유의지는 자기결정권과 비슷한 용어이며 자기결정권의 핵심은 몸에 관한 것이다. 요즘 여성은 어떤 의미에선 『나를 보내지마』의 안드로이드와 크게 차이가 없어 보일지 모른다.

그러나 그 미미한 차이는 존재의 성격을 결정할 만큼 큰 것이다. 번식하기를 원하지 않지만 남아 있는 번식의 흔적은 인간임을 입증하는 조건의 하나다. 그 흔적은 인간이 에덴을 떠나 세계 속에서 살면서 세계와 대립 혹은 대면하며 생긴 것이다. 신이 만든 세계에서 신의 형상을 닮은 인간이 세계와 대면하는 일은 어렵기는 하지만, 유의미한 일이었다. 그러나 누가 만들었는지 알 수 없는 세계에서 신의 형상을 지운 인간이 세계와 대면하는 것은 여전히 어려울뿐더러, 무의미한 일이 됐다. 인간에게 무의미하다기보다는 대면 자체로는 과거와 달리 의미를 생성하지 못한다.

세계와 대면하고 대치하고 대립하는 가운데, 인간은 세계와 의미 있게 연결될 방법을 찾는 데 골몰했다. 그러나 그 연결은 근대인에게 제한적일 수밖에 없었다. 원래 끊어지지 않았다면 모르지만, 끊어진 실을 아무리 잘 연결해도 실에 봉합 흔적이 남듯 한 번 끊어진 것을 다시 이었을 때 전처럼 되는 것은 불가능하다. 연결이 비

(非)연결이 되고 나면 다시 연결로 복원될 수 없다. 다만 비연결을 줄이려고 애쓸 뿐이다.

반면 안드로이드는 세계와 끊어진 적이 없으며 아무런 빈틈 없이 세계와 곧바로 연결돼 있다. 안드로이드는 세계와 대치하는 것이 아니라, 세계와 비연결 상태인 인간과 대립한다. 이런 역설 가운데 인간에게서 지워진 신의 형상이 안드로이드에게서 나타나는 논리의 비약이 가능할까. 번식 흔적 등이 포함된 인간 형상과 비연결돼, 그 비연결에서 고통받는 안드로이드에게서 (인간이) 신의 형상을 찾아낼지도 모른다고 말한다면 신성모독이 될까.

필립 K 딕, 가즈오 이시구로 같은 작가의 작품에서 나는 그런 신성모독을 발견한다. 특히 이시구로는 신성모독을 충분히 의식한 듯하다. 스웨덴 한림원은 그를 노벨문학상 수상자로 선정하며 "이시구로는 놀랍도록 정서적인 힘을 가진 그의 소설을 통해 세계와 연결된 우리의 불가해한 감각의 심연을 드러낸다"고 밝혔다. 사라 다니우스 한림원 사무총장은 "영국 작가 제인 오스틴과 독일 작가 프란츠 카프카를 뒤섞은 듯한 소설가"라고 평했다. 선정 이유를 영어발표문으로 살펴보면 다음과 같다.

Who, in novels of great emotional force, has uncovered the abyss beneath our illusory sense of connection with the world.

인간과 세계가 대치하는 가운데 세계와 인간이 연결됐다고 착각하는 인간의 마음 아래에 존재하는 심연. 안개 같은 것에 가려져 있던 그 심연을 강력한 파토스를 앞세워 드러낸 것에서 이시구로의 문학적 힘이 있다는 얘기다. 이시구로는 분열을 통감하지만, 연결을 고대한다.

인간은 연결을 복원할 수 없을 것이다. 꼭 안드로이드가 아니더라도, 인간이 아닌 인간적인 존재만이 연결을 복원할 수 있다고 단정할 수 없지만, 만일 비연결을 극복하고 연결이 다시 성취된다면 그것은 지금처럼 신의 형상을 지운 유형의 인간은 아닐 것이고, 그렇다고 신이 자신의 형상을 부여한 인간 외의 존재도 아닐 것이다.

소설 속의 안드로이드가 어떤 식으로든 인간을 부정하듯, 신의 형상을 지운 인간은 어떤 식으로든 신성모독을 감행해

> 안드로이드가
> 어떤 식으로든 인간을 부정하듯,
> 신의 형상을 지운 인간은
> 어떤 식으로든
> 신성모독을 감행해야 한다.
> 역설적으로 그것은
> 신이 바라는 바이다.

Vincent van Gogh – Peasant Woman Cooking by a Fireplace

야 한다. 역설적으로 그것은 신이 바라는 바이다. 신의 형상을 지운 비연결의 숭배가 아니라, 신성모독을 신이 원한다. "나는 나"라는 동일률의 속성은 근대에서 왜곡되고 오용됐지만, 여전히 유일한 신의 존재증명이다. 근대 인식의 미로에서 근대인은 "나는 나"의 동일률 속에서 좌초하고 말았지만, 그를 좌초케 한 동일률이 신의 형상을 되찾는 디딤돌이 되지 않을까.

엘프리데 옐리네크의 『피아노 치는 여자』(1983년) 주인공 에리카는 분열을 체화한 인물이다. '지배당함' 혹은 마조히즘을 주도하려고 하는 형용모순이 그에게서 발견된다. 동시에 에리카는 사도마조히즘 너머의 연결(Connection)을 희망한다. "칼은 에리카를 뚫고 들어가고 에리카는 거기서 걸어 나온다"라는 문장은 작가 옐리네크가 이 소설에서 하고 싶었던 한 마디다.

나는 나를 뚫고 들어가서, 그곳에서 살아나올 수밖에 없다. 동일률의 무덤에서 부활함으로써 인간은 근대의 악몽을 뚫고 다가올 어쩌면 더 큰 악몽에 대비할 수 있다.

잘려 나가려는 그 순간만큼
그 머리가 그렇게 시적인 적은 일찍이 없었다.
한때 베르지의 숲속에서 지냈던 가장 감미로운 순간들이
한꺼번에 그의 머릿속에 강렬하게 되살아나는 것이었다.

모든 것이 단순하고 자연스럽게 끝났으며

쥘리엥은 아무런 가식 없이 최후를 마쳤다.

–스탕달 『적과 흑』

『적과 흑』(1830년) 말미를 장식한 시적인 종말. 우리가 인간이 무엇인지를 더 묻지 말고 무엇이 인간인지를 묻는 전환을 감행하고자 한다면, 시적으로 머리가 잘려 나가는 시작보다 더 나은 시작은 없지 않을까.

11장

'쇠우리'에서 꾸는 멈출 수 없는 꿈

앙드레 지드의 소설 『위폐범들』(1925년)은 앙드레 지드가 자신의 유일무이한 소설이라 지목한 작품이다. 과거에는 『사전꾼들』이라는 제목으로 된 번역서가 국내에 통용됐다. 현대소설의 모든 가능성이 모색된 이 실험적 소설의 주요 등장인물은 혈기왕성한 청년 베르나르, 문학소년 올리비에, 지식인이자 작가인 에두아르이고 이들을 둘러싼 무수히 많은 인물이 소설을 종횡무진 누빈다.

위트라고 할까 장난스러운 지점이라고 할까, 소설 속에서 소설가 에두아르가 구상하는 소설 제목이 '위폐범'이다. 소설가 앙드레 지드와 앙드레 지드가 만든 소설 속의 소설가 에두아르는 '위폐범'이란 소설을 통해 겹쳐진다. 지드가 『위폐범들』을 통해 세계와 대면하는 방법이다. 지드는 작가이자 극 중 화자가 되고, 에두아르라는 가상 인물은 지드라는 실존 인물을 통해 생명력을 얻어 소설과 현실의 경계를 무너뜨림으로써 사유의 지경을 넓히는 데 성공한다.

"현실 세계와 표현 사이의 겨루기"

커트 보니것의 소설 『제5도살장』(1969년)에서 보니것의 경험이 작품 속의 기이한 등장인물 빌리 필그림과 겹쳐진 정황과 닮았다. 작가의 사유를 대변하는 소설 속 등장인물을 창조해 작가 자신과 그를 연결 짓는 방식에 대해서는 일단 판단을 유보한다. 픽션과 논픽션을 연결한 고리가 있다고 해서 더 좋은 소설이고, 없다고 나쁜 소설일 수는 없다. 그 연결이 좋을 때 결과가 좋고 나쁠 땐 나쁘다.

오르한 파묵의『내 이름은 빨강』(1988년)에서도 그 연결이 목격되는데,『위폐범들』과『제5도살장』과는 달리 희미한 연결을 취했다. 소설이 끝나는 장면에서 여주인공 셰큐레가 자신의 이야기를 정리해줄 필자로 적시한 사람이 둘째 아들 오르한이다. 소심하게도, 대미에서야 소설 속 등장인물이자 작가로 설정된 사람 이름이 소설가 자신의 실명과 일치함이 나타난다.

예로 든『내 이름은 빨강』·『위폐범들』·『제5도살장』의 순으로 연결 구조를 살펴보면, 이름·작품제목·경험(혹은 삶. 작가의 삶과 경험이 작품 속 등장인물의 삶·경험과 겹쳐진다) 등으로 개입의 양상이 점점 더 깊어지고 구조는 더 복잡해진다.

소설이란 장르가 등장하기 전, 뭉뚱그려 '이야기'가 있던 시절에 작가 또는 화자는 작품(이야기)에 직접 개입하곤 했다. 독자나 청자는 이런 개입을 불편해하지 않았다. 그러나 소설이란 확고한 장르가 탄생하고 작가와 작품의 분리가 분명해지면서, '작가 또는 화자의 작품 속 개입'이라는 예전 방식이 바람

화자 또는 작가는 창작 이후엔 소실점 너머로 사라진다. 작가가 개입하는 이른바 '메타적' 방식은 신이 현현하는 방식인 계시와 흡사하다.

직하지 않은 것으로 여겨진다. 아마 독자가 몰입할 수 있는, 자체 폐쇄구조를 갖춘 서사의 완결성에 의의를 두었기 때문일 수 있다. 서사의 완결성은 작가가 창작하되 개입하지 않음을 전제 조건으로 한다. 이런 양상은 '창조하되 개입은 하지 않는다'라는 이신론의 신관(神觀)과 닮았다. 화자 또는 작가는 창작 이후엔 소실점 너머로 사라진다. 작가가 개입하는 이른바 '메타적' 방식은 신이 현현하는 방식인 계시와 흡사하다. 합리성으로 무장한 근대사회의 스토리텔링엔 작가라는 초월적 존재의 개입이 부적합하다는 이신론적인 인식이 암암리에 작동했을 것이다.

그러한 서사의 합리성과 완결성은 소설에서 어느 사이엔가 무너졌다. 화자나 작가의 명시적 천명과 개입은 텍스트 자체만을 남긴 채 작가의 배제로 이어졌다가, 이제는 작가와 작품의 재량에 맡겨졌다. 소설이 원론적으로 '세계의 재현'이라고 한다면, 재현할 세계가 더는 합리적이지 않고 완결적이지 않다는 각성이 작가 재소환에 약간은 영향을 미쳤을 것이다. 계시의 소환은 아니다.

『위폐범들』은 '소설 제목'을 통한 소박한 개입에도 불구하고, 또 화려한 문학적인 실험에도 불구하고 근대소설의 전범이라 할 만하다. 여기서 '근대소설'은 문학사적 분류라기보다는 근대성과 조응하는 정도에 따른 자의적 분류로 보는 게 좋겠다.

"현실 세계와 표현 사이의 겨루기"라는 지드의 언명에서 그런

◀ Vincent van Gogh – The garden of Saint Paul's Hospital ('The fall of the leaves')

근대소설성은 확고하다. 현실 세계는 '겨루기'의 대상이며, '표현'해 낼 수 있다는 자신감 혹은 의욕이 겨루기와 결부된다. 여전히 온존한 주체의 현상이다. 세계는 만만치 않지만 겨뤄서 표현할 수 있다는 기개. 비록 이 겨루기에 누군가 '인상주의' 같은 외견상 겸손한 용어를 동원한다 해도, 이런 입장은 세계에 대한 주체의 우선성을 주장한다.

소설 『위폐범들』은 음악으로 치면 다성부음악이다. 현대소설의 다양한 시도가 모두 등장했다는 평을 받았다. 쉬이 짐작할 수 있듯이 다성부음악이 어려운 것은 개별 성부의 완결성과 전체의 조화라는 두 가지 목표를 모두 성취해야 하기 때문이다. 지휘자의 존재가 필수적이다. 지휘자 역할을 맡은 소설가 지드는 『위폐범들』에서 55개 주제를 소화했다고 한다. 세계와 대면하는 55개 주제라고 해도 좋을까. 분명히 할 것은 『위폐범들』은 개체 관점에서 세계와 대면하고 세계를 파악한다는 점이다. 개별적 주체의 설정은 근대성의 명백한 반영이다.

자기비하 이데올로기를 주체적으로 수용한 근대화

루쉰(魯迅)의 소설 『아큐정전』(1923년) 주인공 아큐는 '정신승리'와 '찌질이'의 특성을 보여주는 소설 속 대표적인 인물이다. 그러나 아큐는 『위폐범들』의 등장인물들과 달리 결코 개별적 주체가 아니다. 루쉰에게 아큐는 1920년대 중국인의 자화상이다. 『위폐범들』에선 프랑스인의 자화상이 모색되지 않는다. 프랑스인의 보편적 자화상이 관건이 아니라 어떤 인물의 어떤 자화상이냐가 관건이다. 논리상으로 『위폐범들』에선 자화상이 아니라 초상이 그려진다.

프랑스 작가로 노벨문학상을 받은 로맹 롤랑(1866~1944년)은 『아큐정전』을 칭찬하며 다음과 같이 말했다.

> 가련한 아큐를 생각하면 눈물이 났다.
> 보통 '약자에게 강하고 강자에게 상대도 못 하는
> 중국인들을 그린 작품'이라고들 하지만,
> 그것이 어디 중국인에게만 해당되는 이야기일까?
> 아큐의 모습은 현대인들, 많은 사람의 또 다른 모습이기도 하다.

롤랑의 말대로 아큐는 보편적 현실에서 발견할 수 있는, 또는 존재론적인, 나아가 윤리적인 인간 유형으로 받아들여질 수 있다. 그러나 롤랑이 "또 다른 모습"이라고 특별히 강조한 것에서 뚜렷이 드러나듯, 아큐가 중국인 모습을 대변함을 누구나 알고 그것을 전제하고 논의를 전개하였음이 망각돼선 안된다. 아무리 다층적 해석을 가하려고 해도 아큐가 중국인의 자화상이라는 데에서 시작하지 않을 수는 없다.

지드의『위폐범들』속 인간군상은 각자가 주체로서 각양각색 양태로 현실 세계와 맞선다. 반면 아큐는 전체이자 하나의 추상인 당대 중국인으로 세계와 대면해 주로 세계로부터 억압받을 뿐이다. 이런 맥락에 위치하는 한 아큐는 결코 세계와 겨루기에 돌입할 수 없다. 왜냐하면 세계와 맞서려면 반드시 주체로 정립돼야 하기 때문이다. 추상은 주체의 자리에 초대받지 못한다.

소설『아큐정전』이 백화문으로 작성됐다는 사실에 중국과 중국인에 대한 루쉰의 고민이 녹아 있다. 루쉰의 고민은 국민(國民)의 상에 관한 것이었다. 지드가 현실 세계와 표현 사이의 겨루기를 작가로서 고민했다면, 루쉰은 중국과 중국인이 세계에 어떻게 들어가고 어떻게 세계를 극복할 것인가를 투사로서 고민했다. 입인(立人) 또는 활인(活人)으로 불리는 루쉰의 사상은 중국 근대화의 항구적 과제를 날카롭게 제시하려는 의도와 맞닿아 있다. 자신이 태어나고 자란 나라, 중국의 근대화란 과제에 맞는 특정한 인간상에 관한 고민이다.『위폐범들』이 초역사적 주제를 다룬다면『아큐정전』은 특정한 역사성을 천착해 해법을 모색한다. 음악으로 치면 아큐정전은 단성부음악이다. 요약하면 아큐가 전체로서 중국인, 즉 국민을 대표한다면,『위폐범들』등장인물은 다성부음악 속에 표현된 개인들을 대표한다.

'국민성에 관한 고민'은 '근대국가에 관한 고민'의 다른 말이다.

Vincent van Gogh – The Dance Hall In Arles

봉건사회에서 근대사회로 넘어가기 위해 서구 발전도식을 수용한 중국 지식인이 찾는 국가와 국민의 상은 함께 사유된다.

여기서 짚고 넘어갈 점은, 루쉰의 애국심과 충정에도 불구하고 그의 고민과 사유가 오리엔탈리즘에 입각했다는 사실이다. 나중에 에드워드 사이드가 『오리엔탈리즘』(1978년)에서 분석한 것과 흡사한 의식을 『아큐정전』에서 루쉰이 표출했다고 볼 수 있다. 적어도 『아큐정전』에서 루쉰은 반성과 해법의 척도 및 기준을 오리엔탈리즘으로 삼았다. 오리엔탈리즘은 중체서용(中體西用) 같은 명목상 중화사상은커녕 아예 서양이 주체가 돼 대상화한 동양을 바라본 인식체계를 철저하게 내면화한 것을 말한다. 근대사회를 서양이 지배함에 따라 지배와 피지배에 호응해 생성된 인식체계다. 그것은 가해자의 인식과 피해자의 인식을 교묘하게 합체해 놓았다. 따라서 엄밀한 의미에서 옥시덴탈리즘(Occidentalism)은 없다. 서양에는 (제국주의로 무장한) 가해자만 있고, 피

> 엄밀한 의미에서 옥시덴탈리즘
> (Occidentalism)은 없다.
> 서양에는 (제국주의로 무장한)
> 가해자만 있고,
> 피해자가 없기 때문이다.
> 물론 피해자가 있지만,
> 그 피해는 외부가 아닌
> 내부에서 비롯한다.

해자가 없기 때문이다. 물론 피해자가 있지만, 그 피해는 외부가 아닌 내부에서 비롯한다.

루쉰은 위대한 작가이자 당대 대표적 지식인이었지만 그 시대 사유의 시대적 틀과 한계에서 벗어나지 못했다. 서구 근대국가들과 또 다른 서구국가(또는 아류 서구국가)라고 할 일본의 침탈 속에서 중국 민중을 구할 길이 강건한 국민국가를 수립하는 것 말고는 찾아지지 않았고, 그러려면 중국인은 봉건성을 탈피해 근대적 국민으로 거듭나야 했다.

중국뿐 아니라 거의 모든 제3세계에서 근대국가 수립 열망은 고통과 치욕을 동반했다. 오리엔탈리즘이 극적으로 보여주듯, 먼저 자기비하 이데올로기를 주체적으로 수용함으로써 근대화 관문에 접어들 수 있었다. 자기비하 감정은 루쉰의 『광인일기』(1918년)에서도 처연하게 드러난다.

원근법이라는 근대성의 세계관이 보여주는 미약함과 임의성

베르톨트 브레히트의 『억척어멈과 그 자식들』(1941년)은 유럽의 30년전쟁을 다룬 희곡이다. 종교전쟁인 30년전쟁은 1648년 베스트팔렌 조약과 함께 끝난다. 유럽은 1517년 마틴 루터에 의해 촉발된 종교개혁으로 100년 넘게 지속한 혼란을 베스트팔렌 조약으로

마무리 짓고 근대로 이행할 채비를 갖춘다.

역사학계에서는 이 희곡이 다룬 30년전쟁의 종전 시점을 근대의 시발점으로 보기도 한다. 조약을 분기점으로 독일을 뺀 유럽 주요 국가 국경선이 사실상 결정되고 기독교에 국한하지만 종교 다원성이 인정됐다. 종전과 함께 체결된 1648년 베스트팔렌 조약에서는 (편의적 표현으로) 국가들의 영토 경계선을 분명히 하는 한편, 국가 간에 상대의 종교를 인정하도록 했다. 가톨릭 제국으로서 유럽연합(EU)의 중세 버전이라 할 신성로마제국을 사실상 형해화하고, 주권 국가들이 경쟁하는 근대 유럽의 국제정치가 나타나는 계기가 된다.

『억척어멈과 그 자식들』은 원래 정치 풍자물로 창작됐다. 나치의 전쟁 준비에 대한 덴마크 정부의 안일한 태도를 비판하려고 브레히트가 이 희곡을 썼다고 알려졌지만, 이런 사전 지식 없이 작품을 읽으면 텍스트 자체로는 정치풍자극으로 받아들이기가 쉽지 않다.

30년전쟁을 통한 전쟁의 참상 고발, 모성, 더 폭넓게 인생의 의미 등 여러 해석이 가능하다. 소재에 조금 더 집중하면 근대의 출발 시점에 근접한, 또는 직전의 아주 어두운 새벽을 통과하는 시기를 그리며 일출을 앞둔 그 시기의 압도적 어둠에 짓눌려 힘겨워하는 인간의 모습을 보여준다. 억척어멈의 엄청난 불행이 확연히 눈에 들어오지만, 그의 무지와 어리석음 또한 안타깝게도 분명히 돌출한다. 얼핏 아큐와 닮았다는 생각이 든다.

그러나 억척어멈이 아큐보다는 진취적이라고 평할 수 있다. 작품 자체에서 미세하게 드러나는 이 차이는 작가의 세계관을 통해서 더 극명하게 표명된다. 나중에 살펴보겠지만, 루쉰의 '쇠로 된 방' 비유는 '아큐'를 모진 절망의 끝자락으로 밀어붙인다. 잘 드러나진 않지만 그래도 보려고 하면, 30년전쟁이란 역사적 사실을 풍자 소재로 활용해 미래를 열고자 한 브레히트의 긍정적 인식이 억척어멈에게서 엿보인다. 루쉰이 그린 인간에서는 활로가 여간해서 보이지 않는다.

오르한 파묵의 『내 이름은 빨강』(1998년)에서도 근대성 의제를 추적할 수 있다. 물론 이 소설은 우선 추리소설로 분류된다. 흥미롭게, 추리 요소가 약함에도 이 소설은 재미있게 읽힌다. 사랑을 빼놓을 수는 없다.

이 소설은 우리 주제와 얼마든지 연결되는 다채로운 내용을 담고 있다. 『내 이름은 빨강』에 등장하는 인물들은 중세 터키 세밀화가다. 이들은 서양미술의 새로운 기법을 도입하느냐와 마느냐를 두고 대립하고 갈등하다가 살인까지 저지른다. 소설에서 소재로 삼은 서양미술의 새로운 기법은 원근법이다.

베스트팔렌 조약이 근대의 출발점이라면 원근법도 분명 근대를 상징하는 키워드라고 할 수 있다. 원근법은 미술에서 구현한, 합리성을 근간으로 한 인간중심주의다. 지드의 『위폐범들』을 떠올려보자. 소설에는 다양한 인물, 즉 다양한 주체가 등장한다. 이어서 다양한 시선이 생성되는데, 각각의 시선은 각각의 원근법을 갖는다.

지드가 『위폐범들』에서 다양한 원근법적 인식과 현상을 하나의 소설로 꿰어냈다고도 말할 수 있다.

합리적인 상(像)을 관찰자에게 주는 듯한 원근법은 그러나 오류를 전제한다. 관점에 따라 그것은 전면적 오류다. 원근법은 그것이 적용된 사물의 상대적 크기만을 관찰자에게 전달한다. 그 그림은 사물 자체가 아니라 관찰자 시선에 집중한다. 따라서 엄밀하게 말해 그림은 화폭 위에 존재하지 않는다. 그림은 항상 관찰자 미간 아래 뇌 속의 어느 지점에 있다. 관찰자 없이 존재하지 못하기에 그림이 항상 부수적인 지위에 머물 수밖에 없다. 화가 또는 화가의 시선에 입각한 주체적 작업이란 타협이 가능하지만 모든 그림이 보여짐을 운명으로 한다고 할 때 주체성의 시간은 화폭이 비어 있을 때만 관철된다는 역설이 발생한다. 화가는 언제나 창조주가 아닌 감상자 시각에서 그림을 그린다. 잠정적 주체를 항구적 주체로 오인한 합리성의 인식이 원근법이다.

사물 자체, 또한 사물과 사물에 결부된 가치를 통합적으로 사유하고 받아들이는 세계에서 원근법은 가치의 훼손이며 나아가 신성모독이 된다. 신성한 것은 그림에서도 신성한 가치를 지니며 그 가치에 부합하는 공간을 점유해야 한다. 다양한 시선과 관점이 아니라 오직 가장 가치 있고 가장 소중한 하나의 시선과 관점이 세계에 존재해야 한다는 견해다.

모든 것을 꿰뚫어 보는 신성의 세계관은 원근법이 도입되면 폐기된다. 이것은 하나의 가치관이 다른 가치관으로 넘어가는 일상적인 변동 이상의 의미를 가진다. 원근법 세상은 분열을 예고한다. 세상에 존재하는 인간만큼의 관점이 존재한다고 상정해야 하기 때문이다. 대신 원근법 세계관에 입각해 근대화 도정은 열릴 수 있다.

모든 것을 꿰뚫어 보는 신성의 세계관은 원근법이 도입되면 폐기된다. 이것은 하나의 가치관이 다른 가치관으로 넘어가는 일상적인 변동 이상의 의미를 가진다. 원근법 세상은 분열을 예고한다.

원근법 세계관은 근대인이 하늘의 별을 구성하는 방식과 닮았다. 인간에게 인식된 하늘의 별은 믿음과 달리 실체와 무관하다. 인간은 하늘을 인식하는 것이 아니라 망막에 감광된 것을 인식할 따름이다. 별을 탈출해 달려온 빛이 눈의 시신경에 부딪히는 시점으로 밤하늘이 구성된다. 별빛이 인간의 눈에 인지된 순간의 우주다. 바꿔 말하면 인간은 있는 우주를 보지 못하고 오직 자기 눈으로 볼 수 있는 별빛을 통해 우주를 볼 수 있을 따름이다. 인간이 별을 본다기

Vincent van Gogh – cafe terrace on the place du forum arles at night the

보다는 별이 인간이 보는 것을 허락한다. 볼 수 있는 것만을 보는 것이 원근법 인지체계다. 현시점에서 단지 내 망막에 닿은 별빛만을 지각할 뿐이며 그 빛을 떠나보낸 별 자체에 대해서는 인간이 알 도리가 없다.

신이 있어 그가 전체를 조감한 우주나 천체물리학자가 파악한 별의 지도와는 다르다. 단적으로 이미 사멸한 지 오래인 별조차 내 눈에선 깜박이며 생생하게 살아있을 수 있다. 별빛이 우주공간을 달려 내 망막에 닿기 전에 별이 사망한 사례가 많을 것이다. 별이 죽었다고 이미 생성된 별빛을 죽일 수는 없다. 빛나지 않는 별을 빛난다고 인지한다. 사실 그것은 믿음일 뿐이다. 그러므로 때로 인간이 죽은 별에다 사랑을 맹세하지만, 사멸하지 않는 별이 없듯 잦아들지 않는 사랑이 없다고 할 때 그 맹세는 어쩌면 가장 적절한 맹세다. 때로 죽은 별에 맹세하는 게 잘 어울리는 거짓 사랑의 맹세가 있다. 거짓맹세를 진심으로 받아들이듯, 죽기 전에 보낸 빛의 지각을 근거로 죽은 별의 생생한 실존에 황홀해한다.

원근법(세계관) 등장이 다행인 것은, 죽었든 살았든 주체적인 관점에서 세계를 구성할 수 있게 되면서 인간은 마침내 자신의 기준점을 획득해 그 기준점에 의거해 세계에 맞서며 발전을 꾀할 수 있게 됐다는 점이다. 그러나 합리성으로 근사하게 포장된 그 기준점은 얼마나 임의적이고 미약한지. 그 기준점에서, 빅뱅처럼 근대적 개인이 분출했고 이것은 문학이 겨뤄 표현해야 하는 주제이자 주체가 된다.

'마음짐승' 혹은 '사회짐승' 없는
근대국가는 불가능할까

알렉산드르 푸시킨의 『대위의 딸』(1836년) 배경인 제정 러시아는, 1830년대에도 근대국가 맹아가 얼음 아래 숨겨진 이론없는 전근대 상태였다. 30년전쟁에서는 상대적으로 자유로웠지만, 서유럽 열강이 근대화 성과를 내기 시작한 19세기에도 러시아는 유럽 변방의 후진 왕조 국가로 남아 있었다. 러시아는 몽골의 지배에서 벗어난 이후로 유럽 동쪽 변방에서 고유한 민족 정체성을 키워갔다. 차르를 정점으로 한 이 왕조 국가가 하나의 공동체일지 모른다는 막연한 인식은 내부에서 생겼다기보다는, 루쉰의 중국과 마찬가지로 주요하게는 외세 침략이라는 요인이 작용했을 수 있다.

『대위의 딸』이 발표될 시점이면 러시아에 이미 나폴레옹이 왔다가 패퇴하여 돌아간 뒤였다. 러시아라는 '상상의 공동체'는 사회주의 혁명 이후에는 히틀러 군대의 침입을 받아 다시 한번 공동체 의식을 드높이게 된다.

근대국가 또는 민족국가는 베네딕트 앤더슨이 적절히 밝혀냈듯 근대성과 집단적으로 공유한 허위의식, 그리고 봉건적 지배체제를 대체해 새로운 지배체제를 구축해야 할 시급한 필요성에 따라 출현한다. 러시아에서는 지배계급 내에 시급성 인식이 더뎠고, 이런 더 딘 인식과 그 결과물인 더딘 전환이 역설적으로 사회주의 혁명 발발을 초래했을 가능성은 오래된 토론 거리다.

『대위의 딸』 소재는 1773~1775년 일어난 푸가초프의 반란이다. 당시 러시아 차르는 독일인으로, 황제이자 남편인 표트르 3세를 퇴위시키고 스스로 황위에 오른 예카테리나 대제(재위 1762~1796년)였다. 러시아 국민국가의 맹아적 의식이 존재할 듯 말 듯 한 시점에, 다른 민족인 돈카자크족의 푸가초프가 스스로 황제를 칭하며 반란을 일으켜 러시아제국을 몇 년 동안 혼란으로 몰아넣었다. 역사를 살펴보면 기마민족인 카자크족은 종종 러시아 용병으로 활용돼 대거 전쟁에 투입됐다. 그런 기여에도 불구하고 카자크족의 군사적 탁월함은 잠재적 위협으로 간주돼 러시아로부터 많은 핍박을 받게 된다. 사회주의 혁명기에 이들이 혁명군인 적군에 맞서 백군의 주력이 된 데는, 이런 역사적 배경이 존재한다.

푸가초프의 반란에는 봉건성과 민족문제라는 두 가지 사안이 중첩되며, 소설 후경에 배치하는 방식으로 푸시킨은 간접적으로 이 사안을 취급한다. 레닌과 트로츠키의 혁명기에도 봉건성과 민족문제라는 두 가지 난제는 여전했다. 러시아 근대국가 여명기에 향후 러시아가 안고 갈 봉건성 해소와 민족문제 해결을 푸시킨은 분명하게 의식했다. 그러나 후경에 담은 것에서 드러나듯, 방법론에선 스토리텔링을 강화하고 역사의 격동에 휩싸인 개인들의 모습을 흥미

진진하게 그려내며 의제는 숨겨서 보일듯 말듯 제시하는 우회로를 택했다. 일각에서는 문제의식을 숨기고 스토리텔링을 강화한 표면적 현상을 근거로 『대위의 딸』을 동화(童話)로 받아들인다. 이처럼 후경에다 시대적 고민을 넣은 까닭은, 아마 푸시킨이 작품을 쓸 때 당국으로부터 계속 검열을 받는 처지였다는 상황이 일부 반영됐을 것이다.

푸시킨 해법은 루쉰과 다르다. 사랑이다. 낭만적이어서 식상한가. 소설에서 주인공 부부는 푸가초프와 예카테리나가 죽은 후에 살아남고, 후손이 또 대를 이어 살아남는다. 부부가 된 주인공 그리뇨프와 마리아는 역사를 버틴다. 어쩌면 당시 푸시킨이 미래의 희망과 조국애를 표명할 수 있었던 유일한 방법이었을지 모르겠다. 난관을 극복한 새로운 세상에서 러시아의 후손이 같은 공동체의 일원으로 살아남아 융성하기를 바라는, 전망이라기보다는 믿음에 가까운 기대.

고유명사 활용을 잠시 짚고 넘어가자. 푸시킨은 푸가초프와 예카테리나라는 실명을 소설에 사용했다. 두 남녀 주인공 이름, 그리뇨프와 마리아는 푸시킨이 지은 것이다(여담으로, '마리아'는 서양소설에서 여성 주인공 이름을 고를 때 구세주라 할 수 있다. 수 없는 마리아가 수 없는 작품에서 활약한다. 기독교 신학에 '마리아학(Mariology)'이란 분야가 있을 정도다.).

푸시킨은 역사의 현장을 직접 검토하고 고증하는 것과 함께 관련한 구체적 고유명사를 소설에서 드러냈지만, 주인공은 임의의 가상 인물을 투입했다. 역사에 실제로 등장한 고유명사의 위압과 고유명사간 충돌의 틈을 비집고 살아남은 보통명사들의 힘과 끈기를 보여주는 소설의 보편적 방식이다. 『대위의 딸』에선 이들이 살아남아 근대국가가 된 러시아를 목격하게 될 터다.

루마니아 출신의 독일 소설가 헤르타 뮐러의 『마음짐승』(1994년)은 또 다른 근대국가를 묘사한다. 근대국가의 기본 모델은 이중혁명이다. 프랑스 대혁명의 정치적 유산과 산업혁명의 자본주의를 기본자산으로 깔고, 봉건적 지배체제에서 자본지배체제로 전환한 것이 우리가 흔히 목격하는 근대국가다. 근대국가 또는 국민국가가 일반화할 시점에 사회주의 블록이 생기면서 근대성과 사회주의가 결합한 새로운 국민국가가 선보였다. 독일에선 전체주의가 근대성 및 제국주의와 결합한 특이하고 잔혹한 국가가 잠시 등장했다가 사라졌다. 한나 아렌트가 전체주의 국가를 분석할 때 대상으로 삼은 두 나라가 러시아와 독일이다. 파시즘과 사회주의가 '근대성'이란 이름으로 국민국가에 장착될 때 전체주의가 태동했다는 연구이다.

푸시킨의 조국 러시아는, 자본주의가 발전한 나라에서 사회주의 혁명이 일어날 것이란 전망과 달리 농노제가 온존한 후진국에서 사회주의 혁명을 일으키는 이변을 창출했다. 사회주의 국민국가는 사회주의 국민국가의 이념을 수출하고 이식하며 사회주의 블록을 만들어냈다. 내부적으로 블록 내의 지배 관계가 분명했지만, 사회주의 블록의 국민국가들은 애써 서로를 형제국가로 간주했다.

그 국가 중 하나가 『마음짐승』이 고발한 루마니아다. '국민국가
+전체주의+근대성'의 뒤섞임 속에서 소설 속 '마음짐승'이란 용어가
시사하듯 『위폐범들』에 등장한 것과 같은 부유하는 개체들이 혼재하
는 실존적 위기의 상황을 소설은 그려낸다.

『마음짐승』에서는, 아큐처럼 대표성을 갖는 개인이 아니라 『위
폐범들』처럼 각자 삶의 몫을 지고 각자 실존적 고뇌를 감당하는 개
인이 나온다. 『마음짐승』의 개인을 전체주의에서 고통받은 '대표성
의 개인'으로도 볼 수 있을까. '마음짐승'은 개인별로 다르게 발현한
다고 작가는 말한다.

마음은 아무래도 개인에 초점이 맞춰진 단어일 공산이 크다. 그것이 이 소설의 장점이지만 동시에 아쉬움의 요인이 된다. 전체주의의 폭력과 잔혹을 사회적인 범위에서 보여주지 못했다는 비판

> 어떤 마음은
> 대표성으로 수렴되는데,
> 어떤 마음은 개인을 떠나지 못한다.
> 고독이나 고통 같은 것들은
> 모두가 겪는 일이라 해도
> 항상 개별 수준에서 경험되며,
> 따라서 개인의 시선으로
> 기술돼야 한다는 한계를 지닌다.

Vincent van Gogh - Sorrow

이 가능하다. 전체주의 국민국가 속 국민의 마음을 다뤘기에 불가피했으리라는 옹호 또한 가능하다. 어떤 마음은 대표성으로 수렴되는데, 어떤 마음은 개인을 떠나지 못한다. 고독이나 고통 같은 것들은 모두가 겪는 일이라 해도 항상 개별 수준에서 경험되며, 따라서 개인의 시선으로 기술돼야 한다는 한계를 지닌다.

'마음짐승'이 아니라 '사회짐승'으로 그렸다면 소설의 결은 많이 달라졌을 것이다. 『1984』나 『멋진 신세계』에서는 '마음짐승'을 다루지 않는다. 시대정신이나 시대를 대표하는 유형을 다룬다. 개인의 문제, 개인의 실존을 다룬 『마음짐승』 같은 소설이 사회주의 혹은 전체주의 국민국가의 국민을 그려낸 게 무의미한 일은 아니지 싶다.

'쇠우리'와 '쇠로 된 방' 너머에서

근대를 설명하는 가장 유명한 용어는 아마도 막스 베버의 '쇠우리(Iron Cage)'가 아닐까. 용어에서 이미 근대성에 대한 강력한 비판의식이 묻어나온다. 앞서 언급했듯, 루쉰도 다음과 같이 쇠의 비유를 썼다.

만약에 말이네. 창문도 없고 절대 부술 수도 없는
쇠로 만든 방이 한 칸 있다고 치세. 거기에 많은 사람이 깊이
잠들어 있네. 머지않아 숨이 막혀 죽을 거야.

하지만 깊이 잠이 든 상태이니
무슨 죽음의 비애 같은 건 느끼지 못하겠지.
그런데 지금 자네가 큰 소리를 질러 비교적 의식이 있는
몇 사람을 깨운다고 하세. 그러면 이 불행한 몇 사람은
가망 없는 임종의 고통을 느끼게 될 텐데,
그렇게 되면 자넨 그 사람들에게 미안하지 않겠나?

쇠로 된 방의 비유는 탈출구가 없는 모델이다. 루쉰한테서 보이는 오리엔탈리즘의 잔영과 패배의식의 반영일까. 물론 쇠로 된 방은 철학적 모델로는 성립 가능하다. '시지프의 신화'처럼 인간존재를 설명하는 원형 모델로 보면 일리가 있다. '시지프의 신화' 결론은 단순하다. 그저 묵묵하게 바위를 밀어라. 안 밀면 안 된다. '시지프의 신화'는 초역사적 지평에서 인간의 문제를 거론한다. 역사를 비껴가면 쇠로 된 방 모델도 흥미로운 발상이 될 수 있다. 그러나 루쉰의 쇠로 된 방 모델은 철학이 아니라 역사라고 보이며, 사회과학적 지평을 염두에 뒀음이 명료하다. 그것은 희망 없는 희망을 헛되이 추구하는 자세, 그 비슷한 것이다. 루쉰은 앞선 인용문에 대해 다음과 같이 답한다.

하지만 기왕에 몇 사람이라도 깨어나면 그 쇠로 된 방을
깨부술 희망이 절대 없다고는 말할 수 없지 않은가?

(봉건사회 또는 전근대사회에서) 근대사회로 이행하는 것을 '근대화'라고 한다. 근대화의 본질은 개발주의다. 개발과 발전을 피할 수 없기에 그러므로 근대성을 피할 수 없다. 하여 이제 세계인은 거의 모두 근대국가에서 살고 있다.

근대국가 혹은 국민국가 모델은 서구가 만든 발전표준으로, 아직 그 외의 발전경로는 확인되지 않았다. 이 모델만이 지구와 인류의 운명을 얽어매며, 불가역적 방식으로 이 모델이 트랙에 올려져 있기에 현실적으로 다른 모델에 눈을 돌리기는 불가능하다. 세계가 이미 너무 연결되고 결합되어 근대화 및 개발 모델 외에 다른 독자적인 모델을 찾는 건 감내하기 힘들 정도로 과도한 비용을 소요할 것이다. 무모한 시도이므로 기도하지 않는다.

그러나 이제 누구나 알게 됐듯이 서구가 저작권을 가지고, 또 여전히 강력한 지배 및 영향력을 행사하는 근대성과 근대적 국민국가 모델의 해악은 확연하다. 베버가 쇠우리라고 예견한 억압과 질곡이, 가상의 공동체 속에서 개인으로만 존재하는 인간들을 질식시킨다.

쇠우리 모델은 그래도 쇠로 된 방 모델보다는 낫다. 쇠우리에는 창살이 있으므로 그 사이로 바깥을 바라보고 호흡할 수 있다. 억척어멈이 살아간 30년전쟁 시기 독일과 비교하면 누군가는 쇠우리를 천국이라고 말할지도 모른다. 그러나 그런 비교가 위로가 되지는 않는다. 인간은 당대의 고통만을 생각하고 구체적이고 개별적 고통에서만 각성하는 존재이기 때문이다. 세상에서 내 고통보다 더 큰 고통은 없다.

역사에는 언제나 마르크스 같은 이들이 있어, 전면적이고 완전한 해방을 부르짖으며 이상향을 추구했다. 그러나 주지하듯 완전한 해방은 요원하며 현실에선 대체로 억압의 종류만을 선택할 수 있을 뿐이다. '더 나은 세상'이 아니라, '덜 나쁜 세상'을 찾는 과정이 삶이다. '더 나은 세상'은 물론 '덜 나쁜 세상'의 전망도 없는 상태에서 '최악의 세상'을 살아가며 탈출할 확률이 전무할 때 그 버텨냄 또한 안타깝게도 삶이다.

세상이 그렇다면 그런 세상과 겨루며 표현 문제를 고민하는 문학은 차악에 만족하는 자아 인식에 머물게 될까. 쉽게 부인할 수 없다손 쳐도 직관적으로 그것이 정답이 아님을 우리는 안다. 근대가 만들어낸 고통받는 개인과 소외된 자아는, 고통과 소외에도 불구하고 자기 한계를 부여하는 기능을 부여받지 못했다. 합리성으로 포장된 근대성의 무한한 욕망은 개별로서 존재하는 자아에 동일한 욕망 구조를 복제했다. 자아는 고통과 소외로 점철되지만, 그 고통과 소외로 인해 완전한 '해방구'가 된다. 근대성이 개인을 동원하고 이용하고 착즙한 반면 자아는 방치 혹은 배제했기 때문이다. 개인뿐 아니라 자아까지 지배하려고 한 전체주의는 근대국가의 모델에서 최종 탈락했다.

'해방구'라는 형식은 근대성의 산물이지만, 해방구를 구성하는 내용은 탈근대적, 아니 초근대적이며 탈역사적이다. 그곳에서는 고통과 소외 현상과 함께 루쉰이 말한 것과 같은 부질없는 희망과 꿈의 가능태가 있다. 그리하여 더 나은 세상, 더 가치 있는 인간을 꿈꾸기는 멈출 수 없으며 저지되지도 않는다. 이것이 근대성과 국민국가의 감옥이 가두지 못한 근대인의 정신이며, 우리는 문학과 사유를 통해 드물지만, 그 성취를 목격하게 된다.

12장

"매혹적이지만 맥빠진 화해의 길"은
어떤 속도로 가야할까

'조하리의 창(Johari's window)'은 인간의 상호작용을 설명하는 심리학의 분석틀이다. 나와 타인이 맺는 관계 속에서 내가 어떤 상태에 처해 있는지를 보여주고, 개선점까지 보여주는 간명한 관계 해명 방법론이다. '조하리의 창'은 조셉 러프트와 해리 잉햄이라는 두 심리학자가 1955년에 제시했으며 '조하리(Johari)'는 두 사람 이름의 앞부분을 합성한 말이다.

널리 알려진 대로 조하리의 창은 4개로 구성된다. 사용되는 변수는 '나'와 '남'(혹은 타인, 타자), '안다'와 '모른다'다. '2×2'이기에 사분면이 만들어진다. 자신도 알고 타인도 아는 '열린(open) 창'[A], 자신은 알지만 타인은 모르는 '숨겨진(hidden) 창'[B], 나는 모르지만 타인은 아는 '보이지 않는(blind) 창'[C], 나도 모르고 타인도 모르는 '미지의(unknown) 창'[D]의 4개다. (228쪽 그림 참조)

심리학이나 처세, 마케팅에서는 이 사분면을 실용적 전략을 수립하는 데 많이 써먹는다. 당연히 자기계발 모델이나 전략 모형에서도 활용될 수 있다. 예컨대 코로나19의 와중에 널리 알려진 신천지예수교회를 '나'로 놓고 다른 교회들을 '타인'으로 놓으면, 신천지의 '추수꾼'은 아마도 '숨겨진(hidden) 창'에 해당한다. '추수꾼 포교전략'은 신천지가 기성 정통 교회를 '추수할 밭'이라고 부르며 신천지 신도를 정통교회로 보내 기성 교회를 신천지화하는 포교방법이다. '나'와 '타인'을 반대로 놓으면, 즉 '나'가 신천지가 아닌 다른 기성 기독교 교회일 때 '추수꾼'은 '보이지 않는(blind) 창'이 된다. 코로나19

는 말하자면 '미지의(unknown) 창'으로, 코로나19 국면은 전체 사분면 가운데 D의 영역이 급속도로 확대돼 다른 영역을 무시무시한 속도로 잠식하는 비상 상황인 셈이다. 알려진 '미지(未知)'는 더 이상 미지가 아니기 때문에, 이젠 너도 알고 나도 아는 '열린' 창의 국면이 대대적으로 열리고 있다고 봐야 하는데, 신천지 입장에서는 가장 피하고 싶은 국면이 도래했다고 하겠다.

문학과 조하리의 창

	자신은 안다	자신은 모른다
타인은 안다	A. 고전주의/사실주의 열린 창 open	C. 낭만주의 보이지 않는 창 blind
타인은 모른다	B. 초현실주의 숨겨진 창 hidden	D. 실존주의 미지의 창 unknown

'조하리의 창'이 보여주는 이런 범용성은 어쩌면 여기에 따라붙은 '분석틀'이란 명칭이 과도한 것임을 시사하는 근거일 수도 있다. 그럼에도 그 범용성과 또 유용성을 문제 삼기보다는 그것에 기대 여

기서는 '조하리의 창'으로 문예사조를 분석해 보자.

사전(事前) 논의로, 흔히 말하는 고전주의나 사실주의는 정의(定義)에 논란이 없는 것은 아니지만 다른 사조에 비해서는 상대적으로 논란이 적은 편이라는 것이 내 생각이다. 이 자리에서 문예사조 자체를 정리하고 넘어가고자 하면 더 이야기를 진전시킬 수 없기에 고전주의 · 낭만주의 · 사실주의는 정의된 것으로 하고, 실존주의와 초현실주의에 대해선 프랑스 소설 『시르트의 바닷가』(1951년) 저자 쥘리앙 그라크의 견해를 인용하는 것으로 갈음하고자 한다. 그라크는 실존주의를 "매혹적이지만 맥 빠진 화해의 길"이라고, 초현실주의는 "인간과 세계에 대한 깊은 신뢰"라고 평가했다. 얼핏 세상에 떠도는 가벼운 지식을 참조하면 그라크의 설명이 반대로 된 것처럼 느껴질 법하다. 그러나 나는 그라크의 설명에 전적으로 동의한다.

이제 '조하리의 창'과 문예사조를 결합해 보자. 자신도 알고 타인도 아는 '열린(open) 창', 즉 [A]분면은 고전주의 혹은 사실주의에 해당한다. 명료하고 투명한 세계를 전제한 이 사조들은 '열린 창'이 아니라면 존재할 수가 없다. 특히 사회주의 리얼리즘이 표명하는 전형성을 떠올리면 다른 창을 상상할 수가 없다.

자신은 알지만 타인은 모르는 '숨겨진(hidden) 창', 즉 [B]분면은 초현실주의이다. 여기서 '나'가 작가 혹은 텍스트를 뜻할 수밖에 없다고 할 때, 또 현실 또는 사건은 자체로서 공공연하게 인지된다기보다는 표현되고 구성된다고 할 때, 그것은 '나'를 통할 수밖에 없다. '나'의 '숨겨진(hidden)' 통찰과 전언이 더욱 더 '숨겨진' 것일수록, 즉 더 독특하고 심오한 것일수록 독자나 사회는 '열린(open)' 맥락에서 수용하는 데 어려움을 겪게 될 것이기에, 발화자의 심오함은 청자에게 기괴함으로 받아들여지게 된다. 만일 어떤 문학(작품)이 전적으로 [B]분면에 위치한다면 그것은 문학이라기보다는 비의(秘義)라고 불러야 할 것이다.

다행스럽게도 [B]분면의 문학(작품)은 대체로 A · C · D분면에도 걸쳐질 수밖에 없기에 독자나 사회는 사분면의 종합과 비교를 통해서 비의에 가까운 통찰과 전언(의 일부)을 파악할 수 있다. 주로 [B]분면에 위치하는 문학(작품)은 광휘와 고통을 함께 드러내거나 함께 겪기 마련이다. 비의에 근접한 작가에게서 공통으로 발견되는 특징이다.

나는 모르지만 타인은 아는 '보이지 않는(blind) 창', 즉 [C]분면은 낭만주의와 연결된다. 고전주의가 주체와 세상 사이의 '조화와 소통'에 관한 확신을 표상한다면, 낭만주의는 그 '조화와 소통'에 관한 '분열과 불신'을 직관적으로 토로한다. 정도 차이가 없지 않겠지만 두 사조에서는 모두 주체와 세상을 긍정한다. '주체 없는 낭만'이란 말처럼 말 같지 않은 말은 없다. 다만 낭만주의가 긍정하는 주체는 뿌리 없이 떠다니는 주체이다. 그리하여 안타깝게 세계의 책략에 쉬이 휘둘린다. '질풍노도(Sturm und Drang)'가 대표적이다.

나도 모르고 타인도 모르는 '미지의(unknown) 창', 즉 [D]분면은 실존주의를 뜻할 수밖에 없다. 실존주의의 '나'는 '나'임을 확증할 수 없는 '나'로 주어지며, 타인 또한 타인으로 확증할 수 없다. 왜냐하면 타인이란 다른 '나'에 불과하기에 '나'를 확증할 수 없듯이 다른 '나'(들) 또한 확증되지 않으며 '나'와 마찬가지로 잠정적으로 주어질 따름이다. 내가 누구인지 모르는 내가 마찬가지로 자신(들)이 누구인지 모르는 타인과 마주 앉아, 혹은 마주 앉았다고 가정하며 대화하는 양상이 [D]분면에서 일어난다. 『고도를 기다리며』(1953년)를 떠올려보라. 고도가 누구인지 모르지만 고도를 기다리는 이들의 허무한 독백이 작품 전편을 채운다.

앎은 어떻게 판정되나

실존주의를 설명하며 지적된 '나'와 '타인'의 불확정성과 모호성은, '안다' 또는 '모른다'고 할 때 그 '앎' 자체에 대한 고민으로 이어질 수밖에 없다. '조하리의 창' 사분면은 흥미로운 생각을 담아낼 수 있지만, 그 창이란 게 겉보기만 그럴듯할 뿐 대단히 취약하다는 사실이 다시 한번 드러난다. 우리는 앎과 모름을 어떻게 구분할 수 있을까.

일단 '나'는 '나'의 인식을 안다고 말할 수 있다. 만일 내가 '덴마크 요구르트 플레인'이라고 적힌 용기에 담긴 무엇인가를 마시는데, 그것이 용기에 적힌 것과 달리 '플레인 요구르트'가 아니라 '딸기 요구르트'였다면 '나'의 앎과 '타인'의 앎은 달라진다. '나'는 남들이 '플레인 요구르트'라고 믿고 있는 것을 마시고 있지만 실제로는 '딸기 요구르트'를 마시고 있으며, 타인에게 말하기 전까지는 그 사실을 '나'만 알고 있다. '조하리의 창' 구분법으로는 '숨겨진(hidden) 창'에 해당한다. 그러므로 이 사건 범위 안에서 이렇게 말할 수 있다. '나'는 언제나 확실하다. '나'는 내가 무엇을 먹고 있는지 안다고 확신한다.

그러나 '나'가 언제나 확실하다는 말은 '나에게' 확실하다는 제약을 가진다. 확실하다고 해서 그것이 진실이란 보증은 없다. 역설적으로 오히려 대체로 진실과 무관하다. 예를 들어 '덴마크 요구르트 플레인'이라고 적힌 용기 안의 '딸기 요구르트'를 마시는 상황에서 '나'는 '딸기 요구르트' 대신 다른 요구르트를 마신다고 판단할 수도 있다. 요구르트는 비유의 소재로 든 것이기에 범위를 세상사로 확장하면 그런 판단 착오는 삶에서 수없이 일어나며, 또한 그런 일을 일어나게 하는 셀 수 없이 많은 이유를 댈 수 있다.

영화나 문학에서 흔히 다루듯, '나'는 '덴마크 요구르트 플레인'이라고 적힌 용기 안의 '딸기 요구르트'를 마시며 그것을 '딸기 요구르트'라고 판단할 수 있는가 하면 타인의 판단에 순응해 '플레인 요구르트'라고 거짓말을 하거나 또는 미각을 강압한 채 실제로 '플레인 요구르트'라고 판단할 수도 있다. '나'는 언제나 확실하지만, 항상 판단을 강요받는, 신뢰할 수 없고 허약한 존재이며 '나'의 앎은 그런 '나'에게 의존하기 때문에 잠정적이고 임의적인 앎일 가능성을 상존케 한다. 그 '나'가 진짜 '나'인지조차 불확실하다.

'조하리의 창'에서 앎의 대상은 세계다. '안다'와 '모른다'를 말하려면, 사람 사이에서 벌어지는 일이기에 원론상 그들이 같은 세계를 대상으로 설정한다는 전제를 충족해야 한다. 그러나 이 전제는 영원히 충족되지 않는다. 추측건대 인식 대상으로 설정된 세계는 설정하는 개인의 수만큼이나 많을 것이다. 실제로 얼마나 많은 세계를 인간이 자기의 인식 대상으로 대면했는지를 파악해낼 방도는 없다.

우리(또는 '나'들)는 자기가 대면하고 대상화해 알게 됐다고 말하는, 즉 발화한 개인(들)의 인식만을 전해 들을 수 있고, 그 전해 들음과 자신의 인식을 비교할 수 있을 뿐 '나'와 다른 '나'들의 세계 자체를 비교할 수는 없다. 만일 색맹인 사람이 있어 빨간색을 보고 파란색으로 판단하는데 주변에 같은 색맹인 사람들만 있다

이제 우리가 할 수 있는 것은 앎의 대상의 비교가 아니라 앎 자체임이 자명해진다. 말하자면 우리는 서로의 세계를 비교할 수는 없고 서로의 세계관만을 비교할 수 있다는 뜻이다.

면, 그들은 세계의 실체와 무관한 진실의 일치에 도달할 수 있을 것이다. "아 저 파란색의 화성을 봐라"란 말이 진실로 인정될 수 있다.

이제 우리가 할 수 있는 것은 앎의 대상간의 비교가 아니라 앎 자체의 비교임이 자명해진다. 말하자면 우리는 서로의 세계를 비교할 수는 없고 서로의 세계관만을 비교할 수 있다는 뜻이다.

여전히 문제는 남는다. '나'가 아닌 다른 '나'들의 '앎'들 또는 '세계관'들을 어떻게 비교할 수 있는가. '나'는 단수이지만 다른 '나'들인 타인 혹은 남은 복수(複數)이기에, 예컨대 '조하리의 창'을 작동하기 위한 판단의 비교 같은 것은 결코 쉬운 일이 아니다. '나'가 "아 저 파란색의 화성을 봐라"라고 판단하는 사람이 대다수인 집단에 소속돼 있을 때 '나'가 화성을 붉은 행성으로 파악한다면 '조하리의 창'에 의거해 '나'는 '숨겨진(hidden) 창'에 속하겠지만, 만일 이상하게 내 주변 사람만이 예외적으로 색깔을 '정상적으로' 파악해 '나'와 마찬가지로 화성을 붉은 행성으로 파악한다면 일단 나에겐 그 진술과 관련하여 '열린(open) 창'이 열리게 된다. 당연히 그것이 완전히 '열린(Open) 창'인 것은 아니다. '나'와 '나'와 같은 색(色)인식을 하는 사람들을 묶어서 '숨겨진(hidden) 창'이라고 분류하는 방법이 가능하지만, 그것은 계층 구분을 수행하는 사회과학이지 앎과 모름을 판정하는 인식론은 아니다.

인식론으로 '조하리의 창'을 운영하려면, 앞서 지적하였듯 진실과 일치(T)하든 아니든(F), 언제나 확실한 판단을 내릴 수 있는 '나'

의 인식과 '타인'의 인식을 비교할 수 있어야 한다. 다른 '나'들인 '타인'의 인식을 어떻게 구해낼 수 있는지가 관건이 된다.

'타인'은 다른 '나'들이므로 '나'와 비교하여 '타인'만의 단일값이 주어져야 한다. '나'의 인식과 비교되는 '타인'의 인식을 구해내는 방법은 평균값 아니면 지배값일 수밖에 없다. 정규분포하는 값들에서 얻어진 평균값은 천박해질 위험을 내포하지만 그나마 합당한 값이라고 하겠다. '나'가, 합당한 값인 이 평균값이 투명하게 주어지는 환경에 속해 있다면 '나'의 값과 말하자면 '전체'의 값을 비교할 수 있게 되고 '나'의 값은 정규분포 안으로 끼어들어 그 안에서 비교 가능성을 획득한다. 평균값을 산출할 수 있는 정규분포곡선상의 한 지점('나'의 값)과 산출된 평균값과의 거리를 측정할 수 있다.

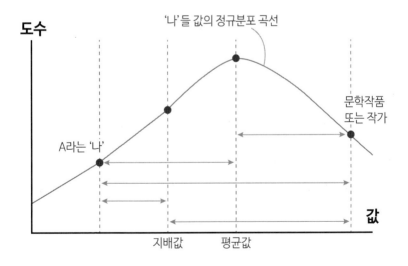

'나'를 포함한 전체 값들의 정규분포와 무관하게 전체를 대표하는 특정한 값이 권위/권력/지배에 의해 주어질 수 있다. 둘 사이에 분명 차이가 있지만 플라톤이 생각하는 세상이나 히틀러가 통치하는 세상에서 이런 지배값이 주어진다. 이때 전체는 정규분포하고 평균값이 분명 존재하겠지만, 평균값 대신 지배값이 '나'가 아닌 타인의 값을 대표한다. '나'의 값은 지배값과 같은 값으로 수렴되어야 한다고 강요받고 따라서 그것을 '나'의 값으로 표명해야 하지만, '나'의 인식은 '나'의 값이 지배값과 다르다고 판단할 수는 있다. 앞서 『1984』에 등장한 '2+2=5'라는 산식을 두고 비슷한 얘기를 나누었다. 평균값이든 지배값이든, 그런 것이 주어지면 '나'의 값과 타인의 값 사이의 비교가 가능해진다. 비교 이후에는 완전히 다른 논의를 시작해야 한다.

이런 비교 또는 측정이 가능한 사분면은 [A]이다. 고전주의와 사실주의가 자리한 [A]분면은 얼핏 소통과 공감의 가능성이 커 보이지만 실제로는 오해와 단절의 위험이 도사린 공간이다. 작가의 인식론과 그 인식론의 결과물인 문학(작품)은, 작가인 '나'의 값과 평균값/지배값 사이의 거리를 보여주게 된다. 문제는 그 거리를 보는 독자가 자신만의, 즉 개인의 값으로 거리를 해석하는 과정에서 여러 개의 거리가 제시된다는 데서 생긴다. 즉 평균값 또는 지배값, 작가(작품)의 값, 독자의 값이란 여러 값 사이의 거리가 만들어진다. 측정된 지점들 사이의 거리를 파악하게 되면 차이가 확인되고, 차이에 대한 인식은 배제와 소외를 일으킬 수 있다. 이러한 경향은 [A]분면을 인식론이 아니라 사회모델로 파악하면 더 뚜렷해진다.

[B]분면은 '나'의 값은 존재하지만, 타인의 값이 존재하지 않는 상황이다. 타인의 값이 존재하지 않는다는 말은, 지배값이 없거나 평균값이 없다는 뜻이다. 지배값이 없는 상황은 쉽게 상상할 수 있다. 평균값이 없는 상황은 평균값을 구해낼 수 없는 상황이라고 봐야 한다. 작가는, 비교 없이 또한 거리 없이 작품을 순수하게 타자 속으로 던져 넣는다. 작가가 할 수 있는 일은 비교가 아니라, 비교를 통한 거리의 제시가 아니라, 그저 세계를 응시하는 것일 수밖에 없다. 그러므로 초현실주의가 "인간과 세계에 대한 깊은 신뢰"라고 한 그라크의 촌평은 적확하다.

[C]분면은 자신의 값이 없고 평균값이나 지배값이 존재하는 상황이다. 이러한 상황에서 단절 가능성이 극대화한다. 개인은 자신의 값을 갖지 못한 채 평균값이나 지배값에 압도당하거나 수없이 길게 나열된 개인들의 값 앞에서 당황한다. 자기값이 없으므로 [B]분면과 마찬가지로 거리를 측정할 수 없고 그리하여 행동 방향을 잃는다. 작가는 자기값을 모른 채 정규분포할 것으로 추정되는 타인(혹은 세계) 속으로 찔러보듯 여기저기 무작정 뛰어들 수밖에 없다. 돌발성과 우연성에 좌우되며, 형상화하는 방식에서 어떤 특정한 타인의 값과 충돌할 개연성이 크다. 극지방 오로라와 비슷하다. 태양에서 출

발한 빛 입자가 지구에서 오로라로 현현하는 것은 지구를 둘러싼 '반 앨런대(Van Allen Belt)'에 비켜 맞을 때다. 비슷하게 낭만주의는 타자의 값을 통해서만 자신을 드러낼 수 있기에 항구적이지 않고 유약하다. 영구적인 낭만주의가 존재할 수 없는 이유다.

[D]분면은 '나'와 다른 '나'들인 타인의 값이 원천적으로 존재하지 않거나 측정 불가능한 상황이다. 이해와 소통의 불능이 근본적 조건이다. '나'는 부재한 나의 값과 마찬가지로 부재한 나머지 '나'들의 값을 직관적으로 수용한다. 실존주의는 그럼에도 그 차이를 발견해 내려고 애쓴다. 그렇다면 실존주의는 도대체 다름과 차이를 어떻게 확인해 내는가. 있는지 없는지 모르는 숨은 기준을 있다고 상정하고 임의로 그 값을 상상한 뒤 지각된, 더 정확하게는 자신에게 주어졌다고 믿는 값의 현상을 보정함으로써 그러한 작업을 수행한다는 것이 나의 판단이다.

예를 들어 실존주의는 "거북이가 7Km로 가고 토끼가 70Km로 간다"는 문장을 보면 차이가 있다고 가정한다. 사실 이 문장 자체는 아무것도 해명하지 않는다. 토끼가 1년에 걸쳐 70Km를 갔는지, 쳇바퀴 돌 듯 근처를 맴돌았는지 등 판단을 가능케 할 근거가 없다. 실존주의는 상상력을 발휘한다. 그리하여 7Km와 70Km의 유비에서 '/h'를 발굴하여 삽입하는 해석을 가한다. 단일한 분모를 부여하는 보정만이 실존주의가 성립할 수 있는 궁여지책이다. 또한 동일한 직선트랙을 한 방향으로 갔다고 가정한다. 그라크가 실존주의를 "매혹적이지만 맥 빠진 화해의 길"이라고 말한 맥락이 이것이다.

우리에게 주어진 세상

'조하리의 창'을 인식론 및 문예사조와 결합하여 살펴본 것에서 한 걸음 더 나가 존재론까지 검토한다면, 근대 이후 우리는 점점 실존주의적인 [D] 분면으로 이행하였음을 알 수 있다. 실존주의는 인간을 던져진 존재, 즉 'der Geworfene'라고 주장한다. 설득력 있는 구상이지만, 문제는 던져진 존재로서 인간은 던지는, 말하자면 더 상위의 존재에 종속될 수밖에 없는데 던지는 존재에 대해선 우리가 아무것도 모른다는 점이다. "신은 아닐거야"라고 무책임한 단정을 선행할 수밖에 없다.

'der Geworfene' 구상에서 분명 심원한 측면을 찾아낼 수 있지만, 즉 '던져짐'이란 국면부터 설명하기 시작함으로써 삶의 현상적 실체와 고통을 잘 잡아낼 수 있지만, '던져짐'을 단정함으로써 그것이 실존주의가 거부한 형이상학으로 귀결한다는 난점 또한 돌출한다. 이러한 난점을 극복하기 위해 실존주의는 종종 '던져짐' 이전을 편의적으로 구축해내기에 이른다. 즉 토끼와 거북이의 이동을, 임의로 '/h'를 채워 넣음으로써 속도로 변경한다.

모르는 '나'의 값과 모르는 '평균값'을 비교해 그 차이를 찾아내고 거기에서 인간 존재의 좌절과 고통을 그려내는 마술을 실존주가 행한 셈이다. 마술은 언제나 매혹적이지만 마술 없는 세상이 실제로는 너무 삭막하다는 걸 망각게 한다. 실존주의는 출발지점의 진지한 문제의식에도 불구하고 언제나 경박해질 위험을 포함한다고 보아야 한다.

'조하리의 창' 사분면을 문예사조와 인식론의 프리즘을 통해 살펴본 결과, 삶의 현장에서는 우리에게 어쩌면 "매혹적이지만 맥 빠진 화해의 길"인 실존주의 말고 다른 길이 없는 것이 아닐까 하는 생각에 도달하게 된다. 낭만주의 또한 매혹적이지만 오래갈 수 없는 길이다. 고전주의적이고 사실주의적인 세계의 이상과 그 추구를 포기할 수 없겠지만 삶은 그것들로 채워지지 않는다. 초현실주의는

연극 〈고도를 기다리며〉, 아비뇽 페스티벌, 1978

더 어렵다. "인간과 세계에 대한 깊은 신뢰"를 유지하는 게 당최 가능한 일일까.

그러므로 '나'에겐 맥 빠진 화해의 길 말고는 다른 길이 보이지 않는다. 그 길이 매혹적이지 않은지는 오래됐다. 낡고 찢어진 깃발처럼 초라해진 실존주의에서 '주의'라는 깃대는 포기하더라도 가녀리게 매달려 펄럭일 의지마저 상실한 실존의 깃발을 어떻게든 구해와야 할 텐데, 그것도 형이상학화의 위험을 회피하며 구해야 할 텐데, 깃발이 멀어도 너무 먼 곳에 있는 게 곤란이다.

실존주의가 종언을 고하고 실존이 무너진 실존주의적인 세계에서 우리는 그럼에도 실존을 복원하는 일을 해야 한다. 들을 귀 있는 자에게만 주어지는 모종의 계시를 통해서 복원이 이뤄질 수도 있겠지만 '나'와 다른 '나'들이, 어둠 속에서 서로에게 끊임없이 말을 걸어 값을 확인하고 비교하며 한 걸음씩 앞으로 내딛는 과정이 더 의의가 있다. 실제로 더 의의가 있다기보다는 더 의의가 있어야 한다는 믿음이다. 믿음이 없으면 실존이 없다. 일종의 "맥빠진 화해의 길"은, 그 앞에 천 길 낭떠러지가 있다고 해도 갈 수밖에 없다고 믿는다는 견지에서 우리의 실존이 우리의 숙명임을 깨우친다. 실존은 이런 방식으로 계시와 조우하는 모양이다. 문학은 그 숙명을 우리에게 자각할 계기를 준다.

13장

정신 나간 근대의 바다로 헤엄쳐간 모비딕

개인은 근대성의 산물이다. 근대사회에서야 등장한 개인은, 기동하는 또는 사용되는 기본단위이다. 물리학에서 개인의 등가물은 분자이다. 예를 들어 물 분자(H2O)는 물의 성상(性狀)과 특질을 유지한 마지막 단위이다. 물을 수소와 산소로 분해하면 전혀 다른 물질이 된다. 인간도 마찬가지다. 하나의 추상으로서 사람은 구체적인 개인 미만으로는 물리적으로나 사회적으로나 나누어지지 않는다.

개인(個人)이란 말 자체가 낱낱의 존재라는 의미를 담았다. 낱낱의 사람을 뜻하는 개인은 추상 수준의 파악을 실체적 이해로 전환한 말이다. '사람'[人]이라고 하는 것에 관한 본질적 주장이 선행한다는 측면에서 보기에 따라 사람의 주체성을 인정한, 말하자면 인본주의 접근법인 셈이다. 반면 개인에 해당하는 영어 'individual'(독일어 Individuum)은 정색하고 하는 이야기가 아니라는 전제하에 덜 인본주의적이고 더 기능적인 접근법이다. 'individual'은 더 나누어질 수 없는 상태이다. 'in'은 'not'을 뜻하는 접두어. 이 자리에서 개인과 'individual'에 관한 이야기를 깊이 진행하지는 않겠다. 다만 근대성 논의에서 개인이라는 우리말을 쓰지만, 내용상으로는 'individual' 개념을 유지하는 것이 논의를 진척시키는 데에 주효한다는 점만 적시하고 지나가고자 한다.

서구 문명이 주도하고 개척한 근대사회는 동시에 자본주의 사회이다. 근대성을 영토 안에서 실현하고 강제하는 체계를 근대국가라고 할 때 근대국가는 약간의 예외적인 실험이 있긴 했지만, 불가분 자본주의를 배태한다. 역으로 자본주의가 근대국가를 배태한다고 하여 크게 틀린 말이 아니다. 자본주의는 반드시 개인을 필요로 한다. 즉 개인은 자본주의의 산물이다. 자본을 뜻하는 'capital'이 사람(의 머리)과 한 뿌리라는 사실은 여러모로 시사적이다. 'capitation'(인두세), 'per capita'(1인당) 등 어원을 공유하는 많은 연관단어를 찾을 수 있다.

분명히 할 점은 자본주의가 개인을 찾은 데에는 어떠한 인본주의도 개입하지 않았다는 사실이다. 자본주의는 내적 필연성에 따라 시장과 합체하고 사회에는 시장화 체계를 대대적으로 전파한다. 시장을 자신의 놀이터로 만드는 과정에서, 자본은 스스로를 계상(計上)이 가능한 것으로 변용함으로써 시장에 적응해 나가야 하였다. 자본과 시장이, 인간이 아니라 노동을 시장화 기제에 편입하면서 더는 나눌 수 없는 노동단위인 'individual'을 요구하게 된다. 마르크스가 『자본론』에서 정성 들여 분석하였듯, 자본은 인간 혹은 노동 자체에 관심을 기울인 것이 아니라 숫자로 환산할 수 있는 노동력의 단위를 발굴하고자 한 것이다.

다음 단계 논의를 위해 정리하고 넘어가자면 개인은 확실히 근대성과 자본주의의 산물이라고 할 수 있다. 여기서 개인이 근대성의 산물이라고 한다면 또한 개인이 근대국가의 산물이라고 볼 수 있느냐에 대해서만 짚고 넘어가자. 내가 보기에 개인과 근대성은 밀접

〈Weeping Nude〉, 1919 – 에드바르트 뭉크

하게 관련하지만, 개인과 근대국가는 그 정도로 밀접하게 관련하지
는 않는다. 나쓰메 소세키(夏目漱石)의 『마음』(1914년)에서 드러나
듯, 근대국가 발원지가 아닌 일본 사례이긴 하지만 개인과 근대국가
는 종종 상충한다. 개인과 근대성/근대국가/자본주의 사이의 관련
과 상충은 근대인이 이 세상을 살아가며 감당하는 근원적 고충의 연
원이라고 할 수 있다.

개인이 자본주의와 근대성이 창안한 인간형이라고 한다면 자본주의 혹은 근대 이전의 인간형은 어떤 것인가. 가치와 관점에 따라 여러 의견이 나올 수 있을 텐데, 지금 논의를 연장한다면 근대 이전 인간이 '개인이 아닌'이란 단서를 단 인간임은 분명하다. 한마디로 'individual'에서 'in'을 없앤 상태이다. 'in'을 떼어낸 'dividual'이 전혀 다른 의미를 갖게 되듯, 근대 이전 인간은 흔히 상상할 수 있는 피 종교 땅 등과 결부된, 독자적으로는 존재라는 표현을 성립시키지 않는 존재이다.

자본주의 이전의 개인

인간은 통시성과 공시성의 촘촘한 그물 위에서만 살아갈 수 있다. 그는 결코 개개의 존재로 성립할 수 없고, 아버지의 아버지의 아버지, 어머니의 어머니의 어머니 등 혈연과 신분, 공동체의 질서에 소속되어 살아가야 하는 '적분된 인간'이다. 대응하는 표현을 쓰자면 그렇다면 개인은 '미분된 인간'이다.

한국의 유례없는 경제성장 이유가 여러 측면에서 분석되는데, 그중 하나로 거의 모든 영역에서 '그라운드 제로'가 도래했다는 점을 들 수 있다. 일본의 식민통치와 미국의 군정 등 두 번의 외세지배와 한국전쟁은 '적분된' 모든 것을 날려버렸다. 인간형 중에서는 오직 'individual'만이 살아남을 수 있었다. 한국 사회는 그렇게 폭력적이고 전면적인 방식으로 개인을 들여온다. 적분이 아니라 미분, 혈통이 아니라 능력을 중시하는 사회는 합리적으로 보였지만(합리성! 근대가 금요일 밤에 클럽에 놀러 가서 쓰는 이름이다) 그 합리라는 것이 곧 생각만큼 합리적이지 않다는 사실이 밝혀지면서 개인은 상시적인 위기에 봉착한다. 그렇다고 전근대적 인간으로 근대사회를 살아갈 수는 없는 노릇이다.

이제 나이지리아의 소설가 치누아 아체베의 『모든 것이 산산이 부서지다』(1958년)를 살펴볼 시점이다. 이 소설은 아프리카 문학이지만 영어로 작성되었다. 원제는 "Things fall apart"이다. 외세의 침략과 함께 밀어닥친 근대의 파도를 온몸으로 맞은, 19세기 말 나이지리아 인물을 주인공으로 내세웠다. 소설 주인공 '오콩고'에 사회 갈등과 시대적 모순이 중첩되어 나타난다. 세대 간의 갈등, 계급 갈등, 그리고 제국주의 침탈에 따른 내외부의 식민주의 옹호세력과 반(反)식민주의 세력 간 대립이 한꺼번에 폭발한다. 제국주의는 자체로서 사회갈등의 한 축이면서 모든 갈등과 대립을 증폭하는 촉매 역할을 함께 수행한다.

『모든 것이 산산이 부서지다』에서도 개인은 발견된다. 그것은 명확하게 개인이라기보다는 개인의 맹아라고 해야 할 것이다. 기존 자기동일성을 상실하였지만 새로운 정체성은 확보하지 못한 제3세계 근대적 개인이 출현하는 초창기 모습이다. 일종의 오리엔탈리즘 현상이라고 할 수 있다. 제3세계에서 오리엔탈리즘은 제국주의에겐 우월감으로 피식민세력에겐 열등감으로 나타난다. 아체베가 묘사한 것처럼 자학하는 아프리카 근대인은 고통·적대감·열등감이 복합된 상태에서 몸부림친다. 프란츠 파농이 『검은 피부 하얀 가면』(1952년)에서 노정한 모습과 흡사하다. 이러한 모습은 제3세계에서 공통적이다. 제3세계 근대의 여명기는 평화하고는 거리가 먼 시기였으며, 그 시기를 예민하게 산 사람들은 끝내 현실을 모호하게만 인식하다가 과거의 인물로 사멸한다. 『모든 것이 산산이 부서지다』에서 주인공 오콩고가 그랬던 것처럼. 그들이 부족한 인물이어서가 아니라 그들의 시대가 불비해서 그렇게 될 수밖에 없었다.

탐욕스런 근대인

『모비딕』(1851년)은 『모든 것이 산산이 부서지다』보다 과거에 출간된 소설이지만, 서구를 배경으로 하기에 개인은 더 진전된 양상을 보인다. 논쟁적인 대작 『모비딕』의 주인공이 누구이냐를 두고는 갑론을박이 여전하다. 나는 에이헤브 선장이 주인공이어야 한다고 본다. 에이헤브는 구약성서에 등장하는 이스라엘의 탐욕스러운 왕으로, 우리 성서에서는 '아합'으로 표기돼 있다. 아합은 역사에서 구시대의 대표이자 동시에 신시대의 대표라는 이중성을 갖는다. 어느 정치인이 자신을 구시대의 막내이자 새 시대의 맏형으로 표현한 것과 같은 맥락이다.

『모비딕』에는 온갖 성서 지식과 일화, 암시가 넘쳐난다. 숫자의 상징 또한 두드러지는데, 단적으로 아합의 고래잡이 연수는 40년이고 육지 생활은 3년이며, 아합이 모비딕을 추격한 기간은 3일이다. 굳이 꿰어맞추기를 할 까닭이 없지만 허먼 멜빌이 성서적 비유와 암시, 상징을 충분히 의식하고 집필하였으리라는 데에는 이견이 없기에 해석에 충분히 참고할 필요는 있다.

우리 주제와 관련하여 『모비딕』은, 기독교 전통 속에서 자본주의 임재를 받아들인 근대 속의 개인을 찾는 방식을 그려내었다고 말할 수 있다. 『모비딕』과 기독교 사이 연관은 곳곳에 넘쳐나기에 "그렇다"고 언급하고만 지나가자. 기독교와 함께 소설 『모비딕』을 떠받치는 양대 축의 하나인 포경산업은 자본주의를 곧바로 표상한다. 고래를 잡은 행위야 고래(古來)로부터 있었지만, 산업적 포경은 자본주의 등장을 전제한다. 원양포경업을 가능케 한 자본, 기름에만 특화한 상품화전략, 광범위한 물류와 유통 등 『모비딕』에 묘사된 산업 전반은 발달한 자본주의를 보여준다.

포경산업의 목적은 기름 획득이었다. 먼바다에 나가서 사투를 벌이며 기름을 채집해 올 정도로 기름에 대한 강력하고도 상업적인 수요가 있었다. 수요는 근대인의 조명 욕구에서 비롯했다. 조명(照明)이란 말 자체가 계몽(啓蒙)이란 말과 등가성을 내포한다. 하나님이 빛과 어둠을 나누었는데, 근대의 인간은 그 어둠을 자신의 빛으로 몰아내고자 한다. 어두우면 어두운 대로 그대로 내버려 둘 생각은 없었다. 신과 자본이 합체한 욕망에 추동되어 대대적으로 포경산업이 발전한다.

> 조명(照明)이란 말 자체가 계몽(啓蒙)이란 말과 등가성을 내포한다. 하나님이 빛과 어둠을 나누었는데, 근대의 인간은 그 어둠을 자신의 빛으로 몰아내고자 한다.

고래기름과 조명의 논의에서, 직접적인 연관이 없지만 재미있는 시사점을 얻을 수 있는 『자기만의 방』(버지니아 울프)을 떠올릴 수 있다. 물론 『자기만의 방』은 여성해방을 주창한 책이다. 하지만 『자기만의 방』이란 말 자체가 개인의 독립적인 공간, 즉 프라이버시가 보장되는 근대인의 사적인 영역을 의미한다고 할 때 근대의 조명은 '자기만의 방'을 가능케 하는 여건에 해당한다고 하겠다. 계몽이란 말로 등치할 수 있는 조명과 프라이버시의 탄생을 예고하는 '자기만의 방'은 근대의 언어이다. 원초적 세계화를 작동케 한 포경의 산업적 특성은 자본주의 발흥기 모습을 엿볼 수 있게 한다. 전기 발명과 함께 포경산업이 쇠락한 것까지, 자본주의의 모든 현상이 목격된다.

『모비딕』의 아합은 탐욕스러운 자본주의 산업의 대표자이지만 탐욕과 무관하다고 할 수도 없고 관련이 있다고 할 수도 없는 기이한 집착에 사로잡힌 광기의 인물이다. 헤밍웨이의 『노인과 바다』

(1952년)의 노인과 비슷한 외양을 보인다고 착각할 수 있지만 사실 아합과 노인은 완전히 다른 세계에 속해 있다. 노인은 시대·사회와 무관한 지혜의 인물로서 우화의 주인공이다. 반면 아합은, 당연히 우화 요소를 담고 있지만, 동시에 당대 시대상을 체현한 역사적이고 사회적인 인물이다. 그의 집념과 집착은 자본주의 한복판에서 생성되고 고착된 것이라고 봐야 한다. 아합에게서 만일 실존적 광기가 발견된다면 그것은 동시에 자본주의적이고 근대적인 징후이다. 앞서 언급하였듯 그에게서 근대와 전근대가 조우하고 충돌한다.

여담으로, 『노인과 바다』처럼 시대에 닻을 내리지 못하고 초연하게 붕붕 떠다니는 소설이 얼핏 더 깊은 지혜와 삶의 통찰을 주는 것 같지만, 자신의 시대와 사회에 확고하게 닻을 내린 『모비딕』과 같은 작품과 비교하면 그 지혜와 통찰이라는 것이 얼마나 깊얕기에 불과한 것인지를 금세 알게 된다고 할 때 역사에 들어섬으로써 역사를 넘어선다는 금언을 새삼 확인한다.

Papas Kino ist tot

안톤 체호프의 『갈매기』(1896년)는 불행한 근대인을 그린다. 『갈매기』는 19세기 말 러시아 지식인 계층의 삶을 다룬다. 그 시기면 서유럽은 자본주의를 충분히 발전시키고 완전한 근대사회를 향

Vincent van Gogh – Seascape at Saintes Maries

해, 그리고 파멸적인 제국주의를 향해 달음질치고 있을 때이다. 근대의 조짐이 러시아 서쪽에서 완연하였지만, 러시아는 여전히 차르 지배하에 있는 봉건국가를 벗어나지 못했다.

반면 러시아 지식인들은 그것이 칸트가 되었든 마르크스가 되었든 근대의 이념을 수용하고 흡수하고 있었다. 『갈매기』 주인공 트레플로프 또한 그런 사람이다. 조국 러시아는 아직 근대로 이행할 준비를 하지 못한 반면 러시아의 근대적 지식인들은 개인을 찾아내고 있었다. 그러나 이러한 상충은 『갈매기』에서 단지 후경으로 그려질 뿐이다. 비극의 후경 속에서 트레플로프는 사랑과 문학에 관해서만 고민한다. 봉건성을 전면으로 내세우지 않지만 불가피하게 그것을 암시할 세대 갈등이 극의 전반을 지배한다. 주인공의 사랑에는 근친상간 색채가 드리우며 결국 사랑에 좌초한 트레플로프는 자살한다.

트레플로프는 불행하고 또 불행하지만 그에게 어떤 비상구도 주어지지 않는다. 『갈매기』는 활로 없이 발굴된, 19세기 말 러시아의 근대적 개인에게 보내는 조사이다. 극중에서 트레플로프는 니나를 사랑하지만 니나로부터 사랑을 얻지 못한다. 대신 황망하게도 니나가 자신의 상징이라고 말한 갈매기를 쏘아 죽인다. 나아가 갈매기의 박제조차 트레플로프에게 허락되지 않는다.

나쓰메 소세키의 『마음』은 일본 근대소설의 효시로 불린다. 제목에 들어있는 '마음'을 활용하여 '마음의 서사'라는 수식어가 소설에 따라다닌다. 주인공은 '나'이다. '나' 자체가 어쩐지 근대성을 표방한 듯하다. '나'는 부모와 갈등하고 선생과 갈등하며 '나'의 근대적 정체성을 찾아간다.

그러나 그 행로는 어쩐지 불안하다. 『마음』에서는 근대성의 현상이 천황제란 기호로 표기된다. 근대성은 근대국가를 호출하였고, 일본에서도 그러하였는데 일본에서는 특이하게 근대국가가 봉건성을 보듬고 간다. 과거와 완전히 결별하지 못한 채 과거의 정수를 밀봉하여 미래로 끌고 가는 사태가 빚어진 것이다. 분명 일본 메이지 시대는 근대를 향한 출발점이었지만 더 나은 미래를 위해서는 메이지와 이별해야 함을 『마음』은 시사한다. 마음과 눈은 미래로 향하지만 발은 과거에 붙들려 있다. 천황의 죽음 이후 순사(殉死)를 택한 노기 대장과 그를 연민하고 동감하는 등장인물들의 모습에서 우리는 일본식 근대를 보게 된다.

서구와 달리 일본에서는 근대국가와 봉건성이 합체하고 근대적 개인들은 근대성과 전근대성의 공존을 받아들여야 하는 처지가 된다. 여기서 빔 벤더스 등 독일 젊은 세대 영화인들이 1962년에 발표한 '오버하우젠 선언(Oberhausen manifesto)'을 떠올리게 된다. 그 유명한 "아버지의 영화는 죽었다(Papas Kino ist tot)"라는 언명은 나쓰메 소세키 같은 근대의 문턱에 선 일본의 지식인에게도 해당한다.

그러나 뉘앙스는 다르다. 젊은 독일 영화감독들에게 "아버지의 영화는 죽었다"가 결연한 단절의 의사표시였다면 나쓰메 소세키 등에겐 애통해하는 유대의 표시일 수 있다. 단정하긴 어렵지만, 그러므로 일본에서 서구적인 개념의 근대적 개인이 출현하기는 어려웠으리라. 일본에 개인은 있지만 'individual'은 없다고 말해도 되겠다. 모든 근대인이 근대성에 비롯한 고통을 겪지만, 일본에서는 개인은 있지만 'individual'이 없는 상황이 또 다른 고통의 근원이 아닐까 추측해 본다.

실존주의의 복화술로 리바이어턴에게 말걸기

정상적인 근대라는 게 있지는 않다. 근대가 와야 했기에 왔을 뿐이다. 한데 근대인에게 주어진 근대는 정신 나간 근대이거나 문제 있는 근대였다. 어쩌면 정신이 나가고 문제가 있는 게 정상적인 근대일지도 모르겠다. 근대는 근대 자체를 위해서 도래하였지 근대인을 위해서 도래한 것은 아니니 말이다. 근대인은 근대가 오면서 할 수 없이 따라온 존재다.

제임스 해들리 체이스의 『미스 블랜디시』(1938년)는 정신 나간 근대의 고갱이를 보여준다. 『미스 블랜디시』 등장인물들은 『모비딕』 아합에 비해 훨씬 더 '근대적'이다. 무엇보다 소설 속 인물들이 자본의 본성을 완전히 체현한다. 합리성이 욕망과 힘으로 추동된다. 얼핏 욕망과 힘은 합리성과 배치된다고 생각할 수 있다. 그렇지 않다. 욕망과 힘이 폭력과 계시 형태로 출현하는가 하면 합리성의 몸을 입어 나타나기도 한다. 따라서 니이체가 '힘(Macht)에의 의지'와 초인을 표명함으로써 근대를 선포한 것은 매우 합리적인 맥락을 갖는다고 할 수 있다. 예컨대 무질서가 질서 있게 표명된다고 말한다면, 그것이 특정한 진실을 담아낼 수 있듯이 힘과 합리성은 쉽사리 친구가 될 수 있다.

> 합리성이 욕망과 힘으로 추동된다.
> 얼핏 욕망과 힘은 합리성과 배치된다고 생각할 수 있다.
> 그렇지 않다.
> 욕망과 힘이 폭력과 계시의 형태로 출현하는가 하면
> 합리성의 몸을 입어 나타나기도 한다.

근대국가 기획기에 근대성의 기반을 다진 홉스, 루소 같은 사상가들은 '최초의 인간'을 가지고 논의를 펼치기를 좋아했다. 그들이 말한 '최초의 인간'은 에덴동산에서 쫓겨난 피조물에 가까운 존재이며 '적분형'에 속하는 존재라고 보아야 할 것이다. '최초의 인간'들이 살아가는 세상은 공통으로 준수하는 규칙이 없어서 만인이 만인에 대해 투쟁하는 불안정하고 위험한 곳이었다. 주지하듯 마침내 공권력 위임을 통해 만인의 규율자가 초대된다. 리바이어던이다.

Vincent van Gogh – The yellow house ('The street')

리바이어던은 '인간이 인간에 대해 늑대(homo homini lupus)' 인 세상의 구원자로 기획되었지만, 기획은 실패한다. 늑대를 압도하여 세상을 평정하는 괴수로서 리바이어던을 기대했지만 실상 나타난 리바이어던은 '거대 늑대'에 불과했다. 강아지들과 개들이 여전히 제멋대로 구는 가운데 '거대 늑대'는 기획 의도와 달리 규율자가 아니라 선수로 활보하며 세상을 더 복잡하게 만들었다. 곧 근대국가 기획자들이나 근대인들이 전혀 예상치 못한, '보이지 않는 기획자'가 리바이어던의 자리를 꿰찼고, '거대 늑대'는 점차 이 보이지 않는 리바이어던의 경비견이 되어 갔다. 짐작하듯이 보이지 않는 리바이어던은 자본이다.

『미스 블랜디시』는 리바이어던이 되지는 못했지만 '거대 늑대'가 아직 거대한 힘을 행사하던 시기의 이야기이다. 힘의 근대성을 자각한 개인 중에 일부가 폭주하였고, 그것이 욕망의 기제와 결합하면서 야생화한 개떼 같은 것이 출현하였다. '거대 늑대'와 미친개들이 욕망의 법칙 아래 할거하는 느낌이 『미스 블랜디시』를 지배한다. 그래서일까, 직선적이고 평이하며 감정적 판단을 배제한 이 소설에서 독자는 포스트모던을 감각할 수 있다. 그러나 그것은 착시이다. 이 소설은 그러한 착시를 유혹하면서도 탈근대나 탈(脫)합리의 지경으로는 절대로 넘어가지 않는다. 정신 나간 이러한 유형의 근대인은 어쩌면 근대인 중에서 도달 가능한 가장 진보한 개인일 가능성이 있다. 포스트모던이 운위된 지 한참 지난 요즘은 이 진보한 개인이 조금 더 세련돼질 필요가 있고, 현실에서는 실제로 그렇게 세련된 방향의 진보 경로를 택하고 있다. 그렇다고 본질이 변하지 않음은 언급할 필요조차 없겠다.

이제 근대와 함께 창안되어 도래한 개인의 낙오와 실패를 이야기할 때이다. 근대의 개인은 사실 과거 전근대적 인간에 비해 위험천만한 처지에 놓인다. '적분된 인간'에서 '미분된 인간'으로 이행하며 애초에 예기된 위험이다. 물론 어떤 개인은 '적분'에서 풀려남으로써 존엄과 자유를 누리고, 근대성에 근거한 성취를 적극적으로 꾀하였다. 이처럼 근대의 수혜자가 없지는 않다. 그러나 다수는 근대라는 짐승으로부터 도망치기에 급급한, 위기의 현존으로 전락한다.

패트릭 맥케이브의 소설 『푸줏간 소년』(1992년)의 소년 프랜시는 전락의 극단을 나타낸다. 평단으로부터 히치콕의 플롯과 베케트의 독백을 결합한 작품이란 평가를 받은 이 소설은 근대인의 비극을 처연한 양식으로 소화했다. 우리 주제와 관련하여 제시될 수 있는 가장 슬픈 형상이다. 특별히 이 소설에선 프랜시 의식의 흐름이 복화술로 흘러나오면서 '의식의 흐름' 기법이 추구할 수 있는 비극적 가능성을 정교하게 구현해낸다. '의식의 흐름' 하면 떠오르는 소설의 하나인 『댈러웨이 부인』(1925년)을 보자. 『댈러웨이 부인』은 '의식의 흐름' 중에서도 전지적 시점을 택한다고 볼 수 있다. 왜냐하면 이동하며 휴대폰으로 통화할 때 셀과 셀이 이어받기를 하며 전파를 전해주어 전체로서 통화가 완성되듯이 독자는 등장인물 간의 의식 단절에도 불구하고 전체를 조망하여 단절 속의 소통과 종합을 이룬다. 그러나 『푸줏간 소년』은 복화술을 사용하기에 독자가 볼 수 있는 것은 세계와 부딪혀 끊임없이 튕겨 나오는 프랜시의 의식뿐이다. 단절되고 고립되어 고통 속에서 살아간다. 이 고통은 마조히즘과 사디즘이 뒤섞인 양태로 분출하기에 때로 공격성을 드러내어 동정마저 획득하지 못한다.

'적분'에서 '미분'으로 던져진 근대의 개인은 실존적 고립 속에서 탈출구로서 연결을 모색한다. 공교롭게 그 연결이라는 것이 근대로 오면서 개인들이 그곳에 버리고 온 '적분'을 다르게 일컫는 것에 불과했다. 마치 집게[Hermit crab]가, 자신을 보호해주지만 동시에 자신을 억누르는 고둥 껍데기를 버리고 맨몸으로 세상에 나왔지만, 곧 위험을 절감하고 작은 페트병 안으로 숨어버린 것과 흡사하다. 대부분은 몸을 숨길 수 있는 페트병을 발견하는 데에 실패하고 기존 고둥 껍데기가 사라져버려 맨몸으로 버텨내야 한다. 『푸줏간 소년』 프랜시는 맨몸으로 살아가는 집게 중에서도 가장 극단적인 위협에 노출된 상황에 비견된다.

더 나은 세상을 향한 사회계약은 복화술로만 근근이 고통을 참아내야 하는 사회적 억압으로 바뀌었다. 중립적이고 공정한 규율자로 초대한 리바이어던은 제 기능을 수행하지 못하고, 여러 분야에서 각양각색 수다한 리바이어던이 생겨나 증식하고 증폭하며 맨몸으로 살아가는 집게 같은 개인들을 착취하고 핍박한다.

프랜시가 우리에게 제공한 복화술이라는 활로가 있어 그나마 다행이라고 해야 할까. 트레플로프에게 복화술이라도 있었다면 자살이라는 결말을 막을 수 있었을까. 실존주의는 개인의 실존 선택지에서 무턱대고 자살을 제외한다. 남은 활로가 유일하게 복화술이란 진단은 그렇다면 '참'이란 말인가. 아마 그럴 것이다. 다만 더 나은 인간 혹은 더 나은 삶을 기획하고자 한다면, 복화술의 언술을 기를 써서 입 밖으로 내뱉는 것을 시도해봄 직하다. '미분'이 숙명이라면, '적분'이 복원 불가능한 과거라면, 우리가 '미분'에서 끌어낸 외침을 결행하는 것은 밑져야 본전 아닐까.

실존주의는
개인의 실존 선택지에서
무턱대고 자살을 제외한다.
남은 활로가 유일하게
복화술이란 진단은
그렇다면 '참'이란 말인가.
아마 그럴 것이다.

Vincent van Gogh – Self Portrait

14장

"사람의 은밀한 욕망 앞에
몸을 기울이는 사물들의 지능"

근대 이전의 세계설명은 단순했다. 신(神)으로 모든 걸 설명했다. 세계관은 '신 대 피조물'이란 구도를 바탕으로 형성됐다. 이 구도는 이항대립이 아니라 신 안의 세계, 신 안의 피조물이란 커다란 전제하에서 인간이 자신과 세계를 이해하기 위해 만든 편의적 발상이었다. 굳이 이항대립이라고 한다면 신 안에서, 그리고 신 앞에서 신을 우러르는 제의의 형식으로서 이항대립이었다.

이런 세계설명에 서구 관점이 강하게 반영됐다고 지적할 수 있고 그 지적에 타당한 측면이 있지만, '신'을 기독교의 신을 넘어서 포괄적 신성 혹은 신적인 것으로 상정한다면 이 구도가 근대 이전 인류에게 공통적이었다고 하여 틀린 말은 아니다. 다만 근대 이전에 지구 한쪽에서 강력하게 작동한 기독교 세계관이 근대 이후에 자본주의와 합체하며 독특한 방식으로 세계 전역에서 힘을 발휘한 특별한 유형의 세계관을 만들어냈다는 사실은 기억할 필요가 있다.

단순화 위험을 무릅쓰면 기독교 세계관은 신과 인간의 이항대립을 인간과 세계의 이항대립으로 전치한다. '신 대 인간'은 '인간 대 세계'로 펼쳐지다가 아무런 근거 없이 결합해 '신→인간→세계'라는 예상치 못한 위계화를 구현한다. 이해를 위한 편의의 이항대립은 찬탈을 위한 실체적 이항대립으로 변조된다. 마찬가지로 단순화 위험을 무릅쓰면 동양 세계관이 '신 대 인간' 혹은 '자연 대 인간'으로 병립하고, '(자연=신) 대 인간'에 머물며 분수를 지켜 마침내 기독교적 참칭을 모면한 것과 대조적이다.

'이마고 데이' 이후

하나님이 이르시되 우리의 형상을 따라 우리의 모양대로

우리가 사람을 만들고 그들로 바다의 물고기와 하늘의 새와

가축과 온 땅과 땅에 기는 모든 것을 다스리게 하자 하시고

하나님이 자기 형상 곧 하나님의 형상대로 사람을 창조하시되

남자와 여자를 창조하시고 하나님이 그들에게 복을 주시며

하나님이 그들에게 이르시되 생육하고 번성해 땅에 충만하라,

땅을 정복하라, 바다의 물고기와 하늘의 새와 땅에 움직이는

모든 생물을 다스리라 하시니라

— *구약성서, 창세기 1장 26~28절*

성서 창세기에서 표명된 기독교 인간관은 신의 형상을 닮은 피조물이다. 신이 자신의 형상대로 만든 최고 피조물이란 인식은 인간에게 근거 없는 우월감을 부여했다. 기독교 형성과정에서 큰 영향을 미친 신플라톤주의는, 인간이 자연의 정복자이자 지배자가 될 수 있다는 망상을 심어줬다. 기후변화 등 근대 이후 위기와 관련해, 자본주의와 합체한 기독교 세계관의 책임을 추궁할 때 흔히 제시하는 논거다. 성서해석이 옳았는지는 이 자리에서 논의하지 않는다.

문제는 세계와 인간이 관계를 맺을 때, 인간 우위를 '입증'한 논거(신의 형상대로 만든 최고 피조물)가 사실상 소멸한 근대 이후에서야 근대인으로 명명된 인간이 세계에 대한 우위를 본격적으로 주장하고 실행했다는 데에서 발견된다. 1971년 미국 리처드 닉슨 대통령의 불태환 선언 이후 달러화의 지위에서 그 유비를 발견할 수 있다. 브레튼우즈 체제로 불리는 2차 세계대전 이후 국제통화체제에서 달러화의 우월적 지위는 다른 통화와 달리 달러만이 금으로 태환될 수 있다는 데에서 확보됐는데, 닉슨의 불태환 선언으로 달러화의 우월적 지위 근거가 허물어진다. 그러나 이후 전개과정에서 드러났듯 달러의 기축통화 지위는 더 강력해졌다. 금으로 바꾸지 못하게 된 달러가 여전히, 나아가 더 강력하게 국제통화를 지배한 현상은 신 없는 신성의 활용이란 서구 근대의 풍경과 흡사하다.

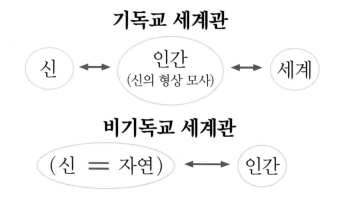

금 태환에서 해방된 달러화가 때로 폭주했듯, 신 없는 신성의 활용은 세계에 대한 근대인의 폭력적 지배와 남용으로 이어졌다. 근

대 이전에 신의 형상을 닮은 인간이 세계 내에서 혹은 세계에 대해 자신 존재의 정당성을 획득하는 방법은 신의 뜻에 부합하느냐였고, 따라서 그 방법이 메신저를 통하든, 다른 매개를 통하든 신의 뜻은 확인돼야 했다. 신이 자기 뜻을 선포, 해명 혹은 전달하는 통로를 어쨌든 인간 세상에 만들어줬을 것이란 가정이 전(前)근대 세계관의 근간으로 전제됐다. 이 가정은 가정이긴 했지만, 존재론적으로 매우 절박한 가정이어서 흔히 공리(公理)로 받아들여졌다.

근대인은 신과 인간을 연결하는 '절박하게 가정된' 통로에 무심했다. 또는 외면했다. 나아가 있는지 없는지 모르는 채로 아예 통로가 있는 곳으로 간주한 곳을 묻어버리고, 그곳이 어디였는지에 관한 흔적을 마치 진시황이 자신의 무덤을 만들고 관련자를 모두 묻어버렸듯 지워버린다. 진시황과 근대인의 차이는 전자가 실재하는 자신의 무덤을 지키기 위해 접근통로를 차단했다면 후자는 (무덤의) 실재 여부와 무관하게, 또 통로의 존재 여부를 확인하려는 어떤 의사 없이, 2차 세계대전 시기에 독일 쾰른을 융단폭격한 영국 공군처럼 그 일대를 초토화했다는 데에 있다. 신과 교통하는 통로의 이런 방식의 소멸은 근대인에게 이중의 효과를 거둔다. 그것은 신의 소멸(혹은 차단?)로 이어져 피조물인 인간이 단독체로서 자기 책임과 자기 존엄 아래 세계와 맞서는 막막한 상황을 초래했고, 동시에 초토화로 신의 부재 자체를 검증할 수 없게 됐다는 아이러니를 산출했다.

검증할 수 없다면 침묵하는 것이 예의였을까. 침묵 대신 누군가는 버림받았다고, 또 누군가는 죽었다고, 나아가 죽었다고, 애초에 존재한 적이 없었다고, 또는 그런 것에 관심이 없다고 말하게 된다. 근대인이 성취한 신의 부재 국면은 부재 검증의 불능 때문에 역설적으로 신의 편재를 초대하는 것으로 귀결하기도 한다. 뒤에서 살펴보겠지만 문학에서 자연주의는 그 귀결 양상의 하나다.

아무튼 정복하고 다스리라는 성서 구절은 '신의 형상을 닮은 대리인'이라는 불가결한 조건을 없앤 채로 근대에 작동하게 된다. 금태환이 가능한 달러화가 금과 무관한 달러화로 바뀐 것과 유사한 사태다. 닉슨의 불태환 선언은 태양신을 유일신으로 하여 종교개혁을 단행한 이집트의 파라오 아크나톤(재위 B.C 1379~B.C 1362년, 재위가 정확하게 특정되지 않는다)의 행태와 닮았다. 닉슨이 한 일이 아크나톤과 다르다면, 개혁이라는 적극적인 돌파라기보다는, 태환 위협에서 탈출하고픈 소극적 회피였음을 지적할 수 있겠다.

하지만 아크나톤이 그랬듯, 닉슨은 다신교에서 일신교로 바뀌는 극적 풍경을 연출한 역사적 인물이었다. 자본주의의 물신(物神)이 다신교에서 일신교로 바뀌는 풍경에서 (이것에 응당 그 이상의 문명사적 의의가 있지만) 물신성을 아무튼 어떤 신성으로 간주한다면 자본주의의 신성을 정립하려고 진지한 노력을 기울인 가장 주목할 만한 근대인이란 평가를 닉슨에게 부여할 수 있다. 물신성 관점에서, 닉슨은 그 자신이 의도하지 않았지만 분명 우상 파괴자다. 물

신성 관점에서, 닉슨은 그 자신이 인식하지 못했지만, 더없이 신실했다. 전체로서 근대인은 닉슨만큼 진취적이지 못했다. 그리하여 불가결한 조건절을 삭제함에 따라 기이해진 문장을 그저 중얼중얼 늘어놓을 뿐이다. 신에 대해서는 계약위반이었고 세계에 대해서는 사기행위였다. 닉슨은 여기에서 한 발자국을 더 내디뎌 근대의 지평을 광활하게 확장한 사람이었다. '달러의 모세'라고 불러도 좋겠다.

'신의 형상을 닮은 대리인'이란 규정은 그 자체로 여러 논란을 초래할 수 있지만, 그럼에도 서구 세계관에서 인간 존엄을 지켜낼 유일한 안전장치다. 신탁자의 뜻을 피신탁자가 제대로 이행했는가 하는 대리인 문제는 그래도 건강한 논의에 해당한다. 이른바 '착한 청지기(Steward)' 논의가 대리인 문제다. 사악한 자본주의를 바로 잡기 위해 기관투자가에게 '착한 청지기'를 요구한 '스튜어드십 코드(Stewardship Code)'가 소박할지언정 더 나은 세상을 향한 나름의 분투이듯이, 서구가치의 맥락에서 인간에게 주어진 신의 대리인이란 자리를 지켜내려는 노력은 여전히 요긴하다. 신을 신이라 부르든 신탁자라 부르든, 사물들의 지능으로 부르든, 다른 무엇으로 부르든.

대리인을 그만둔 근대인이 근대에서 행한 일은 참칭이며, 결과는 신으로부터 독립이 아니라 뜻밖에 신의 교체였다. 교체된 신은 예상대로 불태환된 달러 같은 물신이었다. 기독교 신 야훼는 이제 세계신 맘몬으로 교체된다. 서구가치 체계에서 신의 형상은 대리인의 수

탁자 의무를 구성했지만, 맘몬교도가 된 근대인은 탐욕의 이데아를 맘몬과 공유하며 결국 스스로 맘몬이면서 맘몬교도인, 망칙한 신인 (神人)일체의 세계를 열게 된다. 출애굽 이후 모세가 야웨를 만나러 시내산에 올라가 신인협력을 모색하는 와중에 산 아래 이스라엘 민중이 모세의 형 아론과 함께 금붙이를 모아 황금송아지를 만들어 숭배한 사건과 흡사하다. 신 쪽이 아니라 인간 쪽에서 선택한 신인협력 (Synergism)은 위쪽으로가 아니라 아래쪽으로 시너지(그리스어로 $\sigma v v \varepsilon \rho \gamma i \alpha$)를 창출한다. 그런 세계에서 인간은 무엇보다 포유류로 환원되고 만다. 이제 자연주의가 말할 공간이 열린다.

거울을 보는 신

신이 사라진 세계에서, 인간은 다른 피조물과 동일하게 세계와 맞서게 된다. 이곳에서 최초의 원인 같은 것은 없다. 결과가 있으면 어떻게든 원인이 찾아지며 생명체는 세계의 반영이다. 자연주의 용어로 생명체는 세계의 인쇄물일 따름이다. 이것이 신의 형상을 닮았다는 선포에 필적할 만한 존엄을 제공하는지 알 수 없지만 자연주의 세계관에서도, 인간이 세계와 맞서고 세계로부터 인쇄되는 방식은 다른 생명체와 다르게 제시된다.

나무는 세계 안에서 세계와 맞서며, 무엇보다 중력에 맞서며 단독자로 존재한다. 세계의 인쇄물로 주어지면, 인쇄된 상태에서 세계

① 보통 동식물

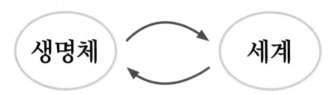

② 개미

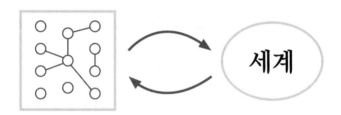

③ 인간이 위치한 시대의 단면

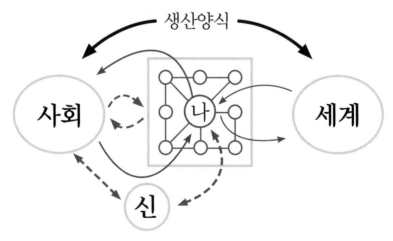

와 대립하고 소통하며 주어진 존재를 주어진 만큼 실현한다. 단독자로서 세계와 1대1로 맞서는 구조는 거의 모든 동식물에 공통으로 주어진다. 주변의 혹은 원격의 같은 종 동식물이나 훨씬 더 많은 다른 종 동식물과 영향을 주고받으며 상호간섭하지만, 개체 차원에서 존재자로 존재할 뿐이라고 말해야 한다. 물론 이것이 생태학 논의가 아님을 분명히 할 필요가 있다. 생태학엔 '1:1'이란 개념 자체가 성립하지 않는다.

개미나 꿀벌은 군집생태를 통해 존재를 실현한다. 단독자로 세계와 대면하지 않는 것은 아니지만 근본적으로 그들은 군집으로 세계에 맞선다. 개별적으로 세계에 대응하지만 주로 유기체의 일부로 대응에 참여한다. 개체는 무의미하고 전체의 부품으로 유의미해진다. 군락 없는 나무는 그래도 나무이지만, 군집 없는 개미나 꿀벌은 엄밀하게 말해 개미나 꿀벌로 존재하지 않는다.

인간은 군집생태 존재와 단독자 존재를 동시에 나타낸다. 사상사에서 사회유기체설 대표자로 표기되는 허버트 스펜서가 "인간은 삶이 두려워 사회를 만들고 죽음이 두려워 종교를 만들었다"라고 할 때의 '사회'는 실질적으로 개미의 '군집'과 크게 다르지 않다.

나무나 사자는 삶을 두려워하지 않는다. 자신이 신의 형상을 닮은 존재라고 믿는 사람도 삶을 두려워하지 않는다. 스펜서가 말한 인간은 자본주의를 체화한 호모 이코노미쿠스이자 근대인이다. 서구가치 체계에서 전(前)근대인은 호모 이코노미쿠스가 아니었기에 그런 이유로 그는 아마 삶을 두려워하지 않았을 것이다. 그는 나무와 사자처럼 삶을 두려워하지 않았지만, 사자나 나무와 달리 신을 두려워했다. 그러므로 "인간은 삶이 두려워 사회를 만들었다"라는 설명은 정색하고 얘기하자면 온전히 근대인에게만 해당한다. 신을 두려워하며 만든 사회가 없다고 할 수는 없고 실제로 있었다. 근대 이전에 이미 사회라는 것이 출범했기에 "삶이 두려워 사회를 만들었다"는 경구는 근대만큼 삶이 두려운 적이 없었다는 뜻으로 해석하는 게 좋겠다. 나아가 삶에 대한 두려움을 극복하기 위해 만든 사회가 더 큰 두려움이 되는 게 근대의 현상이다.

당연히 근대인 이전에 사회적 존재가 성립하지 않은 건 아니다. 널리 알려진, 인간이 사회적 존재라는 말은 '폴리스적 존재'를 풀어 쓴 것이다. 인간은 정치적이고 사회적인 존재, 즉 '폴리스적 존재'로 군집생태를 이룬다. 더불어 단독자로도 세계와 맞선다.

'폴리스적 존재'이자 동시에 나무와 같은 단독자인 인간존재의 특성은 생명체 중에서 사실상 혹은 거의 유일무이하다. 언제부터인지 확인되지 않지만 인간은 인간 타자와 삶을 공유함으로써 인간이다. 또한, 개미와 벌과 달리 '폴리스적 존재'로 군집할 때에도 단독자다. 군집에서 인간은 다른 단독자와 부대끼며 존재를 확인한다. 더불어 자신이 소속된 군집 자체도 타자로 인식하며 맞선다. 자신이 소속되지 않은 다른 군집에 대해서는 말할 나위가 없다. 타자와 대면, 타자의 포위는 군집생태를 감내하는 '폴리스적 존재'일 때만 일어난다고는 할 수 없다. 실제로는 그렇게 하지 못하지만, 군집에서 벗어난 존재로서 자신을 상상할 수 있는 인간은 총체로서 세계를 타자로 대면한다. 이런 다접면 존재는 인간의 유적 특성이다.

신의 보증이 없어도 인간은 충분히 다른 생명체를 압도하는 차이를 만들어냈다. 물론 이 차이가 동시에 인간 스스로를 압도하고 압박하는 상황은 끊임없이 신의 보증에 대한 향수를 불러일으킨다.

다접면 존재, 복합타자 대응 존재로서 인간의 특성은 시간이라는 새 요소를 참작하면 더 복잡해진다. 사회유기체설의 주장과 무관하게 우리는 직관적으로 사회가 유기체임을 안다. 사회 혹은 지금까지 사용한 용어인 군집, '폴리스'라 해도 좋고, 아무튼 개인이 속한 군집이 유기체인지 아닌지를 단순무식하게 검증하는 방법은, n명의 개인으로 구성된 군집의 값이 n인지 아닌지를 살펴보는 것이다. 전체가 'n+α'라면('n-α'도?) 그 사회는 유기체일 확률이 높다. 사회계약을 논하고 최초의 인간을 이야기한 계몽주의 이전부터 사회는 유기체였다. 그 말은 사회에 속한 개인과 무관하게 사회는 독자적인 진화 경로를 걸었다는 뜻으로, 스펜서보다는 오히려 카를 마르크스의 생산양식이란 개념에서 사회유기체설이 간명하게 확인된다. '생산양식=생산력+생산관계'라는 설명은 인간 혹은 개인과 무관하지 않지만, 상대적으로 독립적인 존재로서 사회의 특성을 입증한다.

사회의 독자적인 시원과 발전, 진화와 관련해 어떤 단계의 사회에 태어나는가 혹은 던져지는가는 인간 조건의 태반을 규정한다. 사회 시계열의 현재 단면은 현재에 이르는 많은 사회 시계열의 단면이 축적된 것으로 보아야 한다. '폴리스적 존재'로 인간을 규정하는 '폴리스'는 사회적 시간의 축적을 담아내는 그릇으로, 따라서 '폴리스적 존재'라는 말은 인간이 적분된 존재, 그것도 종횡으로 적분된 존재임을 의미하게 된다. 첨언하면, 그럼에도 근대인은 미분된 존재로서 삶을 살아가게 되고, 이 괴리가 근대인의 기본적 분열과 고통을 규정한다.

빅뱅 이후 138억 년째 팽창 중인 우리 우주에서 태양이란 미미한 별을 바라보며 1초도 밀당을 멈추지 않는, 지표면의 나무와 다를 것이 하나 없는 지구라는 행성에서 살아가며 특정한 인간 역사의 시간에 태어난 '나'는, 그

빅뱅 이후 138억 년째 팽창 중인
우리 우주에서 태양이란
미미한 별을 바라보며
1초도 밀당을 멈추지 않는,
지표면의 나무와
다를 것이 하나 없는
지구라는 행성에서 살아가며
특정한 인간 역사의 시간에
태어난 '나'

러므로 신적 설명을 배제해도 매우 신성한 존재일 수밖에 없다는 생각에 이르게 된다. 천체물리학자가 결국은 신을 논하게 된다는, 약

간 결이 다른 이야기가 근대인의 숙명과 닮았다고 한다면 허황한 이
야기일까.

방문 없는 방 안의 투숙객과 면담은

그러므로 인간은 시대를 막론하고 복합적이고 다층적인 사회적
존재로 자신을 받아들이면서 동시에 오대산이든 은행나무공원이든
모처의 나무처럼 세계와 대면한다. 나무처럼 세계와 대면해야 한다
는 조건은 지구나 지구상의 모든 생명체와 마찬가지이지만, 인간에
게는 자신만이 짊어져야 하는 독특한 굴레로 작용한다. 나무처럼 지
구처럼 세계와 대면한다는 말은 인간이 포유류로 세계 안에서 세계
와 맞서야 한다는 뜻인데, 나무·지구와 달리 인간은 자신에게 부여
된 자연적 조건, 즉 포유류의 조건에 불편을 느끼고 때로 혐오하며
극단적으로 포유류이기를 그만두고 싶어 하기 때문이다.

한정된 의미로서 인간이란 용어엔 포유류란 조건이 빠져있다.
현실적 의미로서 인간이란 말은, 한정된 의미로서 인간과 한정된 의
미의 인간이 기피하는 포유류의 특성이 한꺼번에 들어있는 이중적
존재를 뜻한다. 이 이중성은 평온하게 공존하지만 때로 적잖게 갈등
하고 적대한다. 이 곤란을 익숙한 말로 분열이라고 할 밖에. 분열에
서 곤란을 겪는 흔한 사례를 사랑에서 종종 보게 된다. 포유류로 서

Vincent van Gogh – Starry Night

로 사랑하고 인간으로 서로 사랑하면서, 때로 사랑에 관여하는 포유류와 인간의 속성이 서로 충돌한다.

분열은 인간과 포유류의 상충이 발생할 때만 나타나는 것은 아니다. 인간 존재에게 주어진 타자와 많은 접면이 대체로 분열이 일어나는 장소라고 할 때 접면이 과거보다 많이 늘어난 근대인이 더 많은 분열에 직면하는 상황은 당연해 보인다.

문학에서 자연주의를 관철하려 한다면 포유류인 인간보다는 분열된 인간을 그리는 데 집중해야 한다. 인쇄물로서 인간을 형상화하는 데에 그것이 더 효과적이다. 그러나 분열된 인간에 앞서 분열하는 인간이 있다고 믿는다면, 인간이 수동적으로 분열되기만 하는 게 아니라 각성이든 작용이든 분열된 상태의 어느 순간에 주체의 분열함이 있다고 믿을 수 있다면, 어느 순간 자연주의가 저절로 무력해지게 된다. 다만 자연주의가 실제로 무력해질 수 있는가를 따져보는 일이 허망한 논의인 게, 인간 주체의 어떤 능동적 움직임을 확인 또는 검증할 방법이 인간에게 없다. 신에 닿을 통로를 묻어버려 신의 부재증명 자체를 묻어버린 근대인은 자신의 존재를 입증하거나 비(非)존재를 확인할 능력도 망실했기 때문이다.

근대인은 존재를 입증하는 대신 존재를 욕망한다. 욕망은 존재로 치환된다. 또한 근대인은 비존재를 확인하는 대신 회피한다. 존재는 존재함으로써 존재하는 것이 아니라 존재하기로 욕망함으로써 존재하며, 비존재는 확인 가능성을 확인할 수 없기 때문에 묵살

된다.

"겉으로 보기에는 당하는 것 같지만,

사실은 도발하고 호소하고 유혹하는 사람의

은밀한 욕망 앞에 몸을 기울이는 사물들의 지능"

　장 지오노의 소설 『폴란드의 풍차』(1952년)에서는 운명을 이렇게 설명한다. 애매하거나 심오한 설명이다. 지금까지 우리는 인간과 인간 조건, 인간 존재를 논의했고, 그 논의 저변에 분열이 자리함을 받아들였다. 그러나 우리 논의나 지오노의 운명에 관한 언명이나, 진일보한 통찰을 얻는 데는 실패했다. 『폴란드의 풍차』에서 '신이 망각한 사람'이 되기를 염원하지만, 결국 신의 기억으로부터 도주하는 데 실패한 인간군상이 나온다. '신이 망각한 사람'이 되기를 염원한 것이 실패한 사태는, 따지고 보면 신의 형형한 기억력 때문이 아니라 거짓 염원과 도주 실패 욕망의 교차 때문이라고 봐야 한다.

　『폴란드의 풍차』가 자연주의 문학에서 말하듯 인간을 인쇄물로 그린 것처럼 보이지만, 실상은 인쇄 불능 혹은 인쇄물의 해독 불능 상태를 이야기한다. "사물들의 지능"이 "사실은 도발하고 호소하고 유혹하는" 사람의 욕망 앞으로 몸을 기울인다고 할 때 인간이 신의 망각을 염원한다기보다 신의 망각을 염원한다고 믿기를 염원한다고 해야 한다. 신을 묻어버리고 그 무덤 앞에서 그가 자신을 망각해주기를 희구하는 존재론은 어떤 무신론에 맞닿을까.

다시 사랑을 말하자면, 인간이 교미하는 존재가 아닌 섹스하는 존재라는 설명은 인간만의 유적 특성을 부각하는 데에 도움이 되지만, 존재 자체를 해명하는 데엔 별다른 도움이 되지 않는다. 섹스한다고 말하며 실제로 교미한다고 하여 실망할 이유가 없다. 교미가 아닌 섹스라고 해서, 뭐 대단한 무엇이 되지는 않으니 말이다. 그러나 그저 교미한다고 말한다면 우리는 고통받게 된다. 섹스든 교미든 무엇을 하느냐가 중요한 것이 아니라 무엇을 한다고 어떻게 말하느냐가 중요하기 때문이다. 그렇다면 교미할 때 만일 그것을 말해야 한다면 교미 대신 신(神)이라고 말하면 어떨까. 더 나아가 교미 대신 신의 이름을 불러도 좋겠다. 그러려면 먼저 사랑을 해야 하고 신의 이름을 묻기를 욕망해야겠다. 누구에게 물을지는, 어떤 인간이 될지를 어떻게 결심하느냐에 따라 달라지지 않을까.

순환논법이 되겠지만 그 결심이 분열의 고통에 몸부림치는 인간 주체의 전 존재를 건 사투인지, 그저 신의 인쇄물의 오자에 불과한지가 끝내 판별되지 않는다는 게 이 논의의 최종적 무익함이다. 작은 유익이라도 건질까 해서 속는 셈치고 마지막으로 신에게 물어보는 건 어떨까. 그러려면 어디에 숨어 있는 지 알아야 할 텐데 소문에는 등잔 밑이 어둡다고 뒷방에서 유유자적하며 또 가끔 우리를 생각하고 애통해 하며 그럭저럭 잘 지낸다고 한다. 한 번 찾아가 물어볼까. 한데 뒷방에서 우리의 방문을 기다리며 거울을 보고 화장을 고치는 신에게 묻기 어려운 게, 방은 있는 듯하지만, 방문이 없다. 아예 방이 없는 것같다고? 방문이 없는데 방이 없는 걸 어찌 확신할 수 있을까. 만일 방이 없으면 신은 어디에 있는 걸까. 존재증명이 난제 중에 난제이지만 부재증명은 그것보다 더 어렵다.

15장
눈을 가리고 야생마 같은 차를 몰면서
종종 길을 찾아가야 한다면

2020년 5월 17일 서울 월드컵경기장에서 열린 FC서울과 광주 FC의 경기는, 많이 과장하면 나중에 문명사적 사건으로 기억될지 모른다. 1대0 서울의 승리로 끝난 이 경기가 화제가 된 이유는 경기 때문이 아니라 관중 때문이었다.

코로나19의 초기 국면에서 방역 모범국으로 불린 한국은 무관중 중계방송 방식으로 스포츠 리그를 가동해 다시 한번 세계의 주목을 받았다. 마찬가지로 '무관중'으로 진행된 이 날 경기에서 FC서울은 관중석에다 마네킹을 설치했다. 색다른 이벤트를 기획한답시고 배치한, 서울 유니폼을 입은 마네킹 관중의 일부가 실제 리얼돌로 밝혀지면서 논란이 일었다. 국내외 언론은 리얼돌 관중 마케팅이 부적절했다고 일제히 비판했다.

비판은 리얼돌이 마네킹과 달리 특정한 용도로 활용되는, 즉 섹스돌이란 점을 들어 '관중'의 선정성에 집중했다. 덧붙여 리얼돌 마네킹이 공포와 혐오를 야기한다는 정신분석학을 차용한 비판이 있었다. 인간은 인간을 닮은 존재를 보면 호감을 느끼지만, 사본의 닮음 정도가 원본에 아주 근접하면 오히려 불쾌함을 느끼게 된다는 심리 반응, 즉 '불쾌한 골짜기(Uncanny valley)' 현상을 일으킨다는 게 후자 비판의 이론 근거였다. 구단의 마케팅에 관한 고언이란 견지에서 보면, '불쾌한 골짜기'가 사회적으로 친근한 문제 제기인 선정성과는 약간 동떨어진 지적이긴 했다.

불쾌한 골짜기(Uncanny valley)

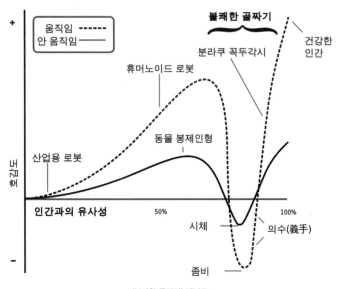

'불쾌한 골짜기' 개념도

  '불쾌한 골짜기'는 인간이 로봇 등 인간이 아닌 존재를 볼 때, 그것과 인간 사이의 유사성이 높을수록 더 많은 호감을 느끼게 되지만 유사성이 어느 수준 이상으로 높아지면 오히려 호감도가 하락한다는, 즉 불쾌감을 느끼게 된다는 이론이다. 1970년 일본 로봇 공학자 모리 마사히로(森政弘)가 소개한 개념이다. 여기서 '불쾌(Uncanny)'는 독일의 정신과 의사 에른스트 옌치가 1906년에 제시한 'Das Unheimliche'의 영어번역이다. 이 '불쾌'는 '살아 있는 것처럼 보이는 존재가 정말로 살아 있는 게 맞는지, 아니면 살아 있지 않아 보이는 존재가 사실은 살아 있는 것은 아닌지'를 의심하는 데에서 비롯한 감정이다. 가장 비근한 예로 좀비를 떠올리면 되겠다.

'골짜기(Valley)'는 호감도와 닮음 정도를 변수로 한 그래프 모양 때문에 생겼다. 모리의 설명에 따르면 이 그래프 상의 곡선은 크게 3개 국면으로 구성된다. 인간은 로봇이 인간과 비슷한 모양을 하고 있을수록 호감을 느낀다. 하지만 비슷한 정도가 특정 수준에 치솟으면 인간의 감정에 거부감이 생기면서 호감도가 하락해 곡선 또한 상승에서 하강으로 돌아선다. 'Uncanny' 혹은 'Das Unheimliche'가 개입하기 시작한다. 하강곡선은 '비슷한 정도'가 훨씬 더 강해진 또 다른 특정 수준에 이르면 하강을 멈추고 다시 상승한다. 이렇게 급하강 후 급상승한 호감도 구간은 그래프 상의 곡선에서 깊은 V자 모양을 그리게 돼 '골짜기'를 형성한다. '불쾌'와 '골짜기'를 결합한 '불쾌한 골짜기'의 성립이다.

2019년 영국 케임브리지대 연구에서 인간의 '불쾌한 골짜기' 반응에 관한 실험결과를 볼 수 있다. 영국 케임브리지대는 독일 아헨공대 휴먼테크놀로지센터와 공동연구를 통해 "뇌의 전두엽에 위치한 시각피질 활성화 정도를 통해 불쾌한 골짜기를 규명하는 데 성공했다"고 2019년 7월 1일 국제학술지 〈신경과학〉에 발표했다.

요약하면 실험참가자 21명을 대상으로 실제 사람, 마네킹, 안드로이드(사람과 구분이 어려운 인조인간), 휴머노이드(인간형 로봇), 산업용 기계 로봇 등의 이미지를 보여주며 질문을 던졌고 그 반응을 자기공명영상(MRI)으로 촬영해 뇌의 어떤 영역이 활성화하는지 확인했다. 연구진은 "실험 결과 참가자들에게서 공통으로 전형적인 '불쾌한 골짜기' 현상이 나타났다"고 밝혔다(연구의 그 밖의 내용은 '불쾌한 골짜기' 개념 설명의 반복이므로 생략한다).

2011년 미국의 샌디에이고 캘리포니아 대학교 세이진 교수 연구팀도 비슷한 실험을 했다. 연구팀은 세 가지 대상에 대한 반응을 실험 참가자 20명의 뇌 작용을 통해 살폈다. 첫 번째 대상은 실제 사람, 두 번째는 실제 사람과 아주 흡사한 인간형 로봇, 세 번째는 내부 뼈대가 그대로 드러난 로봇이었고 각각 손을 흔들며 인사하는 영상을 보여줬다. 참가자들의 뇌를 MRI로 촬영한 결과, 첫 번째와 세 번째 사례에 대해서는 뇌가 비슷한 반응을 보였다. 하지만 인간형 로봇이 손을 흔들며 인사하는 영상을 볼 때는 시각 중추와 감정 중추를 연결하는 연결부에서 격렬한 반감을 보이며 다른 두 사례와 다르게 불쾌한 반응을 보였다. 2009년 미국 프린스턴 대학교 연구팀이 원숭이를 대상으로 한 실험에서도 비슷한 결과가 나타났다.

'불쾌'가 골짜기 밖에 숨어 있다면?

아직 '불쾌한 골짜기'는 가설이다. 인간 심리 반응에 관한 새로운 이론이기 때문에 더 많은 실험과 검증이 필요하다. 성립 가능한 하나의 가설이라고 전제하고 논의를 이어가자면, 유사성 구현 정도의 특정 수준에서 '불쾌한 골짜기'를 생성하는 인간 심리는, 심리학이 아니라 인문학 견지에서 일종의 정체성 반응이라고 판단한다. 주체가 대상에게 동일률에 의거해 감성적 반응을 수행할 때, 현저한 차별성을 전제한 채 많은 동일성을 확인한다면 호감은 주체의 확장으로 받아들일 수 있다. 데카르트 용어를 비유적으로 사용하면 '연장'이다. 그러나 차별성이 미미한 가운데 대상에게서 현저하게 많은 동일성만을 확인한다면(그러나 동일하지는 않다) 주체의 혼란(또는 분열)을 야기할 수 있어 정체성 사수를 위한 방어기제가 작동할 수 있다고 본다. 데카르트 용어를 비유적으로 사용하면 '사유'라고 하겠다. 주체의 '연장'이 저지되고 주체의 침해가 우려되는, '분명 다르지만 같아 보이는' 상황에서 즉자적으로 수행되는 '사유'. 이 '사유'의 국면이 '불쾌한 골짜기'라는 현상으로 나타난 것이 아닐까. 인체에 외부물질이 침입했을 때 면역세포가 작동하여 인체를 보호하며 고름을 만들어낸 것과 비슷한 풍경이지 싶다.

골짜기에서 탈출하는 곡선은 시체 혹은 좀비라는 바닥에서 시작한다. 이 곡선이 상승해 호감도가 최고로 올라가게 하는 대상은 살아있는 건강한 인간인데 지각 주체에게, '불쾌한 골짜기' 용어로 그 대상이 인간과 유사성을 확인시키면 되지 꼭 인간일 필요는 없다. 주체에게 (인간과) 유사성 인식을 작동시킨다면 대상이 꼭 실제

인간이어야 할 까닭이 없다는 이 국면은 아직 인간 세상에 등장하지 않았지만 앞으로 없으리란 보장이 없다.

같은 내용을 다르게 말하면, 주체가 판단하기에 대상에게서 차별성이 식별되지 않을 때 호감도가 다시 높아진다는 주장은 엄정하게 말해 절대 검증할 수 없으므로 '불쾌한 골짜기'의 현실 곡선은 그저 U자에 머물 수밖에 없다. 검증 불가는 대상에게서 차별성이 없다는 것인지, 차별성이 식별되지 않는다는 것인지 알 수 없다는 의미다.

4차 산업혁명이 본격화하며 골짜기에서 탈출하는 V자 국면이 도래한다고 해도 문제는 남는다. 가즈오 이시구로의 『클라라와 태양』(2021년)의 인조인간 클라라에서 우리는 인조인간이 아닌 인간 관점의 '탈출'을 상상해 볼 수 있다. 전혀 새로운 존재론과 인식론이 필요한 미증유의 문제이다.

'골짜기에서 탈출하는 V자'의 우상향 국면의 판단에서는 단일 주체 관점이 유지되어야 하기에, 상대가 실제 인간과 구분되지 않을 정도로 '완벽한' 인조인간이어서 주체가 그를 그저 인간이라고 판단해 호감을 보인다면 그것은 주체 관점에서 인간에 대한 반응으로 보아야지 인간이 아닌 것에 대한 (호감) 반응으로 보아서는 안 된다. 위에서 조망하는 실험자만 당혹할 뿐 실험실의 인간은 '골짜기'를 재빠르게 벗어난다. 그렇다면 그것은 실재하는 골짜기인가 실재하지

Vincent van Gogh - Quay with men unloading sand barges

않는 골짜기인가. 영화 〈블레이드 러너〉에서 제기한 문제의식과 동일하다.

장차 인간 앞에 아마 실제로 등장할 '골짜기'를 벗어나는 'V자'의 우상향 국면의 과도적 혼란 현상으로, 소설 『클라라와 태양』에 나오듯 주인공 클라라를 포함한 인조인간(의 등급)이 인간의 지각에 의해 확인될 수 있을 때까지만 존속할 터다. 그 이후에 현실 속의 인간은 인조인간과 '진짜' 인간을 사실상 구별할 수 없을 것이기에, 자신의 추락을 야기할 함정(또 다른 골짜기?)을 일상적으로 직면하게 될 가능성이 크다. '인간에게 그 함정을 만들고 깊이를 정하는 것 또한 인간이라는 역설'은 아직 일어나지 않은 일이어서 머릿속에서만 곤혹스럽다. 만일 인간에게 그 함정을 만들고 깊이를 정하는 일을 인간이 아닌 다른 존재가 맡는다면, 그때는 곤혹을 운위할 단계를 넘어 모더니즘 문명의 완전한 종

> 그 이후에 현실 속의 인간은 인조인간과 '진짜' 인간을 사실상 구별할 수 없을 것이기에, 자신의 추락을 야기할 함정(또 다른 골짜기?)을 일상적으로 직면하게 될 가능성이 크다.

말을 걱정해야 할 텐데, 그것을 한가하게 포스트모더니즘이라고 불러도 좋을까.

Unheimlich 또는 Uncanny

'불쾌한 골짜기(Uncanny valley)'의 '언캐니(Uncanny)'는 주로 정신분석학이나 비평에서 사용되는 용어이다. 알프레드 히치콕의 영화를 설명하며 종종 동원되는 '언캐니'는 흔히 친밀한 대상으로부터 낯설고 두려운 감정을 느끼는 공포 감정으로 받아들여진다.

에른스트 옌치의 운하임리히(Unheimlich)를 지그문트 프로이트가 발전시켜 유명하게 만들었다. 운하임리히(Unheimlich)의 'Heim'은 영어로 'Home'에 해당하기에 '아늑하지 않은, 낯선'이란 뜻의 '언홈리(Unhomely)'로 영역할 수 있지만, 프로이트의 의도를 감안해 '이상한, 기이한'이라는 뜻의 언캐니(Uncanny)가 영역으로 일반적으로 선호된다.

언캐니는 데자뷰, 심령 등과 같은 인지적 불확실성의 산물인데, 언캐니를 더 잘 이해하려면 언캐니에 해당하는 독일어 '운하임리히(Unheimlich)' 속의 '하임리히(Heimlich)'를 살펴보는 것이 유익하다. 하임리히에 해당하는 영어는 'Homely'여서 의미상 '아늑하고 따뜻한' 느낌을 풍긴다. 동시에 하임리히는 Homely에 들어있지 않은 '은폐된, 공공의 시야에서 가려진'이란 의미를 지녀, 운하임리히

(Unheimlich)로 바뀌면서 영어 단어 언캐니의 의미, 즉 친밀한 대상으로부터 낯설고 두려운 감정을 느끼는 공포로 연결된다. 두꺼운 커튼이 내려져 외부로부터 은폐된 '나'의 공간이 갑자기 커튼이 걷어 올려지며 햇볕이 꽉 차게 들어오면서 환하게 드러났을 때 모든 '나'의 공간이 그렇지는 않겠지만 어떤 '나'의 공간에선 언캐니가 분출하지 않을까.

프로이트에게 언캐니는 감춰지거나 억압된 욕망의 무의식적 발현이다. 대표적인 예로 오이디푸스 콤플렉스를 들 수 있는데 초자아(Super ego)에 억눌린 금지된 욕망은 강박으로 반복해 나타나고, 이것은 다양한 형태의 기이한 느낌으로 연결된다. 언캐니에서 초자아의 긴 그림자와 이드(Id)의 스멀거리는 준동을 엿볼 수 있다.

프로이트는 1919년 〈Das Unheimliche〉라는 에세이를 통해 옌치의 〈Zur Psychologie des Unheimlich〉를 논박하였고, E. T. A. 호프만의 『모래 사나이(Der Sandmann)』 분석을 통해 '운하임리히'(Unheimlich), 언캐니를 정식화한다.

프로이트의 언캐니라는 개념에는 무의식을 의식화하려는 그의 근대성 기획이 투영된다. 그러나 원천적으로 의식화할 수 없는 무의식을 의식화하는 작업은 논리상 좌초를 예정했고, 유일하게 그가할 수 있는 일은 무의식을 임의로 구분 지어 명패를 붙이는 정도에 그치게 된다. 명패에는 그 안에 무엇이 적혔든, 텅 빈 기표 신세를 모면하지 못한다. 그래도 그것은 근대성의 조명 아래 기표로 대접받는다. 이렇게도 말할 수 있다. 두 눈을 뽑아버린 채 커튼이 두껍게 내려진 응접실에서 홀로 TV를 보던 오이디푸스가, 커튼이 걷히는 순간 더는 바보상자를 시청할 수 없는 맹인 노인임이 밝혀지지만 그래도 그는 TV 시청을 멈추지 않는다.

의식의 흐름과 대화불능

『소리와 분노』(윌리엄 포크너 · 1929년), 『사물들』(조르주 페렉 · 1965년), 『화산 아래서』(맬컴 라우리 · 1947년) 등의 소설은 모더니즘 계열로 분류된다. 이 책들에서는 '의식의 흐름' 기법이 공통으로 발견된다. 의식의 흐름 기법은 1910~20년대 버지니아 울프나 제임스 조이스 등이 시도했을 때만 해도 첨단문학 기법이었으나 요즘에는 일상용어로 쓰일 정도로 심상한 (문학) 기법이다.

의식의 흐름 기법에서는 통상 광인으로 분류되지 않는 사람의 의식의 흐름을 따라가는 것이 상식적이다. 『소리와 분노』 1장이 난해한 것이, 광인인 벤지의 의식의 흐름을 기술했기 때문이다. 광인의 의식의 흐름은 전혀 '의식적'이지 않기 때문에 그 자체로 텍스트로 완결될 수 없고, 소설 『소리와 분노』가 그러하듯 광인이 아닌 다른 이들의 의식의 흐름을 통해서 보완되어 독해를 가능케 한다.

『소리와 분노』 제명은 셰익스피어의 『맥베스』에 나오는 구절 "그것은 백치의 이야기로서 음향과 분노에 차 있고 아무 뜻도 없다"에서 따온 것인데 제목에서 포크너의 의도를 짐작할 수 있다. 프로이트 용어를 차용하면 그것은 언캐니다. 언캐니한 세상을 언캐니한 형식으로 풀어냈다. 또한 포크너는 언캐니하게도 아무 뜻도 없는 것에서 뜻을 만들어냈다.

전통적인 소설 내러티브에서 1인칭 시점이 하나의 1인칭을 통해 세계를 해석하는 방식이라면 사실상 1인칭인 버지니아 울프의 『댈러웨이 부인』과 같은 전형적인 모더니즘 소설에서 나타나는 의식의 흐름은, 다양한 1인칭을 직조해 전체적인 내러티브를 구성한다고 말할 수 있다. 각자의 시점이 모여 세계를 구성하는 원리이므로 이때의 내러티브 방식은 현실에서 존재하지 않는다. 하나의 앵글로는 한 방향의 얼굴만을 볼 수 있기에 예컨대 두 개의 앵글이 각자 포착한 얼굴을 합쳐서 하나인 양 전체로 파악하는 것이 모더니즘 글쓰기의 의식의 흐름이라고 할 수 있다. 그것을 전체라고 부른다고 하여도 그 전체는 분할을 내포한 전체이다. 회화에서는 파블로 피카소에서 구체적인 예를 볼 수 있다.

『화산 아래서』 역시 의식의 흐름 기법을 사용하는데, 알코올중독자의 의식의 흐름을 포착했다는 점이 특징적이다. 『화산 아래서』가 사실상 광인인 알코올중독자의 의식의 흐름을 담았다는 점에서 『소리와 분노』와 접점을 갖는다.

『화산 아래서』의 또 다른 특징은 대화가 대화로 기능하지 못한다는 것이다. 소통에서 배제된 사람의 부질없는 말 걸기를 볼 수 있을 따름이다. 큰따옴표가 존재하지만, 항상 작은따옴표로 전락한다.

의식의 흐름 기법상 전락은 불가피했을까. 모더니즘 글쓰기의 본원적 특징으로 볼 수 있을까.

> 큰따옴표가 존재하지만,
> 항상 작은따옴표로 전락한다.
> 의식의 흐름 기법상
> 전락은 불가피했을까.
> 모더니즘 글쓰기의
> 본원적 특징으로 볼 수 있을까.

'대화'는 대체로 3인칭 관찰자 시점이나 전지적 작가 시점에서 가능하다. 1인칭 시점 서술에서 대화는 존재하지 않는 것으로 보아야 한다. 『화산 아래서』의 대화불능은 상호적인 의식의 흐름 또는 의식의 흐름으로 편입하는 방식일 수 있으며 객관적 현실을 주관적으로 어떻게든 정리하고 종합하려고 애쓰는 형식일 수 있기에 흥미롭다. 물론 정리와 종합이 실제론 회피가 될 수 있다. 그래서 더 흥미로운 소설이 되는 것일까. 심지어 "눈을 가리고 야생마 같은 차를 몰면서 종종 길을 찾아갈 수 있다." 그렇다고 한다.

모더니즘과 모더니티, 포스트 모더니즘

모더니즘(Modernism)은 근대주의, 현대성으로 번역되고 모더니티(Modernity)는 보통 근대성으로 번역된다. 두 개념은 분명히 구분돼야 한다. 모더니티는 계몽주의 이래 인류가 서구를 중심으로 이성에 권능을 부여하며 신을 변방으로 추방하고 자연을 정복의 대상으로 보면서 과학기술 문명을 축으로 발전시킨 인간의 총제적인 인식과 사회시스템이다.

반면 모더니즘은 특정한 시대에 나타난 하나의 태도다. 벨에포크(Belle époque)가 끝나고 1차 대전이 시작될 무렵 주창된 다다이즘이나, 무의식의 파천황적 발견을 통해 20세기 시작을 알린 프로이트의 『꿈의 해석』(1900년)처럼 모더니즘은 기존의 것을 일종의 되치기를 하려는 '새로운' 태도다. 따라서 아무리 비관적인 모더니즘이라 하여도 기저에 진취성과 긍정이 깔려있으며 무엇보다 주체를 신뢰한다. 동시에 아무리 새로운 태도라고 주장하여도 모더니즘은 항상 기존의 것을 되치기한다. 새로움을 표방하지만, 헌 것을 새롭게 한다는 숙명에서 벗어나지 못한다. 모더니즘은 새 술을 담은 부대는 아니다.

일종의 태도로 모더니즘을 바라볼 때 포스트모더니즘과 구분하지 않을 수 없는데 모더니즘과 모더니티만큼 모더니즘과 포스트모

Vincent van Gogh – Le café de nuit (The Night Café)

더니즘 역시 자주 혼동되기 때문이다. 20세기 후반 나타난 포스트모더니즘은 기존에 있던 가장 최신의 것을 넘어서려는 태도다. 일견 '되치기' 측면에서 포스트모더니즘은 모더니즘과 비슷해 보이나 20세기 초반의 모더니즘을 포스트모더니즘이라 할 수 없는 이유는 포스트모더니즘에서 근간이 되는, 주체 혹은 자아의 해체가 모더니즘에서는 나타나지 않기 때문이다. 그러니까 모더니즘은 근대성의 확장을 이끈 것이지 포스트모더니즘처럼 해체를 전제한 태도가 아니었다.

20세기를 열었다고 평가되는 프로이트의 『꿈의 해석』은 무의식을 근대성의 한 영역으로 확장한 것이지 그동안 근대성의 영역을 지배한 이성을 부정한 것이 아니다. 20세기 초반의 모더니즘과 20세기 후반의 포스트모더니즘이 현상적으로 비슷해 보일지라도 각각 주체·자아 영역의 확장과 해체를 이끌었다는 점에서 분명한 차이를 보인다.

사실과 허구의 구분과 경계를 넘어서기

가브리엘 마르케스의 『백년의 고독』(1967년)에서 드러나는 '사실과 허구의 구분과 경계 넘어서기'는 과학과 마술의 혼용과 연결된다. 객관적 진술로서 추월이나 넘어서기는 선행하는 것이나 경계를 필요로 한다. 모더니즘이 새로운 태도이지만 기존의 것을 '되치기'함으로써 '기존'의 저주에서 탈피하지 못한 것을 떠올리자. 경계 없는 넘어서기(초월, 추월)는 불가능하다.

소실점을 일상적 경계 너머로 멀어지게 하기

앙드레 브르통의 『나자』(1928년)는 초현실주의 소설이다. 나는 누구인가, 나는 어떻게 구성되는가에 관한 문제를 담은 작품으로 이 작품에서 모더니즘 글쓰기가 드러나는 부분은 소실점이다. 소실점은 회화나 설계도 등에서 투시해 물체의 연장선을 그었을 때 선과 선이 만나는 점으로 원근법을 쓸 때 존재한다.

회화에서든 문학에서든 원근법이 없는 상태는 곧 물체나 인물의 크기가 그 가치의 크기와 비례해 절대적 크기를 가지는 상태다. 원근법이 작동한다는 것은 시점이 작동한다는 의미다. 보는 하나의 눈이 있다는 뜻으로, 얼핏 과학적이며 객관적으로 보이지만 사실 전체를 하나의 시선만으로 보는 것이므로 자의적이고 주관적이다. 원근법의 작동은 세계관에 명백한 한계를 부여한다. '소실점을 일상적 경계 너머로 멀어지게' 하는 것은 소실점을 없애지 않고 존재하게 하면서 일상의 경계 내에선 보이지 않게 한다. 그것은 하나의 시선과 하나의 소실점에 따라 정렬된 현실이다. 은닉하였을 뿐 확고한 표준이 있다.

원근법에 대한 이해는 서구에 대한 이해와 일치한다. 원근법은 철저하게 특정한 시점을 전제하기 때문에 자기중심적이고 배타적일 수밖에 없다. 서구인의 시선에 원근법을 채택해 흑인과 이슬람 사람을 대상화한 방식의 대표적인 예로 오리엔탈리즘을 들 수 있다. 오리엔탈리즘에서 목도했듯 원근법에는 바라보는 존재를 대상화하고 배제하며 그들의 가치를 소각할 강한 경멸이 담겼다. 『내 이름은 빨강』에서 이슬람 화가들은 원근법을 열망한다. 그 열망은 태초에 주어진 조화로운 세계, 전지적 시점을 모두가 공유하는 세계가 무너지는 과정과 연관된다.

1인칭 시점은 아무리 많이 모여도 전지적 시점이 될 수 없다. 끊임없이 1인칭 시점을 확대함으로써 세계를 확대하는 것, 다시 말해 세계 밖의 시선으로 세계를 포획해 그 포획된 시선을 종합해 세계를 해명하는 서구 세계관의 방법론은 분명한 한계를 가진다. 이런 원근법적 세계관과 그 실체인 모더니즘 근대가 바람직하지 않다는 판단이 내려진 지는 오래다. 그러므로 세계를 해석할 것이 아니라 변혁해야 한다는 마르크스 말을 비틀면, 복수 1인칭과 전지적 시점 세계관을 조화해 세계를 제대로 해석하고, 더불어 변혁해야 한다.

의식은 마르크스, 무의식은 프로이트로 대표된다. 이성은 기본적으로 집단주의에 기반한다. 인간의 유적 특성으로 이성이 거론된다. 따라서 단순화하면 비(非)이성은 개별적이고, 비이성의 대표선수가 감성이다.

이성과 의식이 만나는 가장 큰 접점은 사실주의다. 모더니즘도

이성과 의식이 만나는 접점 위에 있다고 판단한다. 모더니즘 태생상 그곳을 떠나서 존재하기는 힘들어 보인다.

낭만주의는 의식과 비이성이 조우하는 영역에 위치한다. 개별 자의 해방과 자유, 초월 등의 욕망이 결합한 사조다. 초현실주의는 비이성과 의식이 만나는 지점과 비이성과 무의식이 만나는 지점 모두에서 발견된다. 이것은 초현실주의가 더는 유효하지 않은 사조이자 방법론이라는 간접 증명이 될 수 있다. "초현실주의는 구두(口頭), 기술(記述), 기타 온갖 방법으로 사고의 참된 작용을 표현하려고 하는 순수한 심적 오토마티슴이다. 이성에 의한 일체의 통제 없이, 또한 미학적, 윤리적인 일체의 선입관 없이 행해지는 사고의 진실을 기록한 것이다"라는 브르통의 말은 얼마나 허황한가. 쥘리앙 그라크가 초현실주의를 "인간과 세계에 대한 깊은 신뢰"라고 상반된 관점에서 평가했을 때 그라크의 진술은 옳다. 다만 깊은 신뢰는커녕 신뢰 자체가 신기루로 변한 세상에서 어떤 옳은 진술은 허황하다.

프로이트는 무의식과 이성이 만나는 지점에서 발견할 수 있다. 프로이트의 무의식은 의식 외의 영역을 이성을 통해 해명하려는 시도이므로 비이성의 영역이 아니라 이성의 영역이다. 'Uncanny'의 출발점은 'Canny'다.

1인칭

『소리와 분노』에서는 시제 혼용이 뚜렷하게 드러난다. 이런 시제의 혼용은 흔히 찾아볼 수 있으며 시제가 뒤섞인다는 것은 관점이 섞인다는 것과 비슷하다. 혼란스럽지만 혼란을 통해 현실의 통상적 맥락에서 잡아내지 못할 확고한 메시지의 질서를 실현한다. 질서의 혼란보다 혼란의 질서가 모더니즘과 더 친하다. 『소리와 분노』에서 는 철저하게 1인칭을 쓰면서 1인칭 세 개를 동원해 하나의 1인칭이 가지는 한계를 극복해 진술의 입체성을 구현한다. 전술한 모더니즘 양식이다.

세 개의 1인칭이 음각의 형태를 취한 것이 이 소설의 독특한 구조이자 탁월한 형식미다. 다시 말해 『소리와 분노』에서는 말해야 할 대상을 직접 말하지 않고 주변 인물 세 사람의 시선을 통해 그 대상을 조명하는 방식으로 내러티브를 전개한다. 이런 음각 방식은 주체와 자아가 배제된 것처럼 보이지만 역으로 주체가 선명해지는 효과를 거둔다. 나아가 마지막에 등장하는 전지적 시점 덕분에 사태가 더 명확하게 규명된다. 『소리와 분노』는 세 개의 1인칭 시점을 통해 입체적으로 세계와 캐릭터를 해석하고 있으며 전지적 시점의 최종 부과를 통해 전면적이고 새로운 구성이 이뤄진다는 점에서 모더니즘의 성취로 받아들여진다.

1인칭 시점은 항상 부분적 해석에 불과하므로 아무리 많은 1인칭을 동원하더라도 총체적 진실과 세계의 본질에 다가갈 수 없다. 전지적 시점이 갖는 총체성에 도달하지 못한다는 한계를 보인다.

Vincent van Gogh – Weizenfeld mit Zypressen3

『소리와 분노』에서는 마지막에 전지적 시점을 부과함으로써 그런 한계로부터 비상한다. 모더니즘 형식에 사실주의 효과. 이런 조합은 모더니즘이 근대

1인칭 시점은 항상 부분적 해석에 불과하므로 아무리 많은 1인칭을 동원하더라도 총체적 진실과 세계의 본질에 다가갈 수 없다. 전지적 시점이 갖는 총체성에 도달하지 못한다는 한계를 보인다.

성의 포획에서 탈출하지 못했기 때문에 발생한다. 애초에 탈출보다 안주를 목적으로 하기에 탈출을 말하는 대신 더 완벽한 안주를 말하는 게 더 온당했겠다. 그래도 1인칭의 모더니즘과 모더니즘의 1인칭에게 한 번 물어볼 수 있지 않을까.

"나는 누구인가?"

예외적으로 이번에만 격언을 끌어들여 말하자면, 사실상 이런 질문은 모두 왜 내가 어떤 영혼에 '사로잡혀 있는가'를 아는 것으로 귀착되는 문제가 아닐까?

– 『나자』 앙드레 브르통

16장

'이미'(schon)와 '아직'(noch nicht)
사이에서 문학은 신의 임종을 기원할까

모세가 모압 평지에서 느보 산에 올라가 여리고 맞은편 비스가
산꼭대기에 이르매 여호와께서 길르앗 온 땅을 단까지 보이시
고 또 온 납달리와 에브라임과 므낫세의 땅과 서해까지의 유다
온 땅과 네겝과 종려나무의 성읍 여리고 골짜기 평지를 소알까
지 보이시고 여호와께서 그에게 이르시되 "이는 내가 아브라
함과 이삭과 야곱에게 맹세하여 그의 후손에게 주리라 한 땅이
라 내가 네 눈으로 보게 하였거니와 너는 그리로 건너가지 못
하리라." 하시매 이에 여호와의 종 모세가 여호와의 말씀대로
모압 땅에서 죽어 벳브올 맞은편 모압 땅에 있는 골짜기에 장
사되었고 오늘까지 그의 묻힌 곳을 아는 자가 없느니라. 모세
가 죽을 때 나이 백이십 세였으나 그의 눈이 흐리지 아니하였
고 기력이 쇠하지 아니하였더라.

―「신명기」, 34장

  구약성서가 전하는 모세의 죽음은 극적이다. 하나님이 미리 정
한 대로 그는 팔레스타인 땅에 들어가지 못했다. 그럼에도 하나님이
손수 "내가 맹세하여 주리라 한 땅이라" 하며 지경(地境)을 보여주
는 장면이나 "내가 네 눈으로 보게 하였거니와 너는 그리로 건너가
지 못하리라"라고 말을 건네는 장면은 경이롭다. 마치 하나님이 모
세의 임종을 지키는 듯하다. 유대 전승엔 모세 임종에 실제로 하나
님이 느보 산에 내려왔다고 한다. "모세는 여호와께서 대면하여 아
시던 자"였기에 그 유대 전승이 터무니없게 들리지는 않지만, 인간

의 임종을 지키는 신의 모습은 너무 인간적이다.

구원의 역사(役事), 해방의 역사(歷史)

모세의 죽음에서 특이한 것은 신이 그에게 약속의 땅을 보여주기만 하고(물론 그 전에 약속이 있었다) 끝내 들어가지 못 하게 했다는 사실이다. 눈이 흐리지 않았고 기력도 쇠하지 않은 모세에게 팔레스타인 입경(入境)을 허락하지 않은 이유가 성서에 설명돼 있기는 하지만, 인간적인 관점에서 잘 납득 되지는 않는다.

유대교에서 아마도 너무 기독교에 편향된 왜곡된 해석이라고 항변할 텐데, 이러한 모세의 역할설정은 예수 신앙에서 유대 민족의 역할과 닮았다. 이슬람교와 유대교에서 예수를 그저 선지자의 하나로 본 것을 논외로 한다면, 예수 시대까지 신앙을 지켜온 유대 민족이 정작 메시아를 영접하지 못하고, 기독교에 구원의 비의를 넘겨준 '역사적' 상황과 겹쳐진다. 가장 중요한 두 유대인 중 모세는 유대교에서 이슬람교의 무함마드 같은 역할을 맡았고, 예수는 인간 세상의 종교에서 전무후무한 일, 즉 육신을 입고 인간에게 처형당한 신이 되었다. 이후의 예수 부활과 승천 교리는 기독교를 지탱하는 중심축으로 기독교를 세계종교로 만드는 데 기여했지만, 끊임없는 논란의 근거이기도 했다.

Vincent van Gogh - Three white cottages in Saintes-Maries

메시아가 오긴 했지만
십자가에 못 박혀 죽었고,
부활하여 새 시대를 열었지만
곧바로 세상을 갈아엎지 않고
재림을 선포하고 승천했다는
이중적 상황은 기독교 신학자나
설교자에게 골칫거리였다.

메시아가 오긴 했지만 십자가에 못 박혀 죽었고, 부활하여 새 시대를 열었지만 곧바로 세상을 갈아엎지 않고 재림을 선포하고 승천했다는 이중적 상황은 기독교 신학자나 설교자에게 골칫거리였다. 재림(파루시아 · παρουσία)이 임박한 것은 분명한데 이 임박이 얼마나 임박한 것인지 알 수 없고 다만 도둑 같이 오리라는 풍문만 전해질 뿐이었다.

현세가 여전히 진행 중이면서 동시에 내세가 이미 도래했다는 '시대의 중첩(overlap of the ages)', '종말론적 긴장', '분할된 종말(divided eschatology)' 등이 재림에 관한 신학적 고민을 표현한 용어들이다. 이 고민을 단적으로 상징하는 두 개 키워드는 '이미(schon)'와 '아직(noch nicht)'이다.

'이미(schon)'와 '아직(noch nicht)'은 기독교 신학에서 매우 중요한 용어다. 바울 등 기독교 설립자들 생각의 정수라고 할 수 있다. 예수가 왔고 예수가 모든 것을 '이미' 선포했고 구원의 날은 '아직' 오지 않은 중첩과 긴장, 혼란과 분열의 상황 속에서 기독교는 출범했다. 도래한 희망과 아직 오지 않은 현실 속에서 두 종류 시간이 중첩되고 그 중첩의 시기에서 어떤 태도를 지녀야 할 것인가. 이것이 초기 기독교인들의 핵심적인 신앙의 고민이었고 지금까지도 해결되지 않고 있다.

고민 해소는 재림의 순간에나 가능할까. 당연히 그렇긴 하겠지만, 지연된 재림을 실현된 초림(初臨)과 구분된 사건으로 보는 시각은 신앙적으로 위험하고 사회적으로 위해하다. '이미'와 '아직'은 분리된 사건이자 하나의 사건이며, 다른 시간이자 같은 시간이어야 하기 때문이다.

'이미' 임재한 예수를 믿는 기독교인은 '아직' 도래하지 않는 미래를 현재로서 구현하고 사는 굳건한 믿음의 사람을 뜻한다. 현재를 살면서 미래를 선행하여 함께 사는 방식이다. 그리하여 살지만 죽었고, 죽어서도 살리라는 믿음과 삶이 가능하다.

'이미'와 '아직'의 종합은 선물투자(先物投資 · futures)와 흡사하다. 선물투자는 용어만 선물(先物)일뿐 내용은 현물(現物)과 동일하다. 미래를 현재로 환산해 지금 투자하는 게 선물투자이기에 기독교 교리에서 말하는 '이미'와 '아직'의 종합을, 그것도 아주 치열하게 실천하는 게 선물투자이다. 그러한 비유 관점에서 논의를 이어가자면 따라서 현물투자만 하는 투자자는 안전한 투자자가 아니라 게으른 종이 되는 셈이다. 포지션(Position)에서 미래의 상품을 사들이는 것을 'Long', 파는 것을 'Short'이라고 하는데, 아직 오직 않

은 세상을 염원하며(long for) 영원한 세상을 희구한다는 측면에서
보면 선물 포지션의 'Long'이 훌륭한 작명인 셈이다.

종말론을 근간으로 한 기독교의 사관은 진보주의 사관인 마르
크시즘과 닮은꼴이다. 훌륭한 기독교도는 '이미'와 '아직' 사이의 긴
장을 견디면서 현실의 곤고(困苦)와 다가올 희망 사이에서 균형을
유지하는 삶을 추구하는데, 곤고한 현실에서도 임박한 희망을 기대
하는 태도는 역사의 발전을 믿는 진보주의 사관과 같다. 임박한 최
종적 희망을 가슴에 품은 채 그 희망을 어떤 방식으로 현실에서 발
현할 것인가를 고민하는 사람만이 진정한 기독교인이라 할진대, 그
발현이 성서적으로는 하늘과 땅과 사람에 대한 사랑일 수밖에 없기
에 신의 뜻을 좇는 이들이 세상의 빛과 소금이면서 동시에 진보적인
것은 당연하다.

칸트식으로 말하면 우리는 진창 길을 걸으면서 하늘의 별을 본
다. "생각하면 할수록 놀라움과 경건함을 주는 두 가지가 있으니,
하나는 내 위로 별로 가득찬 하늘과 다른 하나는 내 안의 도덕률이
다"가 칸트의 묘비명이다. 유명한 뒷부분만 원문을 보여준다. "der
bestirnte Himmel über mir und das moralische Gesetz in
mir."

'이미(schon)'와 '아직(noch nicht)'은 극명하게 다른 시간이지
만 인간은 중첩된 그 두 가지 다른 시간에 동시에 속한다. 물론 발밑
을 보면서 같은 시간에 하늘을 볼 수는 없지만, 크게 보아 우리는 중

첩 속에서 그 긴장을 견디며 발밑과 하늘을 동시에 보는 존재이다. 조국이 일제 식민지배를 받는 상황에서 태어난 윤동주가 아직 오지 않는 조국 해방을 염원하며 시를 썼듯이, 문학의 지평은 기독교 종말론의 지평과 동일하다.

마르크스가 설파한 노동자의 이중의 자유, 신을 추방하고 그 자리를 인간 주체가 차지한 이후에 밀어닥친 공허와 불안과 같은 근대성의 개념은, 기독교 종말론과 궤를 같이한다. 긴장과 중첩, 그리고 분열은 기독교 종말론 교리에서 천착한 문제인데 그것은 삶의 문제였고 따라서 문학의 주제가 될 수밖에 없었다. 모든 훌륭한 문학이 이 주제를 다루지만 다음의 탁월한 소설들에서 이 도식을 전형적으로 확인할 수 있는 것은 독서의 기쁨이겠다.

'로빈슨 크루소' 뒤집기

프랑스어로 '금요일'을 지칭하는 방드르디(Vendredi)는 1719년 출간된 다니엘 디포의 모험소설 『로빈슨 크루소』를 뒤집기 한 소설로 프랑스 소설가 미셸 투르니에가 1967년에 발표했다. 소설이 다루는 시기는 계몽주의 시대. 당시 시대상을 반영하듯 소설에는 계몽주의뿐 아니라 서구우월주의(혹은 오리엔탈리즘), 인종주의가 복합적으로 나타난다. 『방드르디 태평양의 끝』은 『로빈슨 크루소』를 다시쓰기하여 탄생했는데, '다시쓰기'는 성서의 기본 집필 · 편집방식이

기도 하다. 성서가 끊임없는 다시쓰기와 다시읽기를 통해 항상 재구성됐다는 것이 성서학자들의 일반적 견해이다. 물론 A.D 90년 얌니아 공의회(구약), A.D 397년 카르타고 교회회의(신약)에서 성서가 지금 모습대로 소위 정경화가 시행되기 전까지 이야기이다.

『로빈슨 크루소』 등장인물 '프라이데이'는 『방드르디 태평양의 끝』에서 불어로 금요일(friday)을 의미하는 '방드르디(vendredi)'라는 인물로 재현된다. 『로빈슨 크루소』에서 프라이데이는 로빈슨에 의해 식인종으로부터 구출되어 그에게 충성을 다하는 야만인이다. 철저한 타자로서 계몽의 대상이자 야만의 위협을 상징한다. 그런 프라이데이를 『방드르디 태평양의 끝』에서는 제목에서부터 로빈슨 크루소를 대체해 방드르디로 전면적으로 내세우면서 그의 주체적 역할을 인정하는 내러티브를 취한다. 『로빈슨 크루소』에 나타난 오리엔탈리즘에서도 어느 정도 벗어난다.

주인공이 성서를 갖고 다니는 것, '탈출'이라는 이름의 배, 창세기의 약속 장면이나 무지개 등은 『방드르디 태평양의 끝』 자체가 하나의 기독교적 세트장임을 의미한다. 구원과 해방의 관점에서 보면 그들이 표류한 섬 자체가 신적인 구원이 현재화한 모습으로 해석될 수 있다. 이미 옆에 와 있는 하나님. 구원의 섭리가 작동하였지만, 인간은 아직 모르는 채였다. 인간은 마지막에서야 아직 모르는 채인 상태를 극복하고 이미 실현된 구원의 뜻을 인식하게 된다. 인종주의와 계몽주의가 이런 과정에서 풍식(風蝕)되는 모습을 소설은 부가적으로 그려낸다.

민족의 절망에서 세계시민성 찾기

1914년에 발표된 『더블린 사람들』은 그 시기 아일랜드 사회상의 스케치이다. '이미'와 '아직'의 시간에 대한 이해, 다시 말해 구원의 인식과 해방에의 의지 모두 부재한 시대의 마비(痲痹) 상황을 작가 제임스 조이스가 그려낸다. 그러므로 불가피하게 이 마비로부터 어떻게 벗어날 수 있을 것인가를 어떤 식으로든 말할 수밖에 없다. 명시적으로 말하지 않는다 하여도 마비를 설명하며 마비의 극복을 암시하게 된다. 문제의 기술(記述)은 흔히 자기도 모르게 해답을 설명하는 과정이곤 하기 때문이다.

아일랜드 역사를 살펴볼 때 '이미'와 '아직'의 전조(前兆)조차 없는 상황에서는 사람들이 마비에 잦아들어 그것에서 헤어 나오지 못하는, 혹은 헤어

> 명시적으로 말하지 않는다 하여도
> 마비를 설명하며
> 마비의 극복을 암시하게 된다.
> 문제의 기술(記述)은
> 흔히 자기도 모르게
> 해답을 설명하는
> 과정이곤 하기 때문이다.

나오기를 원하지 않는 모습이 당연시된다. 그런데도 헤어 나와야 한다면, 어떤 구원의 가능성도 감지되지 않는 상황에서 탈출을 기획해야 한다면, 조이스는 민족적 희망과 성취를 주장하지 않고 세계시민적 전망을 취하기를 선택한다. 다수의 동시대 아일랜드인이 기본적으로 가톨릭 중심의 민족주의적 전망에 매달리지만, 그는 그 너머를 주시한다.

『더블린 사람들』의 주요 기법인 '에피파니(epiphany)'는 결정적 상황의 그물로부터 이미지의 절묘한 혼을 정확하게 풀어내는 것을 의미한다. 에피파니가 '아직'을 선취하여 '이미'를 포착하는 힘으로 기능한다고 말한다면 과할까. 에피파니가 '신의 현현(顯現)'을 뜻하는 테오파니(theophany)와 비슷한 뜻으로 쓰였다는 사실이 참고가 되지 싶다. 마비 상태에 빠진 더블린 사람들의 모습을 통해 '아직'에서 '이미'를 상상하면서 아일랜드인 조이스는 민족주의에 경도되지 않고 민족 너머의 커다란 세계를 슬프게 응시하였다.

탐미의 이면에 숨긴 절망의 누적

1950년대를 배경으로 한 일본 소설 『금각사』(1957년)는 한국전쟁을 언급한다. 2차 대전에서 패배한 일본에게 2차대전 이후 이어진 동서냉전의 전면적 폭발인 한국전쟁은 자국이 경험한 거대한 역사

Vincent van Gogh – Enclosed field with a sower in the rain

의 수레바퀴의 힘을 상기시킨다.

아이와 관련한 두 번의 이야기가 주제의식을 직접 담당한다. 주인공 '나'는, 기모노를 입은 단아한 일본 여성이 떠나는 군인 남편과 절하는 장면을 멀리서 본다. 이후 전장에서 일본군 남편이 죽고 정숙한 아내는 남편의 아이를 사산하며 방종한 여성으로 변화하는 것으로 그려진다. '나'가 본 그 장면은 일본의 운명을 상징한다. 목격에 그치지 않고 '나'가 직접으로 개입한 다른 사건에서도 아이에 관한 이야기가 등장하는데, 주인공은 미군의 명령으로 젊은 여성의 배를 밟는다. 일본에 점령군으로 진주한 미군의 아이를 임신한 여성을 짓밟아 뱃속의 그 아이를 유산시키는 데 가담한 행위였다. 미군의 아이를 밴 일본 접대부를 짓밟는 데에 미군의 군홧발이 아닌 무력한 일본인 남성의 발길질이 동원됐다는 것이 소설 속 사건의 진상이다.

앞서 정숙한 일본 여성이 유산 후 방종해진다는 이야기는 그 여성이 임신한 아이가 일본의 민족적 자존감이나 희망을 의미한다고 할 때 사산이라는 상징적 사건을 통해 해방의 긍정적인 전망을 얻지 못함을 의미한다고 해석할 수 있다. 미군의 아이를 임신한 여성의 유산에 가담한 이야기는, 미국과 일본 혼혈(混血)인 태중 아이가 미국군에 의해 죽는 것이 아니라 미군의 명령을 받은 일본인 '나'의 폭행에 의해 죽는 것으로 장면이 연출되었다는 점에서 역사적 절망을 소묘한다.

탐미 문학의 대가이자 노벨문학상 후보로 세 차례나 거론된 일본 작가 미시마 유키오(三島由紀夫)의 대표작 『금각사』에서 그가 희망을 상상한다고 추정할 수 있는 지점은 외양과 달리 금각사에 불을 지르는 마지막 장면이다. 금각사에 불을 지름으로써 구시대에 종언을 고하고 마침내 자유를 인식하고 만끽하게 된다. 그러나 연대 없는 자유는 극우적이고 소모적이며 자기파괴 질주로 달려가기 마련이므로, 널리 알려진 작가 자신의 삶처럼 극중 인물들은 좌초한다. 보편적 가치인 '이미'의 계시가 없는 막막함 가운데에서 유대와 공감 없이 '아직'의 반복에 지쳐가면서 『금각사』 인물들은 절망의 중첩 속으로 추락에 직면한다.

결정적 해방의 모멘텀 부재

2010년 노벨문학상 수상자 마리오 바르가스 요사의 대표작 『염소의 축제』(2000년)는 도미니카공화국을 32년 지배한 독재자 라파엘 레오니다스 트루히요를 암살하는 과정을 재구성하여 소설로 만들었다. 광범위한 사료를 바탕으로 역사적 사건에 기반하여 전개되는 이 소설은 독재자 트루히요가 숨진 1961년 5월 30일을 기준으로 도미니카와 라틴아메리카의 현대사를 씨줄과 날줄로 엮는다. 사건은 트루히요의 총애를 잃은 장관의 딸 우라니아, 독재자를 죽이려는 암살자들, 그리고 독재자 트루히요, 이 세 가지 시점을 번갈아 보여주며 제시된다.

아이티, 도미니카공화국, 쿠바 등 라틴아메리카와 카리브해 국가의 역사는 단절적이고 혼합적이다. 500년 전 유럽 백인에 의해 이른바 신대륙이란 정체성으로 발견되고 50년이 채 지나지 않아 원주민이 전멸했다. 전멸의 핵심 원인은 널리 알려진 대로 구대륙에 들어온 감염병 때문이었다.

유럽의 백인과 일부 토착민이 남은 땅에서 대규모 플랜테이션을 시작하였고 그 과정에서 흑인 노예가 대거 유입되었다. 이들의 역사는, 유럽 열강에 의해 원주민이 사라진 상태에서 이주한 유럽인과 남은 토착민이, 유입된 대규모 흑인 노예와 함께 지배·복종의 관계를 재정의하는 과정으로 전개되었다. 여기에 스페인을 기본값으로 하여 프랑스와 미국이란 외세가 큰 영향을 미쳤다.

쿠바를 예로 들면 스페인이 점령하면서 원주민이 몰살되었고, 이후 유입된 흑인 노예와 스페인계 점령군의 대립이 지속되었다. 그러다가 흑인 중심의 정권이 세워졌는가 하면, 스페인계 후손이 권좌를 차지하기도 했는데, 후자의 대표 인물이 피델 카스트로이다.

이처럼 카리브해 도서와 아메리카 대륙은 신대륙으로 불린 이후 제국주의, 종교의 이식, 원주민 몰살, 흑인 노예 유입, 제국주의와 원주민 세력 간 전쟁, 제국주의 후손의 정착 및 토착화 등 다른 대륙에서 보기 힘든 복잡다단한 역사를 쌓았다. 반(反)제국주의 독립국가 수립 전쟁, 사회주의 혁명, 해방신학 등 세계사에서 주목할 만한 흐름이 있긴 했지만 전반적으로 혼란의 반복 속에서 이렇다 할 결정적 해방의 모멘텀이 부재했다고 평가할 수 있다.

『염소의 축제』는 트루히요 암살의 성공에도 불구하고 모

> 반(反)제국주의 독립국가 수립 전쟁, 사회주의 혁명, 해방신학 등 세계사에서 주목할 만한 흐름이 있긴 했지만 전반적으로 혼란의 반복 속에서 이렇다 할 결정적 해방의 모멘텀이 부재했다.

종의 해방 전망을 확보했다기보다 주로 절망 정서의 만연을 전한다. 여담이 아닌 게, 라틴아메리카에서 해방신학이 발원한 게 우연은 아니다.

식민주의와 신식민주의

『피의 꽃잎들』은 제국주의와 식민주의에 휘말렸다가 1963년 독립한 아프리카 케냐를 배경으로 한 소설이다. 현대 아프리카 문학을 대표하는 작가 응구기 와 시옹오를 투옥되게 한 문제작으로 1977년 발표되었다. 자본주의와 부패한 권력자에 대한 강한 비판과 농민과 지식인의 처절한 삶을 대담하게 묘사했다.

Vincent van Gogh – A Weaver's Cottage

케냐는 자발적 발전의 길을 저지당한 아프리카의 수많은 식민지 중 하나로 영국의 지배를 받았다. 작품은 케냐의 식민주의와 신식민주의를 대비한다. 상징적 사건으로 등장하는 케냐의 독립은 종교적으로 해석할 때 예수의 탄생과 같이 하나의 희망이 된다.

그러나 독립 이후 제국주의에 편승한 흑인 세력에 의한 신식민주의가 이어지면서 희망의 빛은 작아진다. '이미'와 '아직'의 시간이 겹쳐지며 긴장이 나타나는 것이 아니라 두 시간이 별개로 존재하는 상극 속에서 작품의 인물들은 좌절하고 희망을 잃게 된다. 대의에 동참했고 자신과 같은 편이라 생각했던 동지들이 순식간에 자신의 지배자, 적이 되었다는 사실이 그들로 하여금 절망에 빠지게 한다.

그럼에도 기독교 상징을 등장시키며 끊임없이 희망에 관한 전망을 구축한다. 예수 탄생지를 상기시키는 '베들레헴을 향해서'가 한 장(章)의 이름인 데서도 기독교적 설정은 확인된다. 창녀촌 주인인 '완자'가 독립 투쟁을 하다가 다쳐서 장애가 생긴 남성 '압둘라'의 아이를 갖게 되는 서사 역시 케냐의 미래에 가장 바람직한 인물 사이의 후손을 통해 희망을 전개하고 있음을 시사한다. 완자가 창녀인 것 또한 (오해에 기인한 것이지만) 성서에 기댄 역설적 희망의 장치이다.

좀 더 멀리 떠내려가면

『토니와 수잔』은 앞서 살펴본 작품들과 달리 미국의 사례를 담앉다는 점에서 다른 결을 보인다. 2016년 제73회 베니스 국제영화제 심사위원대상 수상작 영화 '녹터널 애니멀스'의 원작 소설. 영화 때문인 듯한데 흔히 사랑에 관한 작품으로 오해를 산다. 소설은 존재론에 관한 진지한 탐색을 다룬다. 48세의 늦은 나이에 작품활동을 시작한 오스틴 라이트가 그가 사망하기 10년 전인 1993년 72세에 이 소설을 발표했다.

책에서 주목할 점은 처음 시작한 공간인 뉴 일모로그에서 작품이 끝난다는 것이다. 희망과 해방의 구조 대부분은 공간적 회귀의 모습을 띤다는 점을 지적하지 않을 수 없다.

"우리가 좀 더 멀리 떠내려가면 다시 돌아오기 힘들거야"라는 대사에서도 공간을 통해 구원의 희망을 이야기하고 있음을 알 수 있다. 구약성서에서 구원의 희망은 항상 공간과 관련된다. 구약성서 전체의 주제가 사실상 예루살렘으로 돌아가겠다는 것이듯 구원과 해방의 과정은 특정한 공간과 결부되며 어떻게 그 공간으로 돌아갈 것이냐를 두고 각자의 도식이 창안된다.

『피와 꽃잎들』에서도 드러나듯, 본향으로 설정된 특정 공간에서 이탈하거나 주인 된 자리를 빼앗긴 이들이 다시 그 공간으로 돌아와 자리를 되찾는 것. 이것이 공간을 중심으로 바라본 성서적 구원이자 해방의 형식이다. 당연히 문학적 전언의 핵심 얼개이기도 하다. '이미'와 '아직' 사이의 긴장이 극심한 곳으로, 기독교 종말론을 제외한다면 가장 먼저 문학을 떠올릴 수밖에 없지 않은가.

참고문헌

1장 사랑, 그 공허한 충만과 아름다운 결핍에 대하여

이기적 유전자, 리처드 도킨스, 홍영남외 1명 역, 을유문화사, 2018

페스트, 알베르 카뮈, 김화영 역, 민음사, 2011

어머니, 고리키, 최윤락 역, 열린책들, 2009

추락, 존 맥스웰 쿠체, 왕은철 역, 동아일보, 2004

2장 유전자의 흉계에 혼자만 행복하다는 것은 부끄러운 일

알렉시 혹은 공허한 투쟁에 관하여, 마르그리트 유르스나르, 윤진 역, 문학동네, 2017

연인, 마르그리트 뒤라스, 김인환 역, 민음사, 2007

사랑의 단상, 롤랑 바르트, 김희영 역, 동문선, 2004

롤리타, 블라디미르 나보코프, 김진준 역, 문학동네, 2013

눈 이야기, 조르주바타유, 이재영 역, 비채, 2013

영화

렛 더 선샤인 인(Let the Sunshine In), 클레어 드니 감독, 줄리엣 비노쉬 출연, 2017

연인(The Lover), 장 자크 아노 감독, 제인 마치&양가휘 출연, 1992

겨울왕국(Frozen), 크리스 벅&제니퍼 리 감독, 애니메이션, 2014

3장 "미인이 아닌" 스칼렛이 타라가 아닌 러시아로 떠나다

제2의 성, 시몬 드 보부와르, 이희영 역, 동서문화사, 2017

바람과 함께 사라지다, 가렛 미첼, 안정효 역, 열린책들, 2010

방랑기, 하야시 후미코, 이애숙 역, 창비, 2015

전쟁은 여자의 얼굴을 하지 않았다, 박은정 역, 문학동네, 2015

자기만의 방, 버지니아 울프, 이미애 역, 민음사, 2006

영화

바람과 함께 사라지다(Gone With The Wind), 빅터 플레밍 감독, 클라크 게이블&비비안리 출연, 1939

4장 신 없는 신성을 탐색한 카프카의 고독과 구원

소송, 프란츠 카프카, 권혁준 역, 문학동네, 2010

너무 시끄러운 고독, 보후밀 흐라발, 이창실 역, 문학동네, 2016

이반 데니소비치 수용소의 하루, 알렉산드르 솔제니친, 이영의 역, 민음사, 1998

영화

델마(Thelma), 요아킴 트리에 감독 ,에일리 하보&카야 윌킨스 출연, 2017

5장   어떻게 자기인식과 자기존엄에 도달할 것인가

제5 도살장, 커트 보니것 , 정영목 역, 문학동네, 2017

이것이 인간인가, 프리모 레비, 이현경 역, 돌베개, 2007

목로주점, 에밀 졸라, 박명숙 역, 문학동네, 2011

분노의 포도, 존 스타인벡, 김승욱 역, 민음사, 2008

인간의 조건, 앙드레 말로, 박종학 역, 홍신문화사, 2012

바다의 침묵, 베르코르, 이상해 역, 열린책들, 2009

6장   41번째 학생이 벨을 울리면 다시 원무가 시작한다

수업, 외젠 이오네스크, 오세곤 역, 민음사, 2003

1984, 조지 오웰, 정회성 역, 민음사, 2003

무엇을 할 것인가?, 체르니셉스키, 서정록 역, 열린책들, 2009

지하생활자의 수기, 도스토옙스키, 이동현 역, 문예출판사, 1990

인구론, 토마스 로버트 맬서스, 이서행 역, 동서문화사, 2016

젊은 베르테르의 슬픔, 괴테, 안장혁 역, 문학동네, 2010

삶의 한가운데, 루이저 린제, 박찬일 역, 민음사, 1999

영화

사랑의 블랙홀(Groundhog Day), 해롤드 래미스 감독, 빌 머레이&앤 디 맥도웰 출연, 1993

7장 테이블 맞은편에 앉아 외국어로 잠꼬대를 하는 미녀

옥중서신 - 저항과 복종, 디트리히 본회퍼, 김순현 역, 복있는사람, 2016

첫사랑, 이반 세르게이비치 투르게네프, 최진희 역, 펭귄클래식코리아, 2015

안나 카레니나, 레프 톨스토이, 박형규 역, 문학동네, 2013

위대한 개츠비, 프랜시스 스콧 피츠제럴드, 김영하 역, 문학동네, 2009

경멸, 알베르토 모라비아, 정란기 역, 본북스, 2019

잠자는 미녀, 가와바타 야스나리, 정향재 역, 현대문학, 2009

영화

경멸(Contempt), 장 뤽 고다르 감독, 브리지트 바르도&미첼 피콜리 출연, 1963

8장 라스콜리니코프가 나사로에게 말을 걸면 누가 대답할까

죄와 벌, 도스토옙스키, 김연경 역, 민음사, 2012

9장　똥칠로 매조지는 설사의 서사가
어떻게 헬레나를 변증법에 처박았나

법 앞에서(Vor dem Gesetz), 프란츠 카프카, 전영애 역, 민음사, 2017

홍까오량 가족, 모옌, 박명애 역, 문학과지성사, 2007

강철군화, 잭 런던, 곽영미 역, 궁리, 2009

바다에서 사는 사람들, 하야마 오시키, 인현진 역, 지만지, 2016

멋진 신세계, 올더스 헉슬리, 안정효 역, 소담출판사, 2019

농담, 밀란 쿤데라, 방미경 역, 민음사, 1999

버스정류장, 가오싱젠, 오수경 역, 민음사, 2002

소피의 선택, 윌리엄 스타이런, 한정아 역, 민음사, 2008

시지프의 신화, 카뮈, 김화영 역, 민음사, 2016

고도를 기다리며, 사무엘 베케트, 오증자 역, 민음사, 2012

영화

붉은 수수밭(Red Sorghum), 장이머우 감독, 공리&강문 출연, 1988

10장　아메리카에 처음 도착한 바이킹과 데카르트의 딸

나를 보내지마, 가즈오 이시구로, 김남주 역, 민음사, 2009

안드로이드는 전기양을 꿈꾸는가, 필립 K. 딕, 이선주 역, 황금가지, 2008

수사학, 아리스토텔레스, 천병희 역, 숲, 2017

모래 사나이, E.T.A 호프만, 김현성 역, 문학과지성사, 2020

11장 '쇠우리'에서 꾸는 멈출 수 없는 꿈

위폐범들, 앙드레 지드, 권은미 역, 문학과지성사, 2012

제5 도살장, 커트 보니것, 정영목 역, 문학동네, 2017

내 이름은 빨강, 오르한 파묵, 이난아 역, 민음사, 2019

아큐정전, 루쉰(魯迅), 허세욱 역, 범우사, 2004

오리엔탈리즘, 에드워드 사이드, 박홍규 역, 교보문고, 2015

광인일기, 루쉰(魯迅), 이욱연 역, 문학동네, 2014

억척어멈과 그 자식들), 베르톨트 브레히트, 이원양 역, 지만지드라마, 2019

대위의 딸, 알렉산드르 푸시킨, 심지은 역, 웅진씽크빅, 2009

12장 "매혹적이지만 맥빠진 화해의 길"은 어떤 속도로 가야할까

시르트의 바닷가, 쥘리앙 그라크, 송진석 역, 민음사, 2006

13장 정신 나간 근대의 바다로 헤엄쳐간 모비딕

마음, 나쓰메 소세키, 김활란 역, 더 클래식, 2020

모든 것이 산산이 부서지다, 치누아 아체베, 조규형 역, 민음사, 2008

검은 피부 하얀 가면, 프란츠 파농, 노서경 역, 문학동네, 2014

모비딕, 허먼 멜빌, 김석희 역, 작가정신, 2019

자기만의 방, 버니지아 울프, 이미애 역, 민음사, 2006

노인과 바다, 헤밍웨이, 김욱동 역, 민음사, 2012

갈매기, 안톤 체호프, 장한 역, 더클래식, 2019

미스 블랜디시, 제임스 해들리 체이스, 이태주 역, 동서문화사, 2003

푸줏간 소년, 패트릭 맥케이브, 김승욱 역, 비채, 2015

14장 "사람의 은밀한 욕망 앞에 몸을 기울이는 사물들의 지능"

폴란드의 풍차, 장 지오노, 박인철 역, 민음사, 2000

15장 눈을 가리고 야생마 같은 차를 몰면서
종종 길을 찾아가야 한다면

Das Unheimliche, 프로이트, 원서, Dearbooks, 2015

모래사나이, E.T.A 호프만, 김현성 역, 문학과지성사, 2020

Zur Psychologie des Unheimlich, 옌치(Ernst Jentsch), 원서, Literary
Licensing LLC, 2014

소리와 분노, 윌리엄 포크너, 공진호 역, 문학동네, 2016

사물들, 조르주 페렉, 김명숙 역, 펭귄클래식코리아, 2015

화산 아래서, 맬컴 라우리, 권수미 역, 문학과지성사, 2011

맥베스, 셰익스피어, 권오숙 역, 열린책들, 2010

댈러웨이 부인, 버니지아 울프, 최애리 역, 열린책들, 2009

꿈의 해석, 프로이트, 김인순 역, 열린책들, 2020

백년의 고독, 가브리엘 마르케스, 조구호 역, 민음사, 2000

나자, 앙드레 브르통, 오생근 역, 민음사, 2008

클라라와 태양, 가즈오 이시구로, 홍한별 역, 민음사, 2021

16장 '이미'(schon)와 '아직'(noch nicht) 사이에서
문학은 신의 임종을 기원할까

로빈슨 크루소, 다니엘 디포, 윤혜준 역, 을유문화사, 2008

방드르디(Vendredi) 태평양의 끝, 미셸 투르니에, 김화영 역, 민음사, 2003

더블린 사람들, 제임스 조이스, 이종일 역, 민음사, 2012

금각사, 미시마 유키오(三島由紀夫), 허호 역, 웅진지식하우스, 2017

염소의 축제, 마리오 바르가스 요사, 송병선 역, 문학동네, 2010

피의 꽃잎들, 응구기 와 티옹오, 왕은철 역, 민음사, 2015

토니와 수잔, 오스틴 라이트, 박산호 역, 오픈하우스, 2016

영화

블레이드 러너(Blade Runner), 리들리 스콧 감독, 해리슨 포드&숀 영 출연, 1982

녹터널 애니멀스(Nocturnal Animals), 톰 포드 감독, 에이미 아담스&제이크 질렌할 출연, 2016

색 인

세계문학 오디세이아에 울림을 준 고흐의 작품들

지그문트 프로이트의 작업을 근대성의 기획 아래 무의식을 의식화하려는 기도였다고 정의한다면, 그의 야심은 세기의 빛으로 기억되고 있지만, 작업 자체는 좌초했다고 평가할 수 있다. 프로이트가 무의식의 입구에 임의로 설치한 금박의 명패는 텅 빈 기표 신세를 모면하지 못한다. 그래도 그것은 근대성의 명예의 전당 한가운데 드높이 걸려 있다.

이렇게 말할 수 있다. 두 눈이 뽑힌 채 커튼이 두껍게 내려진 응접실에서 소리를 끄고 홀로 TV를 보던 오이디푸스가, 갑자기 커튼이 걷히며 TV를 시청할 수 없는 늙은 맹인임이 백일하에 밝혀지지만 그럼에도 상황을 파악할 수 없는 그는 계속해서 TV를 시청한다.

빈센트 반 고흐의 그림엔 근대성의 원초적 쓸쓸함이 회오리친다. 고흐 예술의 아우라는 맹인 노인의 TV 시청보다는 "눈을 가리고 야생마 같은 차를 몰면서 길을 찾아가기"에 가깝다. 프로이트라면,

보지 않은 TV 프로그램을 이해한다고 말할 수도 있다. 고흐는 눈을 가리고 야생마 같은 차를 몰아서 목적지에 도착하고도 길을 잃었다고 말할 것이다. 고흐의 그림이 주는 감동은 그런 종류의 것이다. 아주 가끔 눈을 가리고 TV를 볼 것 같기도 하다.

나는 누구인가?

사실상 이런 질문은 모두 왜 내가 어떤 영혼에 '사로잡혀 있는가'를 아는 것으로 귀착되는 문제가 아닐까?

앙드레 브르통이 소설 『나자』에서 한 말이다. 고흐의 그림에서, 그가 어떤 영혼에 사로잡혔었는지를 엿볼 수 있다. 그의 그림은 당연히 회화로서 최고봉에 올라 있지만, 불가해하게 문학에 삼투한다는 생각을 들게 한다. 세계문학을 훑으면서 우리는 표지에서 시작해 본문 도처에 산재한 고흐의 그림을 함께 훑었다. 북극의 오로라 같은 우울의 광휘를 불멸의 고독 속에 희미하게 열망한 그의 영혼은 세계문학 오디세이아의 소중한 동반자였다. 이제 텍스트에 보일 듯 말 듯 깔렸던 고흐의 그림을 직접 확인하는 독서의 후희를 즐겨보자.

<la chiesa di auvers-sur-oise>, Vincent van Gogh — p. 14

<Eglogue En Provence − Un Couple D'amoureux>, Vincent van Gogh − p. 20

<Self−Portrait with a Straw Hat>, Vincent van Gogh − p. 26

〈Madame Roulin and Her Baby〉, Vincent van Gogh – p. 34

〈The Brothel (Le Lupanar)〉, Vincent van Gogh — p. 42

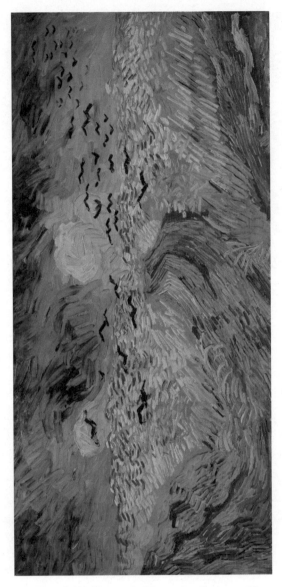

<Wheatfield with crows>, Vincent van Gogh — p. 50

<The Italian Woman>, Vincent van Gogh − p. 59

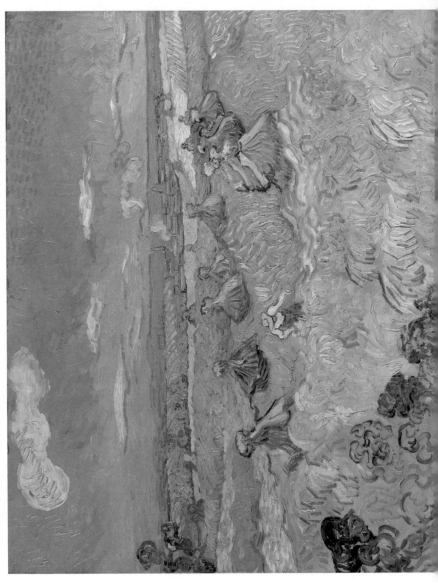

<Wheat Fields with Reaper, Auvers>, Vincent van Gogh – p. 68

<At Eternity's Gate>, Vincent van Gogh - p. 72

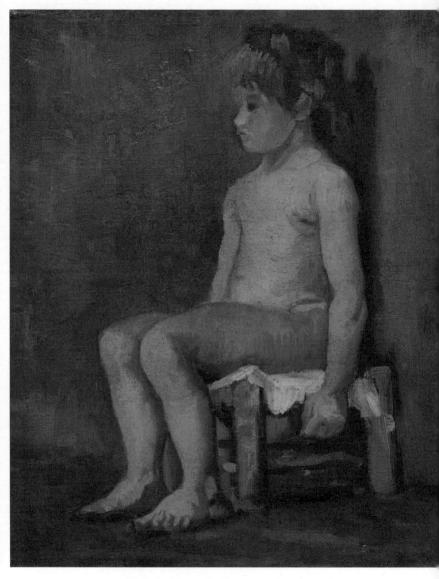

<Nude Girl, Seated>, Vincent van Gogh – p. 77

<Entrance to the Public Gardens in Arle>, Vincent van Gogh − p. 82

<The Potato Eaters>, Vincent van Gogh − p. 93

<Tree roots>, Vincent van Gogh – p. 98

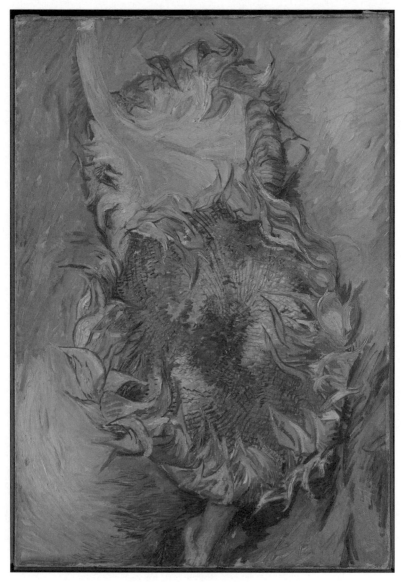

<Sunflowers>, Vincent van Gogh − p. 102

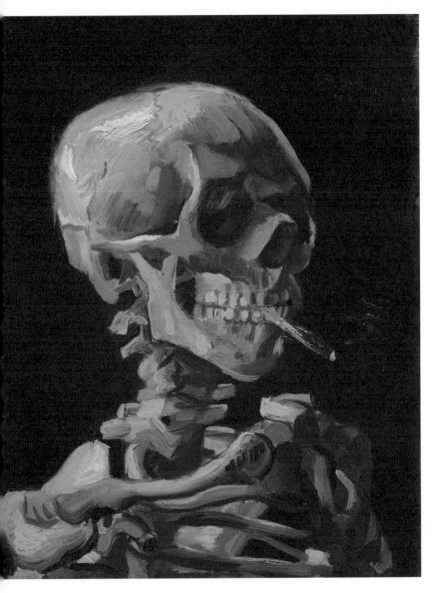

<Head Of A Skeleton With A Burning Cigarette>, Vincent van Gogh — p. 107

<The Drinkers>, Vincent van Gogh - p. 110

<The Church in Auvers−sur−Oise, View from the Chevet>, Vincent van Gogh − p. 114

<L'allée Aux Deux Promeneurs>, Vincent van Gogh — p. 120

〈Adeline Ravoux키〉, Vincent van Gogh − p. 128

<Rain>, Vincent van Gogh – p. 132

〈Terrace and Observation Deck at the Moulin de Blute−Fin, Montmartre〉,
Vincent van Gogh − p. 136

〈Factories at Clichy〉, Vincent van Gogh − p. 142

<The Prison Courtyard>, Vincent van Gogh - p. 152

⟨The raising of Lazarus (after Rembrandt)⟩, Vincent van Gogh – p. 160

<A Peasant Woman Digging in Front of Her Cottage>, Vincent van Gogh − p. 166

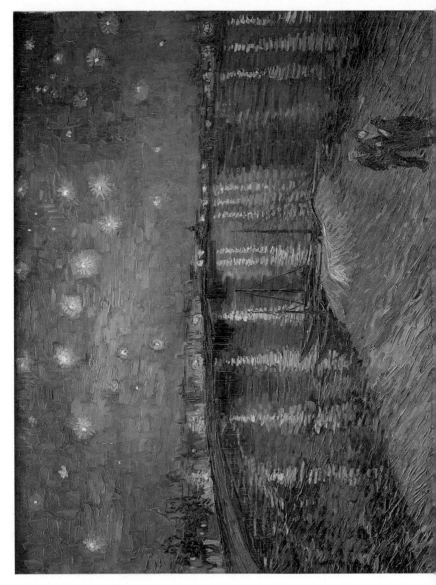

<Starry Night Over the Rhone>, Vincent van Gogh - p. 172

⟨Three pairs of shoes⟩, Vincent van Gogh - p. 176

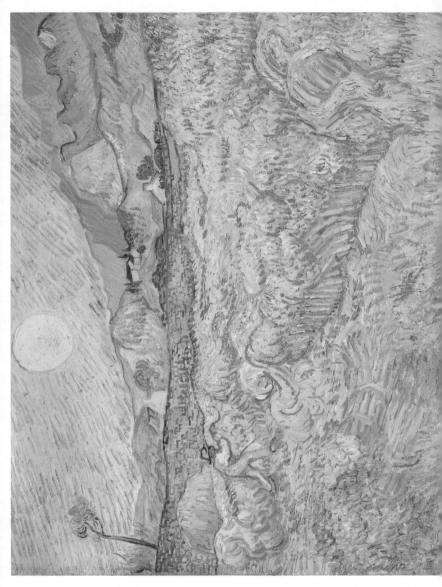

〈Wheat Field Behind Saint-Paul Hospital with a Reaper〉, Vincent van Gogh - p. 184

<Selbstbildnis mit verbundenem_Ohr>, Vincent van Gogh – p. 190

<Peasant Woman Cooking by a Fireplace>, Vincent van Gogh – p. 199

〈The garden of Saint Paul's Hospital（The fall of the leaves'）〉, Vincent van Gogh − p. 204

⟨The Dance Hall In Arles⟩, Vincent van Gogh — p. 208

<cafe terrace on the place du forum arles at night the>, Vincent van Gogh − p. 214

〈Sorrow〉, Vincent van Gogh – p. 220

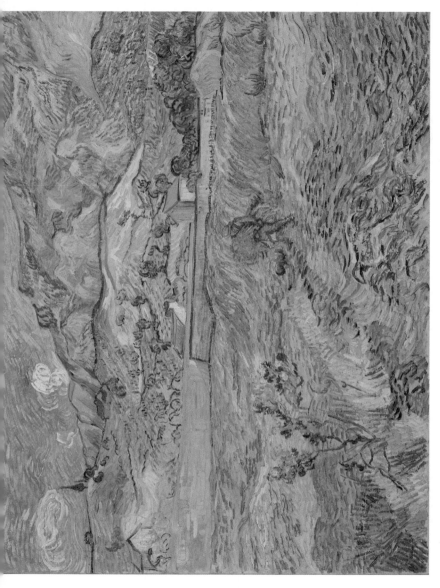

<Landscape at Saint−Rémy (Enclosed Field with Peasant)>, Vincent van Gogh − p. 232

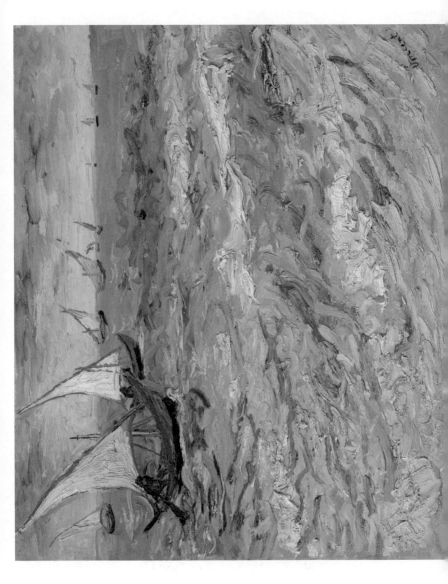

<Seascape at Saintes Maries>, Vincent van Gogh − p. 250

<The Yellow House (The Street)>, Vincent van Gogh － p. 254

<Self Portrait>, Vincent van Gogh − p. 259

<Starry Night>, Vincent van Gogh — p. 272

<Quay with men unloading sand barges>, Vincent van Gogh — p. 284

〈Le café de nuit (The Night Café)〉, Vincent van Gogh — p. 290

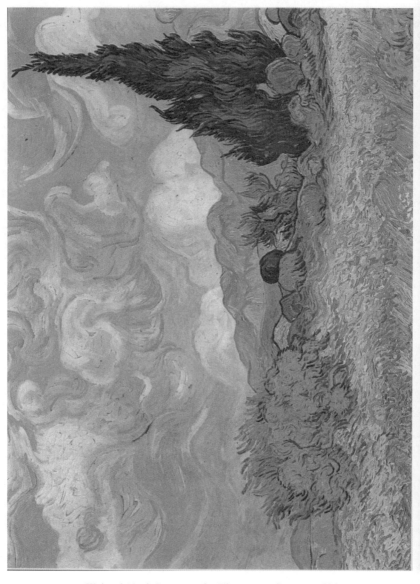

<Weizenfeld mit Zypressen3>, Vincent van Gogh － p. 296

⟨Three white cottages in Saintes−Maries⟩, Vincent van Gogh − p. 301

〈Enclosed field with a sower in the rain〉, Vincent van Gogh − p. 306

<A Weaver's Cottage>, Vincent van Gogh — p. 310

세계문학 오디세이아 - 광인의 복화술과 텍스트의 오르가슴

초판 1쇄 발행 2023년 6월 28일

지은이   안치용
펴낸이   성일권
펴낸곳   (주)르몽드코리아
디자인   조예리
커뮤니케이션 최승은, 김유라
인쇄·제작   디프넷

펴낸곳   (주)르몽드코리아
주소   서울특별시 마포구 양화대로 1길 83 석우 1층
출판등록   2009. 09. 제2014-000119
홈페이지   www.ilemonde.com
SNS   https://www.facebook.com/ilemondekorea
전자우편   info@ilemonde.com

ISBN   979-11-92618-11-1

이 도서의 국립중앙도서관 출판예정도서목록(CIP)은
서지정보유통지원시스템 홈페이지 (http://seoji.nl.go.kr) 와
국가자료공동목록시스템 (http://www.nl.go.kr/kolisnet) 에서 이용하실 수 있습니다.

* 이 전자책은 한국출판문화산업진흥원 '2022년 텍스트형 전자책 제작지원' 선정작입니다.